U0484179

风起云涌的变革时代　个人命运的起起落落
周梅森以"人民的名义"书写近代中国大历史

周梅森 著

天下大势

周梅森
历史小说
经典

江苏凤凰文艺出版社
JIANGSU PHOENIX LITERATURE AND ART PUBLISHING, LTD

图书在版编目（CIP）数据

天下大势 / 周梅森著. — 南京：江苏凤凰文艺出版社，2018.7
ISBN 978-7-5594-1654-4

Ⅰ.①天… Ⅱ.①周… Ⅲ.①长篇小说－中国－当代 Ⅳ.①I247.5

中国版本图书馆 CIP 数据核字(2018)第 043279 号

书　　　名	天下大势
著　　　者	周梅森
责 任 编 辑	李　黎
装 帧 设 计	夏艺堂艺术设计+夏周
出 版 发 行	江苏凤凰文艺出版社
出版社地址	南京市中央路 165 号，邮编：210009
出版社网址	http://www.jswenyi.com
印　　　刷	江苏凤凰通达印刷有限公司
开　　　本	718×1000 毫米 1/16
印　　　张	16.5
字　　　数	200 千字
版　　　次	2018 年 7 月第 1 版　2018 年 7 月第 1 次印刷
标 准 书 号	ISBN 978-7-5594-1654-4
定　　　价	42.00 元

（江苏凤凰文艺版图书凡印刷、装订错误可随时向承印厂调换）

目录

第一章　革命前夜　// 001

第二章　"三炮将军"　// 040

第三章　鲜血的洗礼　// 069

第四章　讨逆　// 099

第五章　罂粟花盛开的和平　// 137

第六章　帝制与"屁选"　// 176

第七章　省城兵变　// 199

第八章　咆哮总统　// 237

第一章　革命前夜

一

宣统三年深秋的一个傍晚，边义夫被母亲李太夫人威逼着，跪在送子娘娘的神像前等着迎候儿子的降生。

天是晴好的，夕阳鲜亮的光从九格窗外射进来，映得神案上橙红一片，让边义夫倦怠难忍。跪在软且暖的蒲团上，守着生动的阳光而做着祈祷求子的无聊工作，一个革命者是无法不倦怠的。为对付阵阵困意的浸淫，边义夫强打精神，努力思索革命，先想那革命何以顺天应人而成为当今世界之唯一公理，又想那"驱除鞑虏，恢复中华，建立民国，平均地权"的革命政纲。革命不是请客吃饭，须得多往官府衙门扔些炸弹才好。如此这般一想，便记起了自己和家人王三顺秘密试造的炸弹，觉得送子娘娘神像前的供果一个个都像炸弹，装上捻子就能爆炸。思路豁然开朗，认定以线香作引信，有定时引爆炸弹的可能，便生出了逃匿的幻想，身子扭来扭去地动个不停，借以试探母亲李太夫人的反应。

李太夫人反应及时而明确，偏转脸孔，阴郁的眼风闪了一下，外带一声警告性干咳，便轻易扑灭了边义夫心中腾腾燃烧的革命之火，让他跪安稳了。宣统三年，革命和谋反还无甚区别，革命志士边义夫先生在母亲眼里只是个伺机谋反的小蠡贼而已，身为蠡贼的边义夫只能于无聊的祈祷中消解革命意志。

嗣后,关乎革命的断想随着香烛缭绕的青烟渐渐飘散开去。边义夫打起了盹,做了一个短促的小梦,于梦中见得一身系红斗篷的女子骑一匹红鬃马携一路风尘闯入了桃花集,径自奔他家来了。女子的面孔没看清,能记住的是那团梦里闪过的红光。边义夫便惶惑:红衣女子奔他家而来是何意味?该不会喻示其命中无子吧?由此推断自己的糟糠太太边郁氏仍是生不出儿子的,心理上便取得了不再跪下去的理由,反心由是而起,再不顾母亲的严厉管制,稍一踌躇,即揩去打盹时嘴角流下的黏稠口水,说了声"我饿",勇敢起身,走到了二进院里。

李太夫人未及阻止,在他身后骂了声"孽障",边义夫只当没听见。

天已黑了下来,暮色深重,透着寒意和悲凉。院里静静的,头上的天空也是静静的,正是谋反的好时候!边义夫及时地想到了用线香去试造定时的炸弹,激动不已地移步要往后院的地窖去。不料,恰在这时,一阵"的的"马蹄声隐隐响起,愈响愈烈,渐渐响至门前:情况不对,谋反似已暴露!革命志士抑或是反贼边义夫一时间十分紧张,站在通往后院的腰门前,进也不是,退也不是,眼前涌出诸多官厅捕快的身影,伴着那拿人铁链的哗哗响声,身上现出了些许冷汗。

去地窖造炸弹显然不合时宜了,边义夫忙又溜到李太夫人身边跪下了。

刚跪稳了,惊魂未定,家人兼谋反同党王三顺已来禀报,说有客要见。边义夫心仍扑扑乱跳,浑身绵软,惊惧未去,便不想见。盘着长辫子的脑袋往一旁扭了扭,吩咐说:"别管是谁,都说我不在,你去吧。"王三顺却不去,避开李太夫人的眼风,俯到他面前细声耳语道:"是桃花山里的霞姑奶奶来了!"边义夫眼睛一亮,忙不迭爬起来往门外跑,边跑边想,方才梦中的红衣女子指的怕是霞姑哩!这些日子满脑子革命,又一直挂记着霞姑和革命党的起事,许是思量得多了,才一闭眼就做出这种怪梦来。

果然就是霞姑。走到头进院子月亮门前,便听得霞姑在院里笑,笑声脆而响。伴着笑声的还有话,是和女儿大小姐边济香说的。一脚踏进月亮门里,出现在眼前的竟是一片火爆的红,再细看,正见着霞姑解了身上的红缎斗篷往马背上搭。马真就是红鬃马,毛色极好,像披了一身亮闪闪的红缎子,不知霞姑又从哪强夺来的。边义夫撩着青缎长袍,疾疾地走过去,欢喜地指着霞姑叫,"好你个女强盗,我下晚刚梦着你,你就来了!"大小姐学着李太夫人的腔调说,"是哩,来勾你魂哩。"边义夫在大小姐头上怪嗔地扳了一下,斥道,"你懂啥叫勾魂?!大人的事,小孩家不许插嘴!"旋又交待王三顺,"三顺,你快把大小姐带走,我和霞姑奶奶有许多革命上的大事要商谈。"王三顺把大小姐一带走,霞姑就倚着马笑了,"边哥,你下晚真梦着我了?这大白天的?"边义夫点头,"可不是么!还梦着你的马呢。就是红鬃马。"霞姑又笑,"那马是在床上还是在地上?"边义夫搔了搔光亮的脑门,"这记不得了。一会儿像似在床上,一会儿又像似在地上。"霞姑收敛了笑容,声音低了下来,"哎,边哥,你……你是不是知道了?"边义夫看着霞姑俊俏的脸膛,有些发蒙,"知道啥?"霞姑红涨着脸,压抑着激越的革命情怀,叫道,"边哥,你真不知道呀?武昌……武昌革命成功了,武昌光复了!"

边义夫怕李太夫人听到,带来不必要的麻烦,一把拖住霞姑的手,"我们到屋里细细说吧!"到了屋里,掩上门,才急急问,"霞妹,武昌是啥时举事的?现在情势又是如何了?"霞姑用马鞭敲着桌沿,"据省城党人说,武昌新军是十月九日晚上举的事,总督衙门次日就被攻占了,汉口、汉阳也相继光复。如今,武昌已通电全国成立了中华民国湖北军政府,推新军协统黎元洪为大都督。"边义夫连连击掌,"好,好!如此说来,改朝换代就在今日了!"霞姑继续说,"省上的党人都动起来了。各路民军要向省城汇集,省城新军协统刘建时也被党人领袖黄胡子说服,拟于起事之后打出大汉军政府的旗号,呼应武昌。"边义夫说,"对,倘或举国呼应,革命大势就造出了!"言罢便问,"霞妹,咱们这边咋办?是不是也马上起事,大干一场?"霞姑眉梢一扬,"自然也要大干一场的!省上党人黄胡子要我会同铜山李双印、白天河,择机在新洪起事。黄胡子说,新洪为本省重镇,起事意义十分重大哩!"边义夫益发快乐,"日子定在哪天?"霞姑说,"那不能告诉你。"边义夫说,"我揣摩也就这几天了吧?"霞姑不接话茬,只道,"新洪起事怕不易呢!新洪巡防营的钱管带和绿营的江标统都很反动,没准得和他们打一场,攻打新洪城八成也要用上几颗大炸弹的。"边义夫忙表功,"你一提炸弹我想起来了,我正要造一种能定时的炸弹,用线香做引信……"霞姑气道,"还提你的炸弹呢!造到如今没成一个,定时炸弹我就更不指望了!快收拾一下跟我走吧!我这回路过桃花集,就是想接你去明火执仗地扔一回炸弹!"边义夫没想到霞姑会邀他参加武装革命,觉得太突然了,"霞妹,你莫不是开玩笑吧?"霞姑说,"谁有心思和你开玩笑?姑奶奶我是看得起你,才接你去参加革命的!"

边义夫见霞姑不像开玩笑的样子,不敢不认真了,可一认真,马上觉得自己去不了。倒不是不想去,而是没法去。太太边郁氏正生产,母亲李太夫人盯得更紧,想像往常一般孟浪怕是不行了,于是,惭愧地看了霞姑一眼,垂头丧气讷讷着,"只怕不行呢!郁氏这几天要生,我娘……我娘只叫我跪送子娘娘,连……连大门都不许我出哩……"霞姑鄙夷地看了边义夫一眼,"又是你娘,又是!被你娘拴到裙带上了么?你自己没主张么?腿不是长在你身上么?"边义夫愧得更狠,又是叹气,又是搓手,"霞妹,你说……你说我能不想去革命么?不说有你这撩人的女强盗,就是没有你,我也想去,我这人最喜热闹,革命这种热热闹闹的事,我能不想去么?可家里这个样子……"霞姑不耐烦了,"好,好,你甭说了,你不能去就算了。"边义夫却又道,"我没说我就不去,我可是读过《革命军》的,还给你们山里的弟兄读过!我是想等郁氏平安生了便去,到那时,我到何处找寻你们?"霞姑颇为乐观,"到那时或许革命已经成功了,你边少爷就到新洪城里找姑奶奶我喝酒吧!"边义夫应道,"也好,也好,这命我肯定要去革的。"

霞姑又说了些别的,说完,顾不得和边义夫亲热便要走。边义夫却从身后把霞姑抱住了,手在霞姑隆起的胸脯上乱摸乱捏。霞姑用马鞭柄在边义夫的手上狠狠敲了一下。边义夫惊叫一声,抽回了手。霞姑只当什么也没发生,径自出门去牵院里的红鬃马。边义夫一直追到院中,要霞姑多坐一会儿,再说说话。霞姑回过头,把一口碎玉般的牙齿亮了亮,冲着边义夫嫣然一笑,"说嘛说?你下面的话只怕要用鸡巴说了吧?告诉你:我现在要忙光复的大事,没那份闲心思!"

边义夫这才收了心,臊红着脸,一言不发把霞姑和她的马送到了大门外。到大门外才看到,黑暗中猫着几个带枪的弟兄。有个弟兄的脸孔像是很熟的,也闹不清是在桃花山,还是在别的啥地方见过的,便冲那弟兄点了点头。那弟兄也冲他点了点头,还说了句,"边爷,得空到山里玩。"这时,霞姑已走到了上马石前,正要上马,边义夫过去扶了一把。霞姑扭过头,挥了挥马鞭,"边哥你回吧,让你娘看见,又得骂了。"边义夫怯怯地笑,"不怕的,反正我是被她骂惯了。"

霞姑上马走了。边义夫眼见着霞姑和她的红鬃马并那一干弟兄在渐渐远去的蹄声中消失得无踪无影,才听到了身后院里隐隐传来的自己新生儿子的响亮啼声。转过身跨进大院门时,又见得母亲李太夫人在门口立着,心中不免一惊。

二

李太夫人塑像般地站在大门内的花圃旁,两只深陷在凹眼窝的黄眼珠射出两柱寒光,逼得蝥贼边义夫不敢正视。边义夫便仰脸去看天,想做出一副君子坦荡荡的样子从李太夫人身边溜过去。李太夫人知道自家的蝥贼儿子本不是什么君子,眼角一扫就窥透了该贼心底的怯懦和惭愧,便在该贼走到近前时,把身子一移,堵住了贼的去路,"恭喜你呀,是男孩。"边义夫冲着母亲笑了,"怪不得哭得这么响哩。"李太夫人说,"不容易啊,你们老边家三代单传不绝后,算交上狗屎运了。"边义夫敷衍道,"这么一来,娘的心也安了,好,好!"李太夫人及时指出,"好啥呀?我只怕这孙子不知哪天就变作刀下鬼!"边义夫一怔,"娘,你这……这是啥话呀?"李太夫人说,"我说的是大实话,谋反是要满门抄斩的!"

边义夫逃避不了,只得展开严峻的斗争,瞅着母亲道,"娘,你听到霞姑说的话了,是不是?你别担心,如今不是往日,满人的气数已尽,武昌举事已经成功了!"李太夫人看着星斗满天的夜空,貌似平淡地说,"满人的气数尽没尽娘不知道,可娘终是多活了这许多年头,长毛谋反是知道的。长毛也成功过,还定都金陵,封了那么多王!可那个天朝今儿在哪里呀?啊?那么多王侯将相在哪里呀?啊?一个曾相国就打得他们屁滚尿流!对付像你这样的小蝥贼,就用不着麻烦人家曾相国喽,城里巡防营来个管带就把你灭了!"言罢,还居心叵测地征询蝥贼本人的意见,"义夫呀,你说是不是呀?"边义夫邪劲上来了,头一昂,滔滔不绝说了起来,"不是!娘,我告诉你,今日是革命,深得民心,举国响应哩!满人朝廷奴役我大汉民族已二百余年了,是可忍而孰不可忍!尤为不可忍者,这鸟朝廷对外丧权辱国,对内欺压百姓,其腐败之烈已不堪言也!娘,咱远的不说,就说庚子年吧,列强诸国联军打到京城,连圆明园都烧了,还让咱割地赔银。我国积弱已久,哪有这许多银子?百姓穷得吃观音土,咱新洪哪年不吃死一批?!以我愚见,今日之中华已是干柴烈火,唯革命而无他途,非革命无以救国救民!"

李太夫人咂起了嘴,仰望夜空,感慨不已,"老天爷呀,你可真开眼,让他们老边家出了这么一个要救国救民的革命蠡贼!"感慨完毕,阴着的脸又转向边义夫,"义夫,你既是如此忧国忧民,何不去做一回曾相国?咋总是和桃花山男女强盗搞在一起呢?"边义夫嚷,"啥曾相国?曾剃头!谁革命我就跟谁走!"李太夫人便虚心讨教,"那是不是你们这伙蠡贼强盗的革命成了功,咱老百姓就不吃观音土了?"边义夫想都没想,"那是当然的,这还用问么?!"李太夫人貌似来了兴趣,"托你们的福,那时百姓或许能吃上肉了吧?"边义夫深知其母的诡秘战法,怕被母亲抓住不是,有损革命声誉,便阐述说,"中国人口较多,有四万万哩,一时让四万万人都吃上肉会有实际困难,但是至少能让他们都喝上一碗两碗肉汤的。"李太夫人脸一拉,"那是人肉汤!你们就让老百姓吃人肉,喝人肉汤吧!这种好事我不但听说过,也在灾年里亲眼见到过,叫人相食!"

向这样固执的母亲宣讲革命简直是白费口舌,边义夫不愿再谈下去了,仰脸去看天,细数布满苍穹的点点繁星:一颗、两颗、三颗、五颗……李太夫人却坚持要谈,力图将蠡贼儿子变成大清的良民,口气中少了些讥讽,多了些关切,"我知道那女强盗来找你准没好事,果不其然,是伙你谋反!你往日和她在一起胡闹倒也罢了,我睁眼闭眼,只当没看见,万没想到,你们今日竟真要去谋反了!这真是一代强似一代呢!你那短命的爹也只是胡嫖滥赌罢了,你比你爹更高强了!你倒说说,你们老边家可还有谁像个人?二十四年前,你那不争气的爹……"

边义夫看出了李太夫人的不良意图:老人家又要对边氏家族进行系统指控了,心里有些烦,放弃了数星星的工作,颇为不耐地打断了母亲的话,"好了,好了,娘,你甭说了,这些陈谷烂芝麻的旧事我都听一百遍了!"李太夫人厉声道,"就算你听了一百遍,我还得说一百零一遍!"边义夫见硬的不行,又来软的,赔上满脸的笑,"娘,我也不是不让你说,你回头再说行不?总得先让我进屋看看我儿子吧?"李太夫人这才暂时罢了休,和边义夫一起去了边郁氏的房里。

母子都挺好,后来被命名为边济国的儿子,正在边郁氏怀里安然躺着,像一团凭空落下来的肉,让边义夫感到既陌生又羞愧。边义夫壮着胆子,在儿子毛茸茸的小脸上摸了摸,皱着眉头对边郁氏说了句,"这孩子咋这么难看呀?"边郁氏不敢作声,李太夫人在一旁接上了茬,"义夫,你刚落生时还不如他……"

李太夫人指控的意志是坚决的,守着刚刚落生的这位边氏第三代男人,即泪眼婆娑,开始了对边氏前两代男人斑斑劣迹的追溯。这追溯总是从二十四年前的那个风雪夜开始。那个风雪夜已刻在李太夫人的脑海里,再也抹不去了。经年不息的回忆,不断丰富着那个风雪夜的内容,使得李太夫人对那个风雪夜的述说每一回都不尽相同,可基本事实却是一样的,那就是:边义夫的父亲边兴礼和新洪巡防营的刘管带争风吃醋,为一个唤作"小红桃"的女人,在城里"闻香阁"打起来了。边兴礼被刘管带打断了双腿,活活冻死在雪地里。李太夫人得信后,连夜赶往新洪城里,把边兴礼的尸体背到知府衙门,抱着还在吃奶的边义夫,历时三载,告准了刘管带一个斩立决。这事当时很轰动,城里的戏班子还编出了《青天在上》的戏文唱了好几年。边义夫小时候看过那出戏。记得最清的是,戏台上扮母亲的女戏子一点也不像母亲,比母亲要好看得多。还记得那阵子有不少人给母亲做媒,要母亲再嫁,母亲都回绝了,带着他守寡至今,独自撑起了边家门户。因此,母亲也就取得了指控边家爷们的权力。革命前夜的那个晚上,李太夫人追溯的历程照例从二十四年前的风雪夜开始,骂过边义夫的老子,又骂边义夫。最后,李太夫人抹着红且湿的眼睛做总结:边家正是因为有了她,才没在边兴礼和边义夫手中败光,才有了如今平和温饱的好日子,他们老边家甚至还交上了狗屎运,竟然没有绝后,"……你说是不是呀,义夫?"李太夫人用设问结束了指控。

边义夫带着两代男人的羞惭,连连点头,"是的,是的,娘!你的功德不但是我,就是咱整个桃花集的老少爷们都知道哩!"李太夫人有了些满足,才又叹着气说,"义夫呀,这许多年过去,我也想开了,再不指望你进学考取功名——咱自己的儿子自己知道,根本不是那块料!可我也不甘心,我已想好了,来年就给你捐纳个功名,也算对得起你们老边家了!"边义夫觉得母亲实在荒唐:他都替革命党造上炸弹了,她老人家竟还要去给他在满人的朝廷捐纳功名!嘴上却不敢说,怕一说又引出母亲涕泪交加的教训。李太夫人便上了当,以为获得了教育上的成功,遂指着边郁氏和边郁氏怀里的边济国说,"义夫,你今日没和那女强盗走还是好的,日后也得听娘的话,好好守着你的老婆、儿子过日子,别去做那革命蟊贼,附逆作死。"边义夫违心地点着头,心里却有些悔,觉得方才还是跟霞姑走的好,早知儿子今晚能平安落生,他真就跟霞姑去武装革命了。而若走了,现刻儿也就不用装着样子逢迎母亲了。母亲无论怎样勤劳能干,终是妇道人家,不懂天下大势。天下大势分久必合,合久必分嘛!大清真就靠不住了嘛!

十七年后,边义夫才把心里想的这番话公开说了出来,是向笔直地立在大太阳下输诚三民主义的四个师两个独立团十万官兵说的。

边义夫说:"……举凡伟人,皆有不同常人之远大目光。举一个例:兄弟当年投身辛亥革命时,就具有了这等远大的目光,兄弟知道武昌城头的炮响,意味着一场天翻地覆改朝换代的民族革命。而家母看不到这一点,她老人家只看到眼面前的那片小天地,以为大清王朝打下了不可动摇的万年桩。武昌都成立军政府了,黎胡子都做了军政府大都督了,家母还要为兄弟向大清的朝廷捐纳功名!这就大错特错了嘛!若是兄弟当时真依了家母,哪还有今天?哪还有兄弟的这支革命武装?而今天,天下大势又变了,军阀混战的局面就要结束了,我们不接受蒋总司令三民主义的旗帜,未来之中国将没有我们的立足之地!凡有头脑的大人物,无不看出了这一点……"

可惜的是,在宣统三年秋天的那个夜晚,边义夫还未成为大人物,更没有一支革命武装。他在母亲李太夫人眼里是个不可造就的浪荡子;在大了他六岁的太太边郁氏面前是个只知偷鸡摸狗的坏男人;甚至在两个女儿面前也没有做爹的尊严:大女儿边济香竟然敢喊他"孬贼",这就让边义夫丧失了对自身伟人的自信。

李太夫人走后,有一阵子,边义夫对自己投身的革命事业起了怀疑,眼前老是出现挨杀头的场面,还有那些常常卖给他大烟的守城将领们狞笑的脸。便想到,就算武昌革命已成了功,新洪地区革命的前途仍是十分渺茫的,闹不好,这好端端的革命就会变作一场鲜血淋漓的谋反。果真如此的话,他就得及早从这场革命抑或是谋反中抽身,而且也没必要再去投奔霞姑和她操持的起事了。

想来想去,终是拿不准未来新洪时局的发生与发展,便痛苦起来。于是,边义夫先躺在边郁氏母子床对面的躺椅上吸大烟,后又背着手来回踱步,弄得满脑门的官司。直到房门轻轻叩响,家人兼谋反的同党王三顺的大脑袋探了进来,边义夫精神方为之振作,这才想起要和王三顺一起好好合计合计将来的革命。

三

　　王三顺和边义夫是革命同志。二人虽说一个是主子,一个是下人,但却从小在一起长大,气味相投。特别是大前年同入一只柴筐被铜山里的强盗绑了一回票后,其关系益发变得割头不换了。王三顺这厮只长骨头不长肉,便显得头出奇的大,头因其大,坏水也就格外的多。边义夫被王三顺的大头勾引着出了边郁氏的房门,正要把自己思考革命生出的痛苦和踌躇说与王三顺去听,王三顺却先一步开了口,伸着一颗大头很神秘地问边义夫,"边爷,霞姑奶奶像似走了吧?"边义夫心不在焉地嗯了声。王三顺乐了,长臂往边义夫瘦削的肩头上一搭,"那就好!那咱就有好事了!"边义夫拨开王三顺的长臂,"有啥好事?这年头!"王三顺附到边义夫耳旁说,"嘿,真有好事呢!集北的尼姑庵新来了两个小尼姑,最多十五六岁,嫩着哩,一掐就滴水!咱们今夜去爬墙头吧!"边义夫忙摆手,"算了算了,你不知道我心里有多烦!"王三顺说,"烦啥?炸弹都造十几个了,边爷你只等着大乱一起,改朝换代就是。到时候爷你那是高官尽做,骏马尽骑了!"

　　边义夫没想到王三顺先生对革命行情如此看好,眉头开始舒展,随口表扬了一句,"三顺,你倒是个乐观主义者嘛!"王三顺道,"我一直都很乐观!哎,对了,边爷,你发了可别忘了我呀,我可是帮您谋反造过炸弹的!"边义夫马上想到母亲关于谋反作乱的话,脸色骤然转暗,"啥大乱一起改朝换代?啥谋反?谁谋反?这是革命!民族革命!你懂不懂?我叫你看的那本《革命军》,你倒是看了没有?"王三顺垂下大脑袋,怪羞惭地道,"我一看书就犯困,再说,我才认几个字?伴读时你光让我捉蛐蛐。那书我看不懂。"边义夫说,"那可以问我么,我们是同志么!你问了么?把书拿来,我给你说!"王三顺更不好意思了,"还说啥?书早让我撕着擦腚了。"边义夫气得手直抖,近乎痛心疾首,"你……你真是朽木不可雕也!"王三顺说,"那你别雕我了,咱还是到尼姑庵爬墙戏小尼吧!"边义夫恼道,"不去不去,决不能去!霞姑奶奶来运动革命你是知道的,小少爷今儿出生你也知道的,还有就是咱新洪城里立马要举事了,要扯旗革命了,你狗东西竟还伙着老子去爬墙头,戏小尼,这不是不识时务么!"王三顺抬腿要走,"那好那好,边爷,你忙着,那我自己去吧。"边义夫认真火了,"你也不许去!养兵千日用兵一时,今儿个正是用着你的时候,走,跟我到地窖商量革命大计去!"

王三顺虽说心里不太情愿,可终是边义夫的下人兼革命同志,并且,终是一贯信仰着边义夫的,便随边义夫去了他们革命的秘密据点——地窖。

在地窖里,守着一盏鬼火般的油灯,边义夫似乎无意地说出了母亲李太夫人对革命的悲观看法,和自己对时局的踌躇。王三顺听罢便说,"边爷,老太太的话不能听哩!她又没看过《革命军》,哪懂这许多革命道理?懂革命道理的只有边爷你了。不是我捧你,别人不知道你,我是知道你的。你决非等闲之辈!你现如今窝在这里受老太太的气,就是因为缺个天下大乱的好时候,一旦这好时候来了,边爷你就直上青云了!那话是咋说的?就是你和我说的?哦,对了,'好风凭借力,送尔上青云'嘛。"边义夫有了些许快乐,"我倒不指盼青云直上,只想为咱大汉民族讨回公道,让咱天下民众都幸福,不再吃观音土,就算一时半会儿还吃不上大肉,也能喝上一两碗肉汤。"王三顺热烈地应和,"边爷,你心真善!真有雄心壮志!你们大人老爷都吃肉,也真得让老百姓喝上几口汤!其实呢,你怕也是想好了的,啥老太太,啥满门抄斩,你才不管呢!就是刀压脖子,你仍是要去革命的。革命这种事就是专为你们这种人准备的呀,你要是吃着观音土,一天到晚拉不出屎,就未必有闲心革命了,是吧?"边义夫点了点头,"倒也是。"沉吟了一下,又补充了一句,"所以,我们要代表他们去革命。"王三顺得意了,搂着边义夫的肩头,更热烈地说,"边爷,这就叫高尚啊,咱中国有那么多像你这样的高尚的大人老爷,我才觉得咱中国大有希望……"边义夫心里感动着,在筹划革命的最困难的时候,家里主仆二十多口人中,也只有王三顺先生看出了他的高尚,看出他是不同寻常的大人物,积极鼓励他去革命。心头的血水一热,边义夫真就高尚起来,"那咱就狠狠心把革命干到底吧,到得新洪举事那日,就一起去参加!"王三顺点动大头,"那是自然的了,边爷您去哪,我自然跟您去哪!"

然而,王三顺那日的心思却不在革命上,见谈得投机,又建议边义夫去尼姑庵爬回墙,说是机会难得。边义夫先还庄严着,坚持说,作为革命者在这革命前夜断不可如此荒唐。王三顺又好言相劝,道是革命的大人老爷也是人嘛,鸡巴也吃荤腥嘛,又说那两个小尼姑是多么多么的白嫩。边义夫被说动了心,可却绝口不提小尼姑"嫩与老"的问题,皱着眉头想了想,问,"这个新来的小尼姑会不会是官厅的小探子呀?"王三顺只一怔,便道,"边爷,你真有警惕性!你的估摸有道理,这小尼姑许是官厅的探子!边爷你想呀,这两小秃B为啥早不来晚不来,偏在城中要起乱,咱们谋反的时候来?怕有文章呢!"边义夫神情庄重,"那咱们去看看也好,若那两个小尼姑敢做官厅的探子,咱就把她们治倒!"王三顺兴奋地接上来,"对,治倒就操她们!边爷,我不和您争,还是您先挑!"边义夫矜持着没答腔,心下却想,只怕没这么简单哩!小尼姑可不是新洪城里的小婊子,就算爬墙获得成功,也不是那么容易上手的。况且,庵里还有两个凶狠可恶的老尼,去年秋里爬墙,就吃了老尼的扁担。不过,倒也是有趣,就算吃了扁担,也还是很有趣的。摸捏着小尼姑的酥胸软肉,听着那番尖声细气的惊叫,实能让人全身的血都热起来,这可比到新洪城里去嫖那些主动贴上来的臭肉好玩得多。

不料,那夜竟倒霉透顶。小尼姑的酥胸软肉没摸到,尖声细气的惊叫没听到,还差点儿闹出了大麻烦。到了尼姑庵墙外,王三顺托着边义夫的屁股,让边义夫先爬上了墙。边义夫趴在墙头上本应该看到点啥的,却因着鬼迷心窍啥也没注意看,扑通一声就跳下了墙。依着墙往起站时才发现,斋房的山墙前有两匹马的屁股在赫然地晃。心中顿时有些慌,想爬上墙逃回去又办不到,便急切地要墙外的王三顺先生快快跳过来,和他有难同当。王三顺不知道墙里已经危险,卖力地攀着墙,嘴里还不住声地小声嚷着,"边爷,你别叫,我就来,就来了。"恰在这时,黑暗中窜出几个人影,把边义夫一把扑倒了。已在墙头上探出了半截脑袋的王三顺,一看大事不好,不知是存心要背叛主子,还是心里太慌,身不由己了,轰然一声,跌落在墙外的杂草丛中,就此不见了踪影。边义夫却心存妄想,被几个大汉按在地上了,还尖声冲着墙外喊,"三顺,三顺,你……你快过来啊……"这时,一把雪亮的大刀片压到边义夫的脖子上,边义夫才老实了,连连讨起了饶。

被提溜到斋房,往灯烛前一站,边义夫方发现是一场虚惊:坐在斋房正中间椅子上的,不是别人,却是霞姑!两旁站着的人也全是霞姑手下的前强盗,现民军同志,便笑了,说,"霞妹,误会,误会了!"霞姑不同往常,他笑得那么甜蜜可人,霞姑偏就不笑,冷漠地看着他,紧绷着脸问,"啥误会了?这半夜三更的到这儿爬墙,想干啥呀?"边义夫嘴一张,想把关乎小尼姑是不是官厅探子的问题提出来,可话到嘴边又咽了回去。霞姑不是凡人,这理由骗不过她,没准反会让她生疑,便想如实招供,卖了革命同党王三顺,说明白自己是在王三顺的挑唆下,到这儿来爬墙戏小尼的。这念头只一闪,又自我否定了,觉得仍是不行:自己下晚还想操这女强盗,眼下又来爬墙戏小尼,咋也说不过去,不忠于爱情嘛!

霞姑见边义夫啥也不说,便语气阴沉地问,"老边,你该不是要坏我和弟兄们的大事吧?"边义夫没想到霞姑会这么疑人,觉得很委屈,"嘿,霞妹,我的好霞妹哟,咱们谁跟谁呀?你又不是不知道我的,我帮你们造了那么多炸弹,还会坏你们的事么?"霞姑"哼"了一声,"这可说不定!你别怪我疑你,我是不能不起疑的:我下晚专去叫你进山,你不跟我走,现在呢,偏又来爬墙。"边义夫听霞姑说到下晚的事,想到了绝好的理由,"下晚我被娘看着走不了,你却硬要我走;这会儿我追过来了,你却又疑我。"这话说得聪明,霞姑绷着的俊脸一下子舒展开了,从椅子上站起来,走到边义夫面前,手指亲昵地往边义夫额头上一戳,"好你个死老边!我原以为你胆小,革命不成功便不敢来革命。没想到,你今夜追来了!好,就冲着你有这个胆量,举事时我们就委桩大事让你去做!"边义夫心中一紧,"啥大事?"霞姑说,"都还没定哩!没准就派你率一路敢死队攻打知府衙门。哦,你也到桌前坐吧,我们把起事上的安排再好好议上一议。"

边义夫便在桌前的一张条凳上坐了下来,参加了新洪举事前的这次军事联络会议,并在这次会上成了西路民军的两大司令,铜山李双印和白天河的同党。这件阴差阳错的荒唐事,在边义夫发达之后,也变成了极是辉煌灿烂的一笔。

边义夫以后回忆起这件事时,曾和儿子边济国说:"……那夜我们哪里是去和小尼姑胡闹呢?我有那心思么?且不说那夜你出生了,让我极是欢喜,就是革命形势也不容许我如此孟浪嘛!你莫听你三顺叔瞎扯,我确是去开会的。当时很险哪,武昌点下的革命之火能不能在全国烧起,大家心里都没数,咱这里义旗一举是得道升天,还是粉身碎骨,就更说不清了。莫说别人,就连黎元洪都是从床底下被党人硬拖出来的嘛,黎胡子当时直说'莫害我,莫害我'!"说这话是在西江省城督军府,是一个夏日,天气很热,已做了西江督军的边义夫光着膀子躺在烟榻上抽大烟,信手抓起烟灯作为武昌,捡了两个烟泡当作汉口和汉阳,四姨太的洋玻璃丝袜奋力一撸成了汉水,烟枪一横算条长江,"当时的情形是这样的:起义的武昌新军占了汉口、汉阳,清朝政府急了眼,起用了袁项城。袁项城就是袁世凯喽。袁世凯由彰德誓师南下,猛攻武汉三镇,汉口陷落。接下来,汉阳、武昌告急。这时,各国列强的兵船云集长江水面,表面上说是严守中立,炮口却直指武昌,心怀叵测哪。一些已经宣告独立的地方见情况不妙,又想取消独立。这时,我们各地革命党人咋办呢?只能不计后果,不计得失,加紧起事。在尼姑庵军事会议上,霞姑奶奶就说了,现在我们已经没有退路了,三天之后,不是我们把新洪知府毕洪恩的狗头挂到城头上去,就是把我们的脑袋挂上去……"

四

不管边义夫事后如何表白,霞姑都绝不相信边义夫半夜三更到尼姑庵来是为了追寻武装革命。边义夫不是这种人,也没这份胆。边义夫在对面的条凳上一坐下来,霞姑便瞅着边义夫的脸膛,揣摩起边义夫的真实意图来,有一刻把边义夫想得很坏,怀疑边义夫是官府的探子。那当儿,西二路民军的李二爷李双印正指着新洪城的四座城门,讲城中绿营和巡防营的布防,筹划起事之日攻城的事。边义夫装模作样地听,眼风却一直往她脸上身上飞。霞姑这才骤然想到,边义夫的到来似乎与爱情有那么点关系:在边家大门口,她就看出来了,边义夫一直魂不守舍,那神情清楚得很,直到最后一刻仍希望她能留下来过夜的,她未允他,他才又追到这里。这让霞姑多少有点动容,心道,这爱情颇有些真挚,瞅边义夫的眼光便现出了些许温和,且在李双印说完自己的主张后,让边义夫也说说。内心里是想让边义夫当着李双印、白天河这些当家弟兄的面,给她争些脸面。

边义夫颇感突然,可霞姑让他说,却不能不说,便问,"李二爷说的是打城吧?"李双印说,"对,打那鸟城。你有啥高见?"边义夫道,"没啥高见。二爷说得很地道了。只是兄弟以为,这城不到万不得已是不必打的。若闹到打城那一步,事情可能就麻烦了。你们想呗,新洪城城墙城堡那么坚实,又架着铁炮,得死多少人呀?倘或久打不下,弟兄们的军心散了,岂不坏了大事?所以,兄弟以为,当务之急是去运动守城的钱管带,让他也像省城新军的刘协统一样,随咱一同举事。"李双印摆手道,"这事已想过了,不行!钱管带不认我们是革命军,只认我们是匪,他那巡防营剿了我们这么多年哩。"白天河也说,"边先生,李二爷说得对,咱只有打,做最坏的准备。"霞姑却执意要边义夫显出高明,"老边,你说的也有道理,且说下去:你想咋着去运动钱管带?人家把咱看成匪,咱还咋去运动?"边义夫想都没想,脱口说,"钱管带把你们看成匪,却不会把我看成匪啊,前年我不是还被李二爷绑过一回么?你们看,我去运动运动如何呢?"霞姑一怔,"哎,你去?你就不怕钱管带把你杀了?"边义夫说,"钱管带就是不愿和咱们一起举事,也不至于就把我杀了。这人没做管带以前和我一起玩过虫,还老卖烟土给我,和我有些交往。再者,眼下武昌又革命成功了,全国不少省也在闹独立,他必得想一想天下大势嘛。"李双印、白天河仍不赞同运动钱管带。边义夫有些泄气,"霞妹,该说的我说了,咋办你们各位定夺吧,我又不想争功。"

霞姑一时没了主张,便把目光投向了一直没怎么说话的革命党人任大全。任大全在斋房里踱起步来,踱到后来,桌子一拍,下了决心,对霞姑说,"咱们就让边先生去运动一下钱管带吧,没准就能成事!"任大全的决心一下定,边义夫却又怕了:方才霞姑说的没错,倘若钱管带不念旧日交情,和他母亲李太夫人一样把革命视作谋反,他真要送命的,便立起来对任大全道,"任先生,既然李二爷、白四爷都不主张运动,我看就算了吧!"任大全说,"有希望总要争取嘛,武昌的黎元洪,省城的刘建时做着协统都参加了革命,钱管带又如何会一条道走到黑呢?边同志,你且辛苦一趟,做些努力吧!"边义夫用饱含爱情的眼光深深地看了霞姑一眼,说,"我只听我霞妹的。"霞姑笑着站了起来,用一双软手按住边义夫的肩头,"老边啊,你听我的,我呢,现在听革命党的。你明日就进城去运动钱管带吧,不要说是山里弟兄让你去运动,只说是革命党黄胡子和任先生让你去的。任先生回头可以给你一张革命党联络起事的帖子让你带着。"这一来,就把边义夫逼上了梁山,边义夫对运动钱管带的事再也推托不开了,只好应承下来。

霞姑因此很是高兴。看着被灯烛映红了脸膛的边义夫,爱情的潮水及时扑上心头,有了恍然若梦的幸福感,认为自己真的有点喜欢上这浪荡子了。

其实,边义夫本来与她一点关系都没有。前年春上,是李双印的弟兄,而不是她手下的弟兄,把边义夫和王三顺背贴背一块绑了,一车推到了铜山山里。她是到铜山找李双印议事,在锁票的木栅笼里见着边义夫的。当时的情形霞姑记得真切。是个傍晚,山上的雾很大,她和李双印谈完了事,从山神庙出来,听得有人在唱,是《青天在上》里的一段,怪好听的。她驻脚听了一会儿,就问,"谁唱的?"李双印说,"一个肉票,才绑来的。"霞姑说,"看看去。"便由李双印引着到了山洞的木栅笼前。边义夫正立在笼里唱,旁边大脑袋的王三顺蹲坐在地上,拉着一把并不存在的胡琴,用口哨伴奏,二人全无忧愁的样子。李双印说,"你们还乐呢,过几天没人赎票,我就撕了你们。"边义夫不唱了,对李双印说,"二爷,你撕谁都别撕我,我值钱呢!我娘就我一个独儿子，必会来赎的。"李双印说，"那就好。"转而对霞姑说，"这人就是当年《青天在上》戏文里唱过的那个落难少爷。"霞姑动了恻隐之心，对李双印说，"你既知道人家是孤儿寡母，咋还绑人家?"李双印说，"也不是专绑的，是顺手绑的，当时没闹清他是谁。"霞姑说，"现在闹清了，放了吧，算给我个面子。"李双印很爽快，说了声行，就让手下把边义夫和王三顺都放了。王三顺一出牢笼，就跪下给霞姑磕头。边义夫却愣愣地盯着霞姑看，还说，"姑奶奶这么俊，也做强盗呀!"李双印骂，"你小子活腻了？敢说霞姑奶奶是强盗!"霞姑笑道，"咱原本就是强盗，还怕人说么?"后来又有一搭没一搭的说了些啥，现在已记不清了，只记得当晚由李双印作东，大家一起喝了一回酒，次日一早，她便带着边义夫和王三顺下山了。当时，她对边义夫并没啥特别的好感，只是觉得这人挺白净，面孔也蛮讨人喜欢，如此而已。

不曾想，到了铜山脚下，临分手，边义夫竟不想走了，要跟她去看风景。霞姑骑在马上笑道，"我那桃花山是强盗窝，只有男女强盗，没啥风景好看哩。"边义夫一把抱住霞姑的腿说，"那我就去看强盗。"霞姑戏言道，"那你倒不如也来做个男强盗了。"边义夫说，"行，就跟姑奶你去做男强盗吧!"不料，边义夫进了桃花山，强盗做了不到半个月，李太夫人便由王三顺引着找到了山里，迫着边义夫离了山。边义夫的强盗没做成，倒和她做成了一段露水姻缘。嗣后，边义夫又到山里来过几次，她也到桃花集边家去过，只是双方都再不提做强盗的话了。

霞姑觉得边义夫是个人物，有时候让人捉摸不透。说他胆小吧，碰到当紧当忙的关口上，他胆偏就很大。你说他胆大吧，他在自己母亲李太夫人面前简直像个兔子。革命前夜，霞姑已预想到了反动顽固的李太夫人可能阻挠革命，临散摊前，又对边义夫交待说，"老边，运动钱管带的事，你说做就得立马去做，别让你家老太太知道了。"边义夫这时已悔青了肠子,极怕运动不成而壮烈或不壮烈地牺牲掉,听到霞姑提到了老太太,又抓住了一根救命稻草,"老太太只怕已经知道了,我跳墙时你们一抓我,王三顺就跑了,他准要去向老太太禀报的。王三顺这位同志滑头哩,是否真革命目前尚不可知,该厮一边假模假式做着我的革命同党,一边呢,又奉老太太的意思监视我,我拿他实在是没有办法的!"霞姑有些不悦了,"这话你别再说了,运动钱管带这事不是我提的,却是你提的,你现在不能推了!"边义夫脸一红,"谁推了?霞妹,你想想,我要是怕死,想推,还主动提它干啥?你霞妹说,我老边是怕死的人么?!"霞姑拍了拍边义夫的肩头,"你不是,我知道的,你明日就去钱管带那里运动,我和任同志呢,就等着你的好消息了。"边义夫沉吟了一下,硬着头皮说,"好吧,你们就等我的好消息吧!"

五

朦胧醒来,大太阳已当顶照着了。一缕剑也似的白光直射到炕沿上。光中有尘埃飞舞。堂屋对过的西房里有婴儿的啼声。这都让边义夫警醒。边义夫想到了边郁氏和新得的儿子,又想到了要到城里去运动钱管带,才下了很大的决心,把两眼睁定了。睁定了眼仍恋着热被窝不想起身,只望着灰蒙蒙的房梁发呆……

这时,王三顺在外面轻轻敲起了窗子,一声声唤着,"哎,边爷!边爷!"

边义夫支起脑袋一看,看见了窗外王三顺那张熟悉的扁脸。扁脸上糊着几道深浅不一的烟尘,显然刚参加过劳动,一早烧过锅,或劈过柴。狗东西脸上堆满狗一般讨好的媚笑,就差没摇尾巴了。可这狗决非一条好狗。边义夫及时记起了王三顺先生昨夜的严重不忠,昨夜若不是一场误会,他若是真的碰上了锁人的官厅捕快,岂不革命到底了？甚或会壮烈牺牲呢！因此，便想狠狠骂王三顺一通，让他长长记性。却又没敢，怕贸然叫嚷起来，昨夜的荒唐事被母亲李太夫人得知，引来极不必要的麻烦。边义夫只朝王三顺瞪了一眼，就穿衣起来了。

王三顺偏在窗外表功不止，"边爷，昨夜真是急死我了，我还以为你被官府捕快拿去了，再也回不来了呢！哎，我都想好了，你要天亮还不回来，我就得去向咱老太太坦白交代，争取宽大处理了！"边义夫心里更气，操起身边的一件棉袍子，往窗台上猛然一抽，"你……你这狗东西还有脸说？滚，快滚！"王三顺身子向后闪了闪，并不向远处滚，"看看，急眼了吧？哎，昨夜的事能怪我么？我又不知道墙那边有人，再说了，要是我先爬过去，边爷你咋办呀？谁托你上墙呀？"

王三顺的声音越来越大，此等丑陋的事情随时都有可能败露，边义夫真着急了，趿着鞋要往院里去。走到堂屋正中，西房里的边郁氏隔着半开的门看见了，就喊边义夫过去看孩子。边义夫硬着头皮过去看了看自己的儿子，强笑着夸了句，"咱这孩子也不算太难看的。"夸罢，就急急走了，打着腹稿准备训狗。

到院里和王三顺一照面，边义夫脸上的笑收起了，虎着脸对王三顺道，"王三顺，我警告你：昨夜的事你别再提！再提我就扁你！昨夜我要抬举你，你狗东西偏就不识抬举！偏就！"王三顺有些摸不着头脑，"边爷，你咋抬举我？这是哪扯哪呀？"边义夫庄重地伸出三根手指，高扬着，信口开河道，"还哪扯哪？昨夜民军的三个司令都来了，三个，知道不？三个司令还都是孙文先生亲自指派来的！孙文是谁呢？就是孙中山先生嘛！革命党最大的头目，朝廷的头号钦犯，就像当年天朝的洪秀全！哎，我原想在革命党那里保你个哪路标统，你偏跑了！"

王三顺那当儿就有非凡的官瘾，一下子认真了，伸着大头问，"边爷,你真要保我个标统啊?你保得了我么?"边义夫说,"我和孙文是啥关系?保你个标统不是一句话么!"王三顺天真烂漫,还真信了,脚一跺,悔不当初了,"嘿,边爷,那事先你咋瞒着我呢?我要早知底细,也就不跑了!别说标统,就是棚长、哨官也成哪!"边义夫悻悻道,"我就想试试你这同志靠得住还是靠不住!没想到,你靠不住,色鬼一个,没有革命精神嘛!我在院里那么喊你,你还是跑掉了!"

说罢,边义夫不再理睬王三顺,只让王三顺独自在那后悔。自己去伙房洗了脸,吃了顿营养颇为丰富的早餐,估摸着王三顺后悔得差不多了,才剔着牙,迈着方步,到了牲口房,找到正喂牲口的王三顺,把革命党给他的联络帖给了王三顺,说,"再考验你一回,你就代表我们革命党,去运动新洪城里的钱管带吧!"

王三顺尽管天真烂漫,尽管想当标统,却也不想独自去冒险,就问,"只我一人去,你当老爷的不去呀?"边义夫认真剔牙,剔出一块来自羊肉包子里的硕大肉屑"呸"的一声射将出来,淡然说,"我这次就不去了,我有更要紧的事要做呀。要革命了,大家的事都很多嘛!我呀,孙文呀,省上的黄胡子呀,霞姑呀,一个个忙得贼死。"王三顺说,"你就不能把别的事先放放,也去一下么?勾通钱管带和巡防营谋反,这事也不算小了吧?!"边义夫脸色严峻起来,"那我也不能去!就是没啥事也不能去,我一去就暴露了。革命也好,谋反也好,最怕暴露后台,懂不?"王三顺不懂,说,"爷呀,我去怕不行哩,钱管带不会信我的,他只当我是小毛虫。"边义夫鼓励说,"会信的!过去我找钱管带玩虫、买大烟土不都带着你么?钱管带认识你,还夸你机灵哩!"王三顺端的狡猾,仍不应承,"那得分是啥事啊!起事造反,武装革命,多大的事呀,我这做下人的去说,人家只怕不会当真。边爷,我看你就让孙文和霞姑他们先忙着,您呐,还是和我一起去下才好。"边义夫没辙了,想想也是,王三顺这厮终是下人,钱管带恐怕还真不会拿王三顺说的话当回事。这才死了让王三顺替他革命的那份心思,没好气地对王三顺道,"好,好,就我们两人一起去吧!事不宜迟,咱们现在就得走了。"

真是不幸,两人走到二进院子的月亮门口,竟迎面碰上了李太夫人。李太夫人正指挥着一个老妈子在二进院里抓鸡。大小姐和二小姐很卖力地参与着对那只老母鸡的堵截。两个小姐干劲冲天,东奔西跑,上蹿下跳,踢倒了花盆,打翻了花架,正搞得院里一团糟。李太夫人很是生气,立在月亮门下,骂大小姐、骂二小姐,骂那无用的老妈子。可一见到边义夫和王三顺走过来,李太夫人就不管她们了,警惕地盯着边义夫和王三顺问,"你们这又是要去哪?咋就这么忙呀?"

王三顺冲着李太夫人讨好地笑着,嘴一张就是一个谎,"也不算忙,不算的!这个边爷说呀,好不容易得了少爷,得到城里给往日的师爷报个喜去!"下面的谎话不好编了,就问边义夫,"哎,是哪个师爷来?"边义夫胆怯地瞥了母亲一眼,继续编将下去,"是钱粮巷的赵师爷,我娘知道。"李太夫人有了点满意,"那就快去快回!路上当心,别惹事,如今世面太乱,别又被谁绑去!"边义夫诺诺应着,兔子似的蹿过月亮门,去牲口棚牵马。李太夫人一声断喝,"回来!"边义夫不知哪里又出了毛病?转身看着李太夫人。李太夫人说,"我可警告你,你进城要敢和作死的革命党私通,我就不认你这儿子!"边义夫道,"是,是,娘,我知道,知道了。"见边义夫牵马,李太夫人又吩咐,"别骑马了,骑驴去吧,驴终要稳当一些!"边义夫无奈,只好按母亲的意思骑驴去,驴确是比马要稳当许多。

骑驴上路时,正是大中午。天色尚好,秋日的太阳很温和地挂在湛蓝的天上,天上有朵朵白如棉絮的云头。只是,刚上路就起了风。风吹得云头翻来滚去,通往新洪的官道上一时间黄叶漫卷,尘土飞扬。边义夫骑在自家的黑毛驴上,眯眼看着天空,很感慨地拍了拍王三顺的大头,"看吧,革命就是这样风起云涌啊!"

王三顺牵着驴走在官道正中,也抬头看了看天空,"真的呢,边爷,真就风起云涌哩。"边义夫是大人物,自有大人物的深谋远虑,"可天有不测之风云,倘或革命不成功,便是谋反作乱了,那可真要杀头的,三顺,你怕也不怕呀?"王三顺只顾看天上的"风起云涌",没注意脚下,被路道上的石头一绊,差点儿摔倒,踉跄着站稳后,才说,"你当爷的都不怕,我王三顺怕个球!"边义夫矜持地点点头,"嗯,这很好,很好啊!我觉得咱这革命会成功的,就算有些挫折,也会成功。退一步说,它就不成功,官府也杀不了咱的头,咱不等它来杀,就先上桃花山做强盗去了。你说是不是?"王三顺道,"那是,谁那么痴,会等官府来杀头呀。"想了想,又问,"边爷,你说,要是咱革命革成了功,你估摸着你我能发达到啥地步?"边义夫端着下巴,沉思着,"真成了事,我觉得凭我这份才能,好歹又是个秀才,总能放个七品知县吧。三顺,你说呢?"王三顺说,"我看边爷你能做协统!你要做了协统,就保我个巡防管带吧。"边义夫手直摆,"你胡说,你胡说。我带兵不行,什么统制、协统都不是我做的,只有那县太爷才是我能做的。哎,我要真做了县太爷,就让你这厮做个衙役头咋样?腰里别着铁绳,专门锁人,威风哩!"王三顺大头直摇,"不干,不干,我才不做衙役头呢!我一定要去带兵的,带兵更威风。"边义夫说,"我都不能带兵,你还能带兵呀,笑话!"

那时,边义夫的野心就这么一丁点儿大。不说没想到以后要做割据一方的督军、督办、联军总司令,闹腾得大半个中华民国沸沸扬扬,甚至没想到以后会去带兵,最大的愿望也只不过是想放个七品知县,这就让王三顺笑话了他整十年。

民国十一年直奉战争爆发前夕,在省城督军府,边义夫为了对邻省亲奉的赵督军用兵,在直系军阀吴佩孚的支持下,把自己的八万兵马组建成讨贼联军,自任总司令兼第一军军长。在战前的军事会议上,边义夫让和他一起参加过宣统三年光复革命的弟兄站出来。有七个人站了出来,其中一个就是王三顺。王三顺时任讨贼联军第一军中将副军长兼第三师师长。边义夫拍着王三顺的肩头说,"三顺,你也中将阶级了,当时没想到吧?"王三顺说,"谁有前后眼呀?你边爷当时不也没想到么?那日咱去运动钱管带,你还说你不能带兵呢,最多只能放个七品知县。"众将领都笑。边义夫被笑恼了,桌子一拍,怒道,"不错,我当时确没想过带兵,更没想过要把买卖做得这么大。然他娘的,英雄造时势,时势也造英雄,老子就是时势造就的英雄!谁不服都不行!我告诉你们,你们要记住:从今以后,谁不服老子谁就给老子滚蛋!你就是资格再老,就算是皇亲国戚也给老子滚蛋!"王三顺从此老实了,嗣后,再不敢提这话头,只更努力地去敬仰边义夫,一直到和北伐的国民革命军决战失败,他身负重伤奄奄一息时,还对边义夫说,"边爷,你别哭我!就算我死了也别哭我!我这辈子跟着你,值!你别怨我又提那回,那回咱去运动钱管带,若不是老天爷保佑,咱……咱早送命了……"

六

许多年以后,王三顺仍不能忘记起事前新洪城里的一派肃杀恐怖的气氛。那日,他和边义夫是从老北门进的城,在回龙桥上就看见,把守城门的巡防营兵勇不少,对进城出城的可疑者都搜身抄检。城门楼上赫然挂着革命党人的首级,记不得是三个还是五个。首级是装在木栅笼里的,都风干了,仍未取下,个个面目狰狞。木栅笼下还有一排告示,书着被斩者的罪状。到了城里,在皇恩街上,又见得成群结队的官府衙役用铁绳锁着一串串人犯,往大狱里押。四下的街巷里巡防营的官兵随处可见,时而还可看到绿营满人奋蹄驰过的雄壮马队……

这景象生动真实,王三顺便怯了,下了皇恩街,一钻进小巷里便试探着问边义夫,"边爷,你看这阵势,咱还真去运动钱管带呀?"边义夫心里也发毛,脸面上仍极力隐忍着,"当然要运动的,咱们为啥来的呀?"王三顺附到边义夫的耳旁提醒道,"人家正满城抓革命党呢,咱送上门让人抓呀?呆了不成!"边义夫不作声了。王三顺又说,"边爷,你想呀,倘或你是钱管带,你会放着安稳幸福的好日子不过,去和挨杀头的革命党私通么?要是我我就不干,傻子才干呢!"

边义夫心里顿时没了底,也就难得坦率了一回,"叫你这么一讲,我也拿不准主意了。"王三顺说,"边爷,主意好拿着呢!咱早点回家就是!也别说咱们没去运动,只说运动了,人家钱管带不愿跟咱干革命。"边义夫想了想,"形势如此的严重,怕也只好这样了。这倒不是我们存心要骗霞姑奶奶和任先生他们,而是钱管带十有八九不会跟咱走的。"王三顺说,"对,对,这是不用说的,钱管带要有一丝干革命的意思,还会这么大杀革命党么?你看看城门口挂的那些人头!"

因着城中的恐怖,王三顺想早点回去。边义夫却不想回去,既已脱离革命,就没啥好怕的了,便说,半个多月没进城了,今儿个难得逃脱老太太的罗网进回城,总得找个销魂的去处耍上一耍才是。王三顺立马想到了汉府街"闺香阁"的婊子,心痒痒的,就赞同了边义夫的好主张,很快乐地跟着边义夫往汉府街走。

革命前夜,"闺香阁"仍像往常一样热闹,院里灯红酒绿,笑声一片,琴瑟之声不绝于耳。二人熟门熟路进了院子,就被倚在回廊里的两个姐妹拖住了。胖的说要他们请酒,瘦的说要为他们烧烟。两个姐妹浓妆艳抹,不论胖的抑或瘦的都很老相。王三顺看了都不中意,边义夫自然就更不中意了。可又碍着面子不好说,就被人家硬拖到了楼梯口。这当儿,老鸨托着水烟袋过来了,救了他们的驾。老鸨对那两个姐妹说,"你们拉啥呀?这二位大人是找荣姑娘和梅姑娘的,我知道。"又对边义夫说,"边爷可是有一阵子没来了吧?昨天荣姑娘还在我面前哭呢,说是想你想得不行。"边义夫问,"这荣姑娘在么?"老鸨说,"在的,像似知道你要来,今日便没出条子。"边义夫谢了老鸨,就要往楼上荣姑娘房里去。王三顺追着边义夫走了两步,小声问,"边爷,你不管我了?不说有福同享的么?我的花账咋办?"边义夫挥挥手,"还是老规矩,我一起结账。"王三顺手一伸,"那姑娘的赏钱总得有两个吧?"边义夫这才掏了点碎银子给了王三顺。

  王三顺把碎银子揣好,老鸨又带着满脸假笑走过来说,"你那要好的小梅姑娘也在家哩!只是房换了,在楼下南屋,我领你去。"王三顺有点为难——他不想去找小梅姑娘,小梅姑娘不会唱唱,再说又是操过的,没啥味道了。他想新找个会唱唱,并且漂亮有浪味的姑娘热火朝天操一回,就说,"我自己去吧。"老鸨热情无比,服务到位,非要带他去,这一来,就把他送进了小梅姑娘的怀里。

  小梅姑娘那日正来着月经,王三顺开初并不知道,待得知道,啥都晚了。看着倒在床上的那一堆诱人的白肉,没有味道也来了味道。晦气不晦气的也就顾不得想了,只一个操的念头。直操得满床的血水,仍是操。操到后来才发现,自己身上也满是污血,大腿、肚皮全都红湿一片。这才后悔起来,一边抓过小梅姑娘的衣裙在大腿、肚皮上擦着,一边骂小梅姑娘坑人,故意用撞红的晦气来毁他。

  小梅姑娘说,"不是我要毁你,却是你要毁我。你这位爷没一丝一毫怜香惜玉的心,一见面没说上几句话,就要操我,你可问过我身上舒服不舒服?"王三顺眼一瞪,"啥怜香惜玉?我不懂!我到这儿来就是为着操你的!"小梅姑娘揩着身上床上的血迹说,"那好,操完了,你走人吧!"王三顺却不知该往哪走？边义夫不是他,那可真会玩,和荣姑娘不泡上半天是断不会离开的,他除了在小梅姑娘房里待着,哪里也去不成。便恶毒地笑着走到小梅姑娘身旁,用粗大的手掌拍着小梅姑娘的光屁股,"老子才不走呢！老子歇过乏,过一会儿还操你的骚B！"小梅姑娘说,"有本事你现在就操！"王三顺惭愧了,"我得歇歇,也让你歇歇。"

因着要"歇歇",王三顺便到院中看风景。没看到别个做那事的好风景,竟看到了原要运动的巡防营的钱管带。钱管带穿一身团花缎夹袍,正站在回廊上和两个年少俊俏的姐妹笑闹,一手搂着一个,两手就插在两个姐妹的抹胸里。见了王三顺,钱管带过来了,"哎,王大头,你家边爷呢？"王三顺指着楼上,"在上面耍着呢！"钱管带笑了,"在荣姑娘那里听琴啊？告诉他,回头我也去听,我还有桩事要和他商量呢。"王三顺说,"行,行,那我现在就去和边爷禀一声。"

上楼到了荣姑娘房门口,果然听得房里有阵阵琴声传出,扒着门缝一看,身材纤细的荣姑娘正坐在边义夫怀里抚弄琴弦,还时不时地回首去啃边义夫的大驴脸。这益发让王三顺觉得吃了亏,梅姑娘说他不知怜香惜玉,可梅姑娘有人家荣姑娘俊么？有人家那么会啃么？因着心里的那份委屈,一恼之下就敲了门。边义夫开门问,"干啥呀,你？"王三顺心里不愉快,便与边义夫同志开了个天大的玩笑,"边爷,你不是要运动钱管带么？现在钱管带来了,就在楼下等你。我看运动一下或许能行,人家还说要主动找你商量呢。"边义夫的眼睛一睁多大,"真的？钱管带还要找我商量？商量革命？不会吧？"王三顺说,"听听不就知道了么？哎,我这就给你喊来。"边义夫忙道,"别,别……"却晚了。王三顺存心不让自己的同志兼主人好过,扭头冲着楼下叫将起来,生生将钱管带唤上了楼。

麻烦就这样惹下了。钱管带那日原只想强卖些新到的劣质大烟给边义夫,敲边义夫一点小小的竹杠,根本没想到革命和革命党的事,边义夫偏在最初的友好气氛中试探着扯起了革命党。钱管带也会装佯,白日里还在大肆捉拿革命党,现刻儿却做出一副深深同情革命和革命党的样子,说局势板荡,这里独立,那里独立,满人的朝廷已是风雨飘摇,不知哪日一觉醒来,就变了朝代。边义夫便上了当,真以为钱管带尚可运动,便把革命党的帖子掏了出来,拿给钱管带去看。

钱管带看罢帖子,认真问,"边少爷,你可是革命党?"这关键的时候,边义夫多了个心眼,只摇头不点头。钱管带又问,"你既不是革命党,哪会有革命党的联络帖?"边义夫说,"这你就别问了。"钱管带偏问,"哎,你把它给我看是啥意思?"王三顺这时已觉出情况不对,身上冷汗直冒,未待边义夫答话,便急急插了上来,"我……我们是禀报呀,禀报给你们官府,把革命党全抓住杀头!嚓,嚓!"钱管带莫测高深地说,"倘若我他妈的就是革命党呢?嗯?"也不知这话是真是假?边义夫和王三顺都不敢作声了。钱管带又盯着他们看,看了好半天才说,"我说二位爷,咱们都别玩戏法了,这戏法不好玩哩!不论咱过去关系如何,今儿个,你们都得跟我走一趟。这一来,兄弟就得罪二位了——"冲着边义夫和王三顺一抱拳,"兄弟先给二位把情赔在前面了。"当下,把带来的兵勇唤上了楼,两人扭一个,把边义夫和王三顺扭下了楼,拉拉扯扯出了"闺香阁"。

直到梦也似的成了钱管带和巡防营兵勇的俘虏,边义夫和王三顺还不知道钱管带到底是哪一路的神仙?去的地方也不甚了然。既不是衙门和大狱方向,也不是巡防营住的三牌楼。却是一路奔西,下了汉府街,过了状元巷,最后,到了一座门口有一对石狮子的大宅院里。进了那大宅院,钱管带让他们和押解他们的兵勇们在门房候着,说是先要去禀报一声,径自走了,过了好长时间也没回来。

边义夫知道大事不好,趁着兵勇不备,对王三顺说了句,"三顺,为人不做亏心事,不怕半夜鬼叫门,咱啥都不能认啊!"王三顺已吓了个半死,"嗯"了一声,特别表白说,"边爷,你最清楚,我和革命党那可真是一点关系没有!既不认识大头目孙文先生,也不认识省上的黄胡子。"边义夫立马气急败坏,"我……我便有么?便认识么?孙文那厮是胖是瘦我还不知道呢!给……给我记清了!咱这回进城就是为了操婊子,和革命党无涉!敢胡说八道,小心我撕你的嘴!"

七

钱管带到来时,新洪知府毕洪恩正为各地独立的消息焦着虑。一张湖北军政府半月前出的《中华民国公报》,毕洪恩看了一遍又一遍,越看心里越烦。明摆着,湖北、湖南、江西、山西是完了,上海、江苏、浙江也完了,这些地方的新军、民军已起事独立,并通电拥护中华民国湖北军政府。四川估摸也靠不住,保路同志会早就在闹,如今已是如日中天,易帜独立只是个时日问题。天下已经大乱,且会越来越乱,大清的江山看来是保不住了。省上的情况也不妙。省城天天有准备起乱的消息传来。同盟会和共进会的革命党人两次往抚台衙门扔炸弹,逼得老抚台天天禁街,天天抓人、杀人,可革命党偏就抓不尽,杀不绝。如今,连新洪这边也出了革命党,五日前抓了十几个,是绿营江标统抓的,省上一声令下"杀",便杀了。后来又抓了几个疑是革命党的人,江标统未报巡抚衙门,也未让他得知,自作主张就给杀了。这些杀掉的人,都奉老抚台之命,悬首示众,可仍是压不住暗地里爆涌的反潮。这几日,已接下面密报,道是革命党炸弹队进了新洪城,要和桃花山、铜山里的三股土匪里应外合,一举拿下新洪,成立大汉军政府。又有消息说,同盟会和共进会一直在运动巡防营,他外甥、巡防营钱管带明拿革命党,暗助奸人谋反,也不知是真是假?

正想着自己的管带外甥,门外就来了禀报,说是钱管带到。毕洪恩一怔,把那张《中华民国公报》收了,定了定神,才对禀报的家人说,"让他进来吧,我正要见他。"钱管带进来了,给毕洪恩请了安,便把革命党的帖子掏了出来,"老舅,您看看这个!"毕洪恩一看,是联络帖,不是过去常见的宣传帖,帖上且有同盟会和共进会的关防,心中不免一惊。帖子抬头清楚,是写给他这新洪知府和巡防营弟兄的,帖上说:革命之狂飙飓风已遍满域内,满清溃灭势不可免。武昌首义大功告成,本省举义箭在弦上。因此要他和巡防营顺应民意,择机而起,于义旗高张之时响应起义……云云。落款是全省同盟会、共进会时局联席会议。

毕洪恩看罢,深思片刻,"阿三,帖是哪来的?"钱管带说,"是桃花集一个姓边的纨绔少爷带来的。"毕洪恩问,"这少爷啥背景呀?是同盟会,还是共进会?"钱管带笑了,"老舅,此人是个孟浪公子,哪有啥党人背景!我便觉得有点怪:帖子不像假的,传帖的却又是这么个人,难道革命党真的无人了吗?"毕洪恩想了想,"阿三啊,你且不要这般说。有道是'人不可貌相',又道是'士别三日当刮目相看',如今大乱已起,这孟浪公子真做了革命党也说不定呢!"钱管带道,"那您就问他一问,我也因着心中起疑,才把这纨绔少爷带到您这里的。"

毕洪恩意味深长地看了钱管带一眼,"别忙,我倒是想和你先谈上一谈。"钱管带说,"那您老就说吧,您是我亲娘舅,不论说啥,也不论我赞同与否,我都不会说与别人听。"毕洪恩一听这话就想:这外甥十有八九私通了革命党,他话中的意思是诱他先把底说透哩,便微微笑,"阿三,你觉得大清的天下还坐得牢么?"钱管带反问,"老舅,您说呢?"毕洪恩摇头不止,"险哪。"钱管带探问,"险在哪里?"毕洪恩喟然长叹,"险在民心呀。这回不是洪杨起乱了,确是革命呀,情势大不同了,只短短二十余天,举国上下都动了起来,何等了得!"

钱管带默默看着毕洪恩不作声,从脸上看不出有任何私通革命党的痕迹。

毕洪恩有点吃不透外甥了,话头突然一转,"所以,有人就暗中勾通了革命党,给自己留了后路。"钱管带怔了一下,问,"老舅说谁?谁留了后路?"毕洪恩火了,鸡爪似的手指往钱管带脑门上一指,"就是你钱阿三!你还给我耍鬼心眼?绿营江标统正要告你私通革命党呢。"钱管带一怔,"当真?"毕洪恩说,"掉脑袋的事,我能胡说么?"钱管带慌忙辩解,"这……这是江标统害我!"毕洪恩却道,"就是真通了革命党,也不要怕,今日,我只要你向我说清楚就行。"

钱管带这才承认说,"老舅,早几日是有过一个省上的朋友来约我,要我和桃花山里的女匪霞姑联络,我没应。老舅你想呀,我剿匪剿了这么多年,到末了却和匪搅到了一起,成啥话呀?!"毕洪恩说,"不和匪搅到一起是对的,可后路还是要留的。你省上那个朋友,还能联络上么?"捅破了这层纸,钱管带也不怕了,挺惋惜地说,"老舅呀,当初你也没给我透个底,我哪敢放肆?现在联络不上了,我回绝了人家,人家还和我联络啥?正因为这样,今晚我才把边义夫带到了您老这儿。"毕洪恩想了想,觉得和革命党联络也许只有这条路了,便道,"罢了,罢了,那就把这人带进来问上一问吧,但愿他是一个真正的革命党……"

带上了边义夫和王三顺,却没问出个名堂来。无论毕洪恩和钱管带怎么和气地启发,边义夫和王三顺就是不说自己和革命党的联系。问到那联络帖,二人极一致地说是捡来的,送给钱管带专为了讨赏。这就让毕洪恩为难了。毕洪恩捻着胡须,围着边义夫和王三顺踱了半天步,才做出了决断,让钱管带把他们放了。

钱管带觉得怪,待边义夫和王三顺一走,便问毕洪恩,"老舅,你咋放了他们?明摆着他们是说瞎话嘛!"毕洪恩话里有话,"所以,我才放了他们嘛。"钱管带问,"那昨日抓到的两个疑犯是不是也放掉?"毕洪恩摇了摇头,"那两个却要杀掉。"钱管带马上明白了老舅的高明:边义夫拿着革命党的真帖子,老舅偏要放,而那两个疑犯明明不是革命党,老舅却要以革命党的名义杀。这一来,就留了后路。就算革命党日后成了事,也不会因为两个屈死鬼向他算账的。而杀了他们,正可堵江标统的嘴。钱管带服气了,很敬仰地看着自己老舅,听他作进一步安排。毕洪恩沉吟半天,才又说,"阿三哪,这事才刚开了个头,你还有得忙呢!传帖的那两个人不都是桃花集的么?你给我派人盯牢实了,一俟发现他们和革命党联络,立马向我禀报,以便相机行事。"钱管带应道,"是,是,老舅!"

八

趁着夜色逃出新洪城,跌跌撞撞往回走的路上,边义夫就料定事情不会如此轻易地结束,已想到了放长线钓大鱼一说。钱管带和不知来路的大老爷几句话一问,就把他和王三顺放了,实在是太让人不能放心了。就算钱管带和那位大老爷不杀他和王三顺,至少也得把他们枷号关上个十天半月嘛。现在竟是这么一个美丽的结局,真像一场大头梦了。边义夫觉得,他和王三顺极可能都是暂时漏网之鱼,钱管带必是希望他们带着长线游进海里,钓出孙文、黄胡子这类大鱼。但这些反革命们失算了,他们的线放得再长也是无用:孙文这种大革命党,他和王三顺并不认识,霞姑和任大全又都在桃花山里,没谁会来上钩。他和王三顺就算想出卖这场革命,也是出卖不了的。倒是很为自己和王三顺担心,怕钱管带捕不上革命党的大鱼中鱼,便回过头重捕他和王三顺这两条混迹革命的小鱼。

在夜路上,边义夫对王三顺说穿了关乎长线与大鱼、小鱼的断想,要王三顺和他一起逃往桃花山,投奔霞姑,"……三顺,你想啊,咱往桃花山一钻,不就是小鱼入大海么?钱管带纵有百丈长线,天大的罗网,也抓我们不到了。"王三顺那时还没从逃得一命的喜悦中醒转过来,怪懵懂地问,"逃啥呀逃?我的个爷呀,你还没作够呀?"边义夫说,"如今不是咱要作,是钱管带逼咱作!咱要不进桃花山,就得进新洪城里的大狱!我倒要问你了:你是进山躲风头呢?还是想进大狱呢?"王三顺这才清醒了,连连道,"边爷,我进山,进山!当然进山!"

回到家,天已大亮。东方的空中血洗似的红,日头却看不到,低一片高一片的云朵把日头遮住了。主仆二人被鲜亮的天光伴着,一前一后进了院门,样子都极是狼狈的:一头一脸的灰土,身上的衣袍更改了原有的颜色,有的地方还跌破了口子。二人原本油黑的大辫子因此变得浑黄,如同肮脏的驴尾。而骑走的小黑驴却不见了踪影,因逃命心切,主仆二人哪还顾得上拴在窑子门前的驴啊。这一夜过去,小黑驴估计凶多吉少,就算不被贼人牵走,也得让那帮婊子卖了。

也是倒霉,进门就撞见了李太夫人。李太夫人像似算定了他们主仆二人这夜的遭遇,见他们这副模样并不吃惊,只把身子横在院内的条石道上,亲切地问了句,"这一夜玩得开心吧?"边义夫吊着脸,信口道,"开啥心呀?回来的路上又让土匪抢了,包袱和驴都让抢了,不是三顺忠心耿耿舍命救我,我没准还得被绑一回!"李太夫人说,"哦?倒也是怪了噢,别人不被绑,就咱老边家倒霉,前年绑了一次,这回又要绑,都当上革命蟊贼,姘上人家女强盗了,仍是被绑,真是怪出鬼了!"边义夫红了脸,吭吭哧哧说不圆了。王三顺接上来说,"嘿,我的老太太哟,您老要说怪,那真是怪;说不怪呢,也并不算怪。要知道,昨夜那匪不是霞姑一路的,却是另一路的,而且根本不革命。这不革命的匪正和霞姑奶奶那一路革命的匪结了仇。我边爷不提那霞姑倒还罢了,这一提霞姑呀,老太太你猜怎么着……"李太夫人哪愿听王三顺这番现场编排的辩白?未待王三顺说完,抬起手,劈面给了王三顺一个大耳刮子,一举歼灭了王三顺拙劣的艺术虚构。

眼见着自己革命同志兼下人受到如此不堪的对待,边义夫很恼火,被迫奋起反抗,对李太夫人大吵大叫说,"娘,就算要打,你也该打我,咋打三顺呢?昨夜倘不是三顺救了我,您老人家又得花钱去赎人!"李太夫人正在气头上,听孽贼儿子这般一说,也就挺不客气地赏了儿子一个更加有力的大耳光,"你这孽贼就是真被匪绑去,老娘也不会再去赎人了!你想想你算个啥东西?啊?老天爷保佑,老边家没在你手上绝了后,你倒好,连着两夜不归家,弄得像只丧门犬!"

边义夫这一夜吃惊受怕,加之走了近四十里的夜路,又饿又乏,火气意外地大了起来,也冲着母亲顿足高叫,"好,好,那我现在就进山!现在!免得你看到我这只丧门犬就生气!"李太夫人算定儿子不会走,也不敢走,就发狠,手往门外一指,"门开着呢,你想上哪没人拦你,你快走吧!还有你,王三顺,你家老爷能离开我这个当娘的,却不能离开你这好宝贝,你也马上给我滚!都滚!"

王三顺左右为难,不敢说滚,也不敢说不滚,怯怯地看边义夫。边义夫觉得借着这个由头到桃花山里避风倒真是好,只是于又饿又乏中马上就走不太好,遂对母亲道,"好,好,娘,你甭赶我,我和三顺吃过早饭就走!"李太夫人说,"我看你们这早饭不在家吃也罢!桃花山匪窝里有人肉包子好吃,那可强似咱这里的粗茶淡饭了。"边义夫听到母亲说到匪窝和人肉包子,觉得革命受到了污辱,自己说啥也得为霞姑奶奶辩上两句话,便叫,"娘,我既要走了,今儿个就得把话给你说个明白彻底:如今的霞姑已经不是女强盗了,人家是革命党那边的民军司令!我今日奔她去了,不是为匪为贼,却是投身武装的革命!来日没准就是新朝的县太爷!您老人家睁大眼睛等着看好了!"李太夫人笑了起来,笑出了眼泪,"知儿莫如母,你边义夫要是能谋个新朝的县太爷,只怕太阳得从西边出来!"

边义夫带着王三顺去灶间吃饭了,李太夫人揩去眼角笑出的泪,却骤然想来:儿子口口声声说要进山,又说霞姑那女强盗做了民军司令,这不是公然地要去参加谋反作乱么?!这就证明儿子一直没把她的苦心教诲当回事,已决意要把满门抄斩的大祸引进家了。李太夫人惊惧之下,急急赶到灶间,一把揪牢边义夫满是灰土的脏辫子,厉声问,"孽子,你……你可真的是要去附逆作死啊?"

边义夫饿得很,吃得便凶猛,被李太夫人揪住辫子时,嘴里正塞着一大口油水很足的羊肉包子,一时无法回话。李太夫人把儿子的辫根往高处拎了拎,"你这孬贼,倒是说话呀!"孬贼把嘴里塞着的包子分两批强压进肚,才翻着白眼球说,"娘,你别管我!是你让我走的,再说,我这也不是谋反,是参加革命!我前天就和你说过的,武昌已经成功了!"李太夫人抓着儿子辫根的手禁不住就松开了,"敢情我的话你一句没听进去呀!"边义夫说,"我今日非走不可,不走就有麻烦!我在城里已被官府冤做革命党拿过一回了,不进山,只怕就得进牢狱。"

李太夫人凭着自己当年携子告倒刘管带的经历,决不相信官府会随便枉抓一个好人。况且自己儿子又是如此不争气,便认定不是官府冤了儿子,却是儿子主动投了革命党。这就不好办了,李太夫人眼中的泪水默默无声地落了下来。透过泪眼,能看到儿子宽阔的肩和背,还能看到儿子半截白生生的脖子,本能地想到那是将来让官府下刀的好地方。李太夫人心里有了一阵阵感叹:这就是儿子,一个从落生就不让人省心的东西。小时候她抱着他走府上县,为他寻花问柳被人弄死在雪地里的爹鸣冤报仇。自己舍不得吃,舍不得喝,却花钱给他请奶娘,带在身边四处走。可这孩子吃了那么多奶就是不长肉,瘦得两根筋挑个头,还老是生病。大了,该开蒙了,请了最好的先生,送他去读私塾,还让王三顺伴着,他却往人家先生茶壶里尿尿。后来到了该求取功名的时候就更糟了,回回应试,回回名落孙山,二十岁上,都有两个闺女了,才中了个恩科的破秀才。这两年看着要好一点了,偏又闹起了土匪会匪革命党,把她对儿子最后的希望一点点闹没了。

　　历史的场面如此这般地一幕幕浮掠在李太夫人眼前,每一幕都展示着一个倔强母亲的悲惨失败。李太夫人心酸难忍,禁不住捂着脸,"呜呜"哭出了声……

　　边义夫在母亲的哭声中吃得很饱,伸着懒腰,打了两个颇为嘹亮的饱嗝,才抹着嘴边的油水安慰了母亲一番,只说自己这一走并不是去死,只是去避一避风头,用不多久就会回来的。革命风起云涌,胜利指日可待,革命胜利之日,便是他凯旋之时。王三顺也在一旁小心地劝,道是只要自己在主子身边,主子自然不会有任何危险。李太夫人仍是哭泣,并不说话,这种惨景在昔日极为少见。

　　到得快晌午,边义夫和王三顺真要走了,李太夫人却又一妇当关,拦在了大门口。老夫人的眼圈自是烂红的,眼窝里的泪水则不见了。脸上的悲惨也没了踪影,像似随泪水一起风干了,挂在面皮上的是边义夫和王三顺见惯了的阴冷。

　　边义夫说,"娘,不是说好了么?你让我走,官府来了人,我想走也走不了了。"李太夫人说,"义夫,你别走,咱不怕官府,咱到官府自首具结,官府里明镜高悬,只要你悔过自新,娘保你平安无事!"边义夫气了,"要去你去,我是不去的!"李太夫人又火了,"谋反做螾贼的是你,却不是我!"边义夫说,"那你让我走!"李太夫人还不甘心,"你真要走?"边义夫说,"真要走。"李太夫人说,"那好,把你两个闺女一起带走!"边义夫说,"娘,你不是说笑话吧?"李太夫人说,"我没心思和你说笑话。"边义夫想到自己刚得的儿子,母亲的孙子,便要挟,"那也好,我的儿子我也带走。"李太夫人深表赞同,"对,这样最好,免得日后满门抄斩时他吃上一刀。哦,对了,还有他娘郁氏你别忘了,也得带着。只生下两天的孩子得吃奶,这我得提醒你。"边义夫见要挟不成,反又多出了两个崭新的累赘,只得知难而退,回房再作打算。在自己房里吸了一阵大烟,又待了一会儿,决心终是下定了:就算带上两个女儿,仍是要走的。带上两个女儿并不只是累赘,倒也有个好处,父女聚在一起,在革命的日日夜夜里就不会寂寞了。

这回李太夫人不拦了,也不让边郁氏去拦。边义夫和王三顺便一人背着一个大包袱,各带着一个小姐,准备去投奔革命。李太夫人看着两个小姐,祖母的慈祥和爱意顿时泛起,叫住了边义夫说,"等等,给孩子带点玩的东西吧!"边义夫道,"不必客气。"李太夫人说,"我和你还客气吗?给孩子拿些玩具也是应该的!"

然而,让边义夫万没想到的是,这玩具竟是地窖里他和王三顺先生秘密制造出的陈年炸弹!李太夫人明知是炸弹,却故作不知,拿了一颗在手中赏玩着说,"这玩意该咋玩,你多教教你两个闺女,啊?"边义夫吓白了脸,忙去夺,"娘,这玩意会炸的!"李太夫人很惊异,"它会炸么?我常把它泡在水缸里,从没见它炸过嘛!"边义夫这才恍然大悟:怪不得他和王三顺造了这许多炸弹竟无一例成功,却原来全都被母亲精心用水浸泡过。这老太太端的反动透顶,而又诡计多端!

在院门口,真要走了,李太夫人才真心诚意说,"义夫,你别怪娘逼你,娘不逼你,啥时在山里过得不痛快了,人肉包子也吃腻了,就回来,啊?"边义夫心里气得很,因那份气,便凭空生出了偌大胆量,粗声粗气对母亲说,"娘,我若不凭借这场革命混出个人样来,就再不来见你了!"言罢,率着王三顺和两个小姐,跪下给李太夫人磕了头,如同欲刺秦王的荆轲,上了一辆套好的大车。为了向母亲显示自己的英雄豪情,大车上路之际,便立在车上放声吟诵起了岳飞的《满江红》,

"怒发冲冠,凭栏处,潇潇雨歇。抬望眼,仰天长啸,壮怀激烈……"

正悲怆地壮怀激烈着,先是大小姐边济香望着越来越远的桃花集,"哇"的一声哭将起来。继而,二小姐也学着大小姐的样子哭号不止。二位小姐愈哭愈烈,瞬即哭出了颇为夺人心魄的声色。边义夫无奈,只得舍了对《满江红》的吟诵,弯下身子去哄二位小姐。待得哄得好了,却无了吟诵《满江红》的兴致,只看着大车上满脸泪水的大小姐和二小姐难过不已,恍惚还落下了些许英雄泪。

红着泪眼,边义夫长叹一声,抚着王三顺先生的大头感叹说,"三顺呀,你且不可忘了今日啊!你得帮我记住了,我边义夫是在怎样的情形下走出这一步的!"王三顺郑重地点动着大头,"我会记下的,边爷你也得记下了,今日又是谁忠心耿耿伴着你走出这一步的!"边义夫动了感情,一把搂过王三顺,把一只颤动不已的手死死压在王三顺的手背上,"我断不会忘的!古人云:苟富贵,毋相忘。待得革命成功,我边某决不会亏待你,决不会!三顺,你记住我这话好了!"

其时,日头正好,白灿灿的阳光映着远处的桃花山,显得那桃花山暗青一片。深秋的道路也是极好看的,沙石路面上铺满金黄的落叶,如同一条彩带,蜿蜒西向,直达青山的尽头……

第二章 "三炮将军"

九

大小姐边济香宣统三年九岁半,其记忆力应该是可靠的。载入史册的这场民族革命过去若干年后,大小姐在一次有日本领事参加的宴会上说,自己头一遭把父亲和伟大这个词汇联系在一起去想,就是在大车通往桃花山的路道上。大小姐肩披一件银狐大衣,带着迷人的微笑,娓娓向日本领事山本先生和众多中外来宾描述着父亲当年投身革命的景象,道是父亲在如此艰难的时刻,仍是如何地不屈不挠,如何地向往革命,谁也压他不住。大小姐说,这便是伟人的气度,且以不容置疑的口吻断言,当今中国之伟人只剩下了两个半:国民革命军的蒋中正算一个,北京城里的张大帅算一个,那半个就是自己父亲——五省联军义帅边义夫了。"在这里,我要向诸位透露一个秘密,"大小姐对一客厅的中外来宾卖弄说,"家父把《满江红》定为军歌,就是因了那日的感受。"大小姐的回忆中透着娇柔的深情,"我记得清楚哩,那日险得很,家父双手叉腰,一路高歌着岳武穆的《满江红》,领着我们走到口子村,就遇上了巡防营钱管带派来的便装兵勇。便装兵勇一听《满江红》,就知家父是坚决的革命党,就用……"大小姐将纤细的白手做出枪模样,在众人面前比画着,"就用五响毛瑟枪顶着家父的腰眼道,'你唱什么唱?'家父说,'我高兴唱就唱。'便装兵勇便让家父跟他们走,家父不从,当下和兵勇们拼打起来。这时,桃花山里的霞姑奶奶及时赶来了,才救下了家父和我们。"大小姐舒了口气,像似刚刚脱险归来,"这一来,民国二年进行反对袁世凯的二次革命,要定军歌了,家父说,就用岳武穆的《满江红》吧!老子是唱着《满江红》参加辛亥革命的,往后还得唱着它,造福本省民众,造福国家民族……"

大小姐在所有叙述中,都把自己说成了其父的天然盟友,似乎头一个发现父亲伟大的正是她。这就让王三顺先生不服气了:大小姐边济香怎么会是边义夫的天然盟友呢?恰恰相反,大小姐正是她老子的天然敌人!于是乎,已做了中将军长的王三顺便把大小姐当年如何做李太夫人的小同党,如何向李太夫人告发边义夫的革命活动,如何和李太夫人一起把他们秘密造出的炸弹放在水缸里大肆浸泡,在通往桃花山的路上又是如何大哭大闹拖累革命,及至向便装兵勇告密的事实,都于某一次醉酒之后说了出来,让大小姐气了王三顺大半个冬天。在王三顺诚实的记忆中,宣统三年秋天的大小姐实是李太夫人手下反革命的小爪牙,常常会为了从李太夫人手里讨得几枚可怜的铜板而出卖革命和自己革命的父亲。被王三顺亲自抓牢的事实就不下十余次。起事前那次霞姑奶奶来边家,和边义夫畅谈革命,就是大小姐趴在窗外偷听,听完向李太夫人告的密。可王三顺再没想到,大小姐也会在桃花山下的口子村向便装兵勇公然告密,差点要了他的命……

他们一行是在傍晚时分到的口子村。再往前,就是桃花山的深山老林了。大车进不了山,边义夫便让车夫驾着大车回桃花集。大小姐见状,"哇"的一声哭了,口口声声要回去找奶奶。车夫拉马掉头时,大小姐又爬上了车。车夫很为难,对边义夫说,"老太太放过话了,要回得老爷和两个小姐一起回,单把小姐带回去是不许的。"大小姐抱着边义夫的腿,要边义夫回去。边义夫说,"济香,咱都不回,咱去找霞姑奶奶玩去,山里好玩哩!"大小姐脑袋一拧,刁钻地道,"除非玩强盗的头,别的我都不玩,我不喜欢玩炸弹!"边义夫说,"好,好,不让你玩炸弹,就让你玩强盗的头。"大小姐见父亲轻易就答应了,益发得寸进尺,连强盗的头也不愿玩了,点名道姓,要玩霞姑的头,且学着李太夫人的口气,骂边义夫的魂被那女强盗勾去了。边义夫这才气了,狠狠打了大小姐一巴掌,让王三顺把大小姐抱到村口一个无人照应的破茶棚下等候,自己到村里去找人带路进山。

　　边义夫走后,王三顺一手拉着大小姐,一手揽着二小姐,坐在茶棚的石台上,担当守护两位小姐的职责。可只坐了一会儿,就坐不住了。大小姐哭得凶猛,带动着二小姐也参加去哭,王三顺心烦意乱,先好言好语地哄,甚或趴在地上爬,让大小姐、二小姐骑大马,仍是不能奏效。王三顺急出了一头汗,想到两个小姐爱吃糖球,遂决定买两串糖球来收买小姐们。正是在王三顺到外面买糖球时,两个一路盯梢过来的便衣兵勇到了。其中一个矮子问大小姐,"你们哭啥呀?"大小姐抹着泪说,"我们要回家。"矮子诱问大小姐是咋到这儿来的?大小姐说,自己按奶奶的意思,假意跟谋反的父亲进山,想闹下父亲的威风,和父亲一起回。没想到,父亲谋反铁了心,再也不回了,她才怕了。矮子拍着大小姐的脑袋说,"莫怕,莫怕,我们不但带你回去,也带你爹回去。你爹得进城,不能进山。"

　　这一来,王三顺就遭了殃。王三顺拿着两串艳红的糖球一回来,矮子就拔出五响毛瑟快枪顶住了他的腰眼,突然一声断喝,"别动,动就打死你!"王三顺不敢动了,软软地要往地上倒。大小姐于他倒地之前,及时夺过了他手中的糖球,一边放在嘴上很是解恨地咬着,一边当场告密说,"这人就是王三顺,和我爹一样是蟊贼,还是我爹谋反的同党,造过很多炸弹!"矮子对大小姐说,"这我们都知道。"又对王三顺道,"你他妈的给老子们识相点,待你边爷来了之后别作声,一起跟我们到城里走一趟。"王三顺哭丧着脸说,"我不进城,我……我们要进山奔丧。"站在对过的麻子笑了起来,"你狗日的还装像呢! 和你明说吧,我们是钱管带派来的,打昨夜就一直盯着你们,你们不进趟城,俺哥俩咋向钱管带交待?"王三顺的腿支不住了,一屁股跌倒在身后的石几上。恰在这当儿,边义夫和一个山里人模样的中年汉子快步走了过来。王三顺心里又急又怕,不顾那两个兵勇的事先警告,斗胆叫了一声,"边爷,人家钱管带追……追到这里来了!"

边义夫听了王三顺的叫,仍向破茶棚前走了两步——也只两步,便驻了脚,惊疑地向这边看。身边那中年汉子反应则快,身子敏捷地向跟前的一株松树后一躲,立马拔出了土枪。茶棚里的矮子和麻子见势头不对,一个抓住王三顺做挡箭牌;另一个揪住大小姐当人质,也把枪口瞄向了边义夫和中年汉子。

对峙片刻,松树后的中年汉子发话了,对矮子和麻子说,"你们知道这是啥地方么? 敢在这舞枪弄棍,就不怕霞姑奶奶扒你们的皮?"矮子和麻子自然知道口子村是霞姑的地盘,不是因着钱管带的命令和赏银,也不愿往这儿钻,先软了下来,把枪收了,说,"我们不敢找麻烦,只想请边先生到城里去一趟,你且行个方便吧!"边义夫道,"我不去,我和钱管带并不认识。"矮子说,"边先生忘性不小啊,才昨夜的事就忘了? 在'闺香阁',你不是找钱管带传过帖么? 对了,还有你的驴,你的小黑驴闺香阁的人送到巡防营来了,等你去牵呢!"边义夫慷慨地说,"驴我不要了,送你们巡防营弟兄了!"矮子还要啰嗦,中年汉子恼了,枪一挑,"你们快滚,再不滚,只怕就有麻烦,霞姑奶奶一到,你们想走也走不了了!"

也是巧,正说到霞姑奶奶,霞姑奶奶竟到了。踏踏一阵蹄声从口子村里响起,瞬即响到面前,十几匹快马旋风似的出现在僵持的众人面前。边义夫和中年汉子惊喜万分。中年汉子把土枪收了,从松树后站出来去迎霞姑。边义夫叫了一声"霞妹",热切地扑至马前。矮子和麻子这才死了心,再不敢多放一个屁,转身悄然逃了,待得众人想起他们时,他们已不知踪影所向。

霞姑那日俏丽英武,一副出征的装扮,腰间别着两把快枪,一袭红斗篷在身后飘逸起舞。在边义夫身旁跳下马,霞姑极高兴地抓住了边义夫的手摇着,"好你个边哥,竟在这时来了!你大约是算准了咱西三路民军要在今夜集结吧?"

边义夫笑道,"这我可不知道,我是带着他们来避难呢!"说着,把身边的大小姐、二小姐,还有王三顺指给霞姑看。霞姑觉得奇怪,"这马上就起事了,你还避哪门子难呀?"边义夫说,"不就为着昨日去运动钱管带闹出了乱子嘛!钱管带把我和王三顺抓了一回,却又意外放了,怕想放我们俩的长线,钓姑奶奶你和任先生这些大鱼中鱼哩!我自是不能让他钓的,便想来个鱼入大海不复返。"

霞姑这才记起了自己和任先生下过的指令,格格笑道,"也算难为你了,吃了这场惊吓。不过呢,咱不指望钱管带了,巡防营又有了别的内线,今夜你只管放心跟我进城,明日到皇恩饭庄吃酒就是。"二小姐一听要进城,仰起小脸对霞姑说,"霞姑姑,也带我去吧?我还没进过城呢!"霞姑这才想起问,"老边,马上起事,这般的忙乱,你咋还把两个小姐带来了?"边义夫正要把一肚子苦水往外倒,大小姐却瞪着霞姑叫道,"都因为你勾了我爹的魂,我奶奶才把我们都赶出来了!"霞姑问边义夫是咋回事?边义夫把事情的根由说了。霞姑感动了,看看大小姐,又看看二小姐,对拥在身边的弟兄说,"你们往常都笑边先生是软蛋,现如今边先生和亲娘翻了脸,扯着这么小的两个小姐来参加起事,算不算条汉子呀?"众弟兄都说算。霞姑说,"那好,边先生就算咱民军西一路的人了!"

于是,边义夫在西一路民军弟兄尊敬的目光中,正式置身于起义的民军队伍,被封为西一路民军总联络,也就此开始了嗣后长达近半个世纪的戎马生涯。

十

那年头,民军队伍里并非人人都向往革命。有人向往的是革命制造出的空前混乱,于混乱之中继续劫富济贫,替天行道;有人是想借革命的由头,改了为匪的身份,变相接受招安,修成正果;有人天生就是赌徒,与其说投身革命不如说投机革命,只想于改朝换代的革命中飞黄腾达,直上青云,做新朝的开国功臣。

霞姑早就知道西二路司令李双印李二爷的坏心思。这李二爷在自己忠义堂改做的司令部里,公开对手下弟兄说过:起事成与不成,都与咱们无关,咱要的就是那份乱,趁乱洗他娘的几条街。还定了洗街的计划:若是攻破老北门,便先洗皇恩大道,再洗绸布街。若是破了西城门,就洗汉府街,再绑些"闺香阁"里的婊子走。革命党人任大全便劝,说是天下无道,你们弟兄才替天行道;倘或起事成功,天下有了道,大家就得改了,非但不能洗城,还得为城中民众做主。李二爷清楚任大全的党人身份,不敢再深说下去了,只笑着点了点头。任大全却不放心,三路民军总集结那夜,还是把李二爷说过的话又说与霞姑听。霞姑听罢便道,"任先生,你说得对,咱既打了革命党的旗号,哪能再殃民害民呢!"任大全说,"你既也如此想,出山时就得把这意思和李二爷并弟兄们讲讲!"霞姑应了。

午夜,一切准备妥当,连素常不大出山的八门土炮都支到了大车上,西三路民军近两千号人马就要打着火把向新洪进发了。霞姑对李二爷和白天河说,要对弟兄们训话。白天河倒没说啥,李二爷却颇不耐烦,"你真是的,该说的不早说完了么,还训个啥?还是快快发兵的好!"霞姑道,"咱手下都是啥兵?天天训都还天天抢,再不训,破城后咱还管得了么?"李二爷只得说,"那好,那好,想训你就训!"霞姑便勒马训话。李二爷和白天河骑马陪着,边义夫和任大全打着各自手中的火把给三个司令照着亮。那夜的场面极是壮观,无数火把映红了半边天际,四周恍若白昼。气氛也是悲烈的,往日的匪们成了参加革命的民军,马上要投入一场关乎民族复兴的大厮杀,一张张粗野的脸上便现出了少有的庄严。

悲烈庄严之中,霞姑的话音响了起来:"各位弟兄,我再说一遍,咱这回去新洪不是去抢去杀,却是去光复我大汉江山!所以,姑奶奶不嫌啰嗦,还要提醒你们一下:咱现在不是匪了,是匡汉民军的西路军!和咱一起举事的还有省城的革命党和各地的会党、民团、新军,哪个还敢再把往日的做派拿出来,抢人家的钱物,绑人家的肉票,奸人家的姐妹,姑奶奶就剁他鸡巴日的头……"

山风呼啸,吹起了霞姑身后的红斗篷,像似鼓起了一面旗——霞姑面前也正是旗,一面镶红绸边的黄旗,上书"匡汉民军第一路"七个血红大字,旗和字都在风中猎猎飘动。"……还有就是,要不怕死!要把头别在裤腰上干!改了民军,咱规矩还是规矩,当紧当忙把头缩在裤裆里的,丢了受伤弟兄不管的,趁乱打自家人黑枪的,都要公议处罚!一句话,咱得把这场起义的大事干好了,让世人知道,咱不光是杀人越货的土匪强盗,也是光复社稷国家的英雄好汉……"

霞姑训得实是好,边义夫听得浑身的胆气直往头顶蹿。后来,当边义夫也有了训话资格,也在各种派头更大的场合训话时,就会禁不住想起霞姑的这次了不起的训话。因此认为,训话是个带兵的好办法,既能显示训话者的威风,又能蛊惑人心。边义夫认定自己当年就是被霞姑蛊惑着,才于新洪起事时一战成名的。

霞姑训完话,西路民军两千人马兵发新洪。走在火把映红的夜路上,边义夫带着被霞姑蛊惑起的决死信念,向霞姑请缨道,"霞妹,你也分些兵让我带吧!"霞姑没把边义夫当回事,笑道,"我不是让你做了总联络么,还带啥兵呀。"边义夫心头的血水沸腾到了极致,在马上晃荡着说,"霞妹,你别看不起我,我或许也能带带兵,你可以让我试上一试嘛!"霞姑敷衍说,"好,好,我和任先生若是被官军的大炮轰死了,这手下的弟兄就交给你去带!"说罢,不理边义夫了,策马去追李二爷和任先生他们,也不知又去商量啥大计,估摸着是攻城细节吧。

这让边义夫很失望。边义夫就对从后面赶上来的王三顺感慨,"三顺呀,你看出来了么?做啥都得有本钱哩,你若不砍下几颗人头,谁都不信你能带兵!"王三顺吓了一跳,"边爷,你还真想杀人呀?"边义夫心情悲愤,"革命就是杀人嘛!"手与臂扮成大刀样,在马上挥着,做着英勇的动作,"就这样杀!杀!杀……"本还想说,"如此这般便能杀出条英雄血路来。"却没说出。因着那杀的动作过于勇猛,身子偏离了马鞍,一下子跌下马来,就此跌没了那段英雄血路。

就在这日夜里,省城新军协统刘建时在党人领袖黄胡子的策动下同时举事了……

十一

新洪知府毕洪恩天蒙蒙亮时便被城中的嚣闹声惊醒了,躺在床上就预感到祸事将至。果不其然,刚披衣下床,负责守老北门和西门的管带外甥闯了进来,气喘吁吁地叫,"老舅,坏了,坏了,民军起事了,老北门外一片火把!绿营江标统在南门老炮台和民军接上了火!"毕洪恩惊问,"咋这么快?昨晚你不说就算民军起事,也得三五日之后么?"对局势判断的失误,让钱管带很难堪,"我也只是估摸——我估摸传帖的边义夫直到昨日还往桃花山里逃,就觉着一时……一时是乱不了的。我再没想到,桃花山的匪和铜山里的匪竟会连夜扑过来打城……"

毕洪恩脚一跺,"阿三,你这是愚蠢!那个边义夫是十足的革命党!是革命党与匪的重要联络人,你到现在还没看出么?!这人明知今夜要起事,却故意作出一副慌张的样子往山里跑,就是要诱你上当,攻你个猝不及防!"钱管带擦着额上的冷汗,不敢放声了。毕洪恩扼腕叹道,"革命党厉害哩!善于伪装哩!"

钱管带讷讷着,"老舅,事已如此了,再说这些也是无用,咱还是快想辙吧!您……您老看咱们咋办?到这地步了,咱是让巡防营的弟兄打,还……还是不打?"毕洪恩问,"绿营那边是啥意思?"钱管带说,"绿营是要打的,江标统这人您又不是不知道,连康党都容不得,哪会给民军拱手让出城来?方才他已让手下人找了我,要我的巡防营同他一起打到底。还说已派了快骑到省上报信,省城东大营的增援人马最迟明日可到,我们坚持一天一夜就有办法。"

毕洪恩想了想,"那就打一下吧!总不能一下不打,就放他们进城的。"钱管带皱着眉头,"可打也难,守老北门的弟兄都不愿打,想议和。"见毕洪恩的脸色不对,才又说,"我疑他们中间有人已和匪联络过了,便抓了几个。"毕洪恩怒道,"不但是抓,还要杀!他们是匪,不打咋行?!就算是革命党的湖北军政府,将来也是要剿匪的!"钱管带说,"老舅呀,难就难在这里,人家打的偏是革命党的旗号。"毕洪恩仍是怒,挥着手,"本知府偏不认它这革命党,只认它是匪……"

正说到这里,绿营江标统派了个哨官,带着几个兵赶来了,要接毕洪恩到绿营据守的老炮台躲避。毕洪恩一口回绝,对绿营哨官说,"我就不信新洪会在这帮土匪手中陷落!本知府身受朝廷圣命,沐浴浩荡皇恩,值此危难之际,哪有躲起来的道理?岂不要吃天下人的耻笑?！本知府要豁出性命和匪决一死战！"哨官见毕洪恩这样决绝,不好再说什么,带着同来的兵勇,唯唯退去。

哨官一走,毕洪恩又长吁短叹地对钱管带道,"阿三,你看出来了么？江标统是想抓我呢！这狗东西防了我一手,怕我也像别处的巡抚、知府那样,突然归附民军,宣布独立。"钱管带试探说,"老舅多疑了吧？江标统只怕还是好意吧？"毕洪恩道,"好意一个屁！你老舅这么多年官场不是白混的,啥人啥肚肠,一眼就看得出来！"因着绿营哨官不怀好意的到来,毕洪恩"打一下"的主张动摇了,略一思索,即对钱管带道,"走,阿三,一起去老北门,看看情势再作主张吧！"

到了老北门,天已大亮。围城民军的漫天火把看不到了,能看到的只是民军第二路的红边天蓝旗在远处飘,还能看到城下无数乱哄哄的人脑袋、马脑袋。正对着城门的乱坟冈上,有三门铁炮支了起来,炮口直指毕洪恩和钱管带站立的城头。不过,却不像要打恶仗的样子。巡防营的弟兄兴奋地盯着城下,指指点点议论着啥,仿佛看民军演操。民军也不放枪,只对城上的弟兄喊话,要弟兄们掉转枪口打绿营。这当儿,绿营据守的城南老炮台方向,攻城的枪炮声响得正紧。

毕洪恩看了一会儿,心中有了数,扭头对钱管带说,"阿三,到这当儿了,你还想唬我么！你既不想打,和我明说便是,何必吞吞吐吐呢？"钱管带尴尬地笑道,"老舅,我是不想打,可我也没放匪进城呀！"毕洪恩冷面看着外甥,"说说你的真主张。"钱管带这才道,"老舅,你心里大概已有数了：我的真主张是坐山观景,看着匪们去打江标统。江标统倘或抗打,匪们从城南老炮台攻不入,省上的援兵又到了,我就打城下的这群土匪；倘或江标统不抗打,城被破了,我就开了城门起义,顺应革命大势。"毕洪恩沉吟了一会儿,点点头,"嗯,好,这很好,你倒是出息了。只是,你不打城下的匪,匪们打你咋办呢？"钱管带道,"我咋着也不能让他们打我。这就得把火往江标统那引了,让那老王八蛋去好好吃点教训！我已从城墙上放下了两个弟兄去和他们谈了，只说保持中立，让他们集中火力去打绿营。"毕洪恩没再说什么，默默下了老北门城头，回了知府衙门。

知府衙门那日偏吃了城中革命党暗杀队的炸弹。据守护衙门的兵勇和衙役说，就在数十分钟前，新学堂的一伙男女学生从府前街过，走到衙门口，突然就攥着炸弹往大门里冲。守在门口的兵勇一看不好，当场开了枪，打死了一个女学生，打伤了三个男学生。其中一受伤的男学生十分凶悍，肚子上吃了一枪，浑身是血，仍把手中的炸弹扔进了衙门里，炸塌了半边门楼，还炸死了两个兵勇。

毕洪恩看到，知府衙门前一片狼藉，门楼石阶上落着一摊摊稠红的新血，尚未凝结，女学生和两个巡防队兵勇的尸体都还在地下躺着，四处散落着从炸飞的门楼上倒下来的碎砖烂瓦，空气中仍能嗅到浓烈的硝磺味。毕洪恩已定下的心又收紧了，铁青着脸问，"那帮学生呢，捉了几个？""一阵乱枪驱散了，三个伤的没跑了，都在签押房，等大人去审。"毕洪恩本能地想下一个杀的命令，可话到嘴边又止住了：这帮学生不是匪，是革命党的暗杀队，杀了他们，只怕起事一成功，自己就不能见容于新政了。遂心事重重去签押房见那三个受伤的男学生，没问没审，只吩咐手下的人去请医治红伤的先生，给三个男学生包扎伤口。

医伤先生来了，给学生们包扎了伤口，毕洪恩才叹着气对三个学生道，"你们年纪轻轻，别的不学，偏学着往官府衙门扔炸弹，这有啥好？"一个人高马大的学生说，"我们扔炸弹正是当今最好的事情，至少比你们做满人的奴才要好！就算我们死了，也是光复祖国的英雄！而你的末日跟着也就到了！"另一个瘦瘦小小的学生当场煽动，"毕知府，你得认清天下大势，参加光复才是！现在民军已兵临城下，省上革命党和新军刘协统也在昨夜举了事。"毕洪恩这才知道省城也出了乱子,忙问,"这么说,你们和省上的革命党有联络喽?是不是省城革命党派来的呀?"学生们却再不说什么了,只对毕洪恩怒目而视。毕洪恩无法再问下去,更不好对这三个学生说出自己心里的主张,便做出一副笑脸,对学生们说,"国家的事你们不懂,也容不得你们这样乱来的。我念你们年幼无知,不办你们,你们现在先在我这儿待几天吧,待得事态平息,我就让你们的父母领你们回去。"

嗣后,毕洪恩整个上午都在想省城的起事,算定省城独立是迟早的事。想来想去,就入了魔,竟在沐浴着浩荡皇恩的知府衙门里,于精神上先降了乱匪,且捻着下巴上的几根黄胡须一遍遍打着腹稿,做起很实际的迎匪的心理准备了……

十二

攻打绿营老炮台的是霞姑和白天河的两路人马,战事激烈异常,铁炮和云梯都用上了,还使炸药包炸过城墙,仍是无济于事。绿营凭借坚固的城堡,和众多的连珠枪三番五次把逼近了城墙的弟兄打了回去。天放亮时,伤亡弟兄已不下百十口,第三路司令白天河也壮烈殉难。南门打得这般猛烈,西门和老北门却听不到动静,这就让霞姑起了疑。打西门的是一帮子会党、民团,和霞姑他们打的是同一面旗,却不是一路人,要点滑不怪;打老北门的是李双印西二路的弟兄,这李二爷也不打便怪了。况且北门守城的是巡防营,巡防营里还有内线,打起来本比南门这边要容易得多。霞姑便派了两个弟兄分别到西门和老北门传令,要联庄会和李二爷都打起来,对南门形成呼应。不料,两个传令的弟兄回来说,守西门和老北门的巡防营已严守中立,所以才没打,道是李二爷还问呢:要不要把西二路弟兄都拉过来打老炮台?霞姑一听就气了,挥着手中的枪骂,"李双印是个糊涂虫!两军对垒,中立何存!巡防营中立是假,一枪不放就守牢了城门才是真！传我的话：让李双印盯着老北门打！"过了半个时辰，传令的弟兄又飞马回来了，说是没能见上李二爷，李二爷坐着吊筐上了老北门的城头，和那钱管带去谈了判。霞姑傻了眼，顾不得面前的第四轮攻城，拉马要去老北门。跃上马，无意之中看到了正无所事事的边义夫，才又想到派边义夫替代自己去老北门督战。

边义夫那当儿一腔革命热血滚沸着，却无事可做——不是他不想做，而是霞姑瞧他不起，给他挂个总联络的空名，啥事也不让他做，他只好举着一只破旧的黄铜单管望远镜，和王三顺一起倚马观战。那战也观得不甚痛快。王三顺虎视眈眈，老想图谋他手上的望远镜，还试着和他闹平等，公然提出：望远镜应该一人看一会儿，不能光他一人老看。边义夫很气，说，"你看啥看？你又不懂攻城的事！"王三顺说，"你就懂么？你要懂咋不去攻城！"边义夫说，"我就是不懂，也是总联络！我若不看清楚，咋着联络？"王三顺说，"都打成这样了，还联络个屁！别拾个鸡毛当令箭，人家给你个总联络的名，就是哄你玩吧！"边义夫恼透了，正要发上一通老爷兼总联络的脾气，霞姑策马过来了，甩手一马鞭，打落了他手上的望远镜，勒着前蹄高举、嘶鸣不止的红鬃马，道，"老边，你不是想带兵么？快给我上马到老北门去，临时指挥李双印的西二路，带着弟兄们攻城！"

边义夫极是愕然，仰着脸问霞姑，"我去了，那李二爷干啥？"霞姑没好气，"李二爷死了！"边义夫便奇怪，"老北门还没接上火，李二爷咋就死了？"霞姑没解释的耐心，"你去不去？你不去我就去了！"边义夫忙说，"我去我去，立马去！"霞姑手中的马鞭杆往王三顺一指，"你也一起去！"二人上马时，霞姑又交待，"得让老北门赶快打响！"边义夫直点头，"是！打响，一定打响！"想到要指挥一路人马了，却还没有啥武器，才又说，"有家伙么，快给我一把！要不镇不住人呢！"霞姑勒着马，四处一看，见一个拿洋刀的弟兄离得最近，就把那弟兄的洋刀要了过来,连刀带鞘抛给了边义夫。边义夫又看中了霞姑的毛瑟快枪,可霞姑没说给,他也不好张口要,稍一踌躇,带着些许遗憾,和王三顺纵马走了。

一路奔老北门去了,边义夫仍未多用心思去想如何攻城,却老想自己即将显示出来的威风。只离了南门没多远,就让王三顺和他一起下了马,帮他一道整理身上的威风。洋刀带鞘,须得挎上的,只是该挎在左边,还是该挎在右边弄不清。还不敢直接去问王三顺,一问便显得自己浅薄了,不问,又怕挎错了方向,吃李二爷手下弟兄的耻笑。边义夫便说,"三顺,现在,我倒要考你一考了,你看老爷我这洋刀该挎左,还是该挎右呀?"王三顺想都没想便说,"这还用考?挎右!"边义夫点了下头,"嗯,不错!"遂把刀挎在了身子的右侧,可试着抽了下刀,发现极不顺手——使刀的是右手,刀又挎在右边,恍惚不太对劲。可看着王三顺坚定而忠实的目光,怀疑便打消了。挎上了洋刀,仍嫌威风不足,又把攥在王三顺手上的单管黄铜望远镜夺了过来,用根布带绑着,吊到了自己的长脖子下面。王三顺委屈死了,又不敢明目张胆去和自己的主子争夺,便说,"边爷,敢情这仗是你一人打了,我跟着你也是多余,我还是回南门霞姑奶奶那去看风景吧!"

边义夫挎上了洋刀,又于脖子上吊了只望远镜,心理上很满足,态度也就出奇的好,指着王三顺的鼻子笑道,"看你,看你,又要小心眼了吧?你看啥风景呀?革命是看风景么?它不是,它是一伙人推翻另一伙人的暴烈的行动!你还得跟我走,我现在指挥着一路人马,正是用人之际哩!"王三顺痛苦地责问主子,"你用我做啥?我连根打狗棍都没有!"边义夫说,"现在委屈你,用你做我的护卫兼传令官,打开新洪城,我用你做……做——三顺,你自己说吧,想做啥?"

王三顺那时并不知边义夫进城就会发达,以为打开新洪城后,边义夫也做不了啥,自己就更甭指望能做个啥了,便道,"我啥都不想做,只想你把望远镜送我。"边义夫应了,"行!"王三顺不放心,爬到马上仍伸着大头问,"你作得了主么?"边义夫大大咧咧地说,"老爷现在是总联络官了,这点主还作不了么?!"说罢,决计不再和王三顺啰嗦,举起黄铜单管望远镜,先向枪炮声热烈的城南了望一番,又掉转马头,向老北门方向瞅了瞅,才神色沉重地对王三顺道,"三顺同志呀,咱快走吧,兵贵神速哩!李二爷既已死了,这西二路还不知乱成啥样了!"

十三

但凡伟人在伟大之前总要吃凡人的耻笑,这几乎成了一种铁律。边义夫后来不止一次地想过,为啥事竟如此呢?为啥众多凡人在伟人伟大之前就看不到伟人内在的伟大之处呢?这不是国人目光短浅又是啥?目光短浅的家伙们只看到他洋刀挎错了方向,只知道他脖子上吊着个单管望远镜不成体统,还编出书歌子来嘲骂,什么"将军威风大,洋刀右边挎……"这些人就没看到他边义夫将军那与生俱来的英雄气魄!在城南老炮台打得这么激烈时,就没有谁想到下令去开上几炮!

西二路民军的三门铁炮那日没有开火的样子。边义夫策马跃过回龙桥时,就从单管望远镜里看到,三门炮对着老北门支着,很像回事,炮旁却没人影。到得近前再看,发现管炮的十余个弟兄正躲在棵大树后掷骰子赌钱,言词中透出,不论谁输谁赢,皆于进城洗街后结账。往高耸的坟丘上一站,不用望远镜也能瞅到,四处乱糟糟的。西二路的弟兄有的三五成群在旷地上晒太阳、捉虱子;有的喝酒划拳胡喊海叫;还有的抱着刀枪,呆狗一般向城头眺望,不知心里都在想些啥。

这景象让边义夫极是生气:霞姑正带着手下的弟兄拼死猛攻老

炮台,死伤无计,连白天河都殉了难,这边倒好,没打仗的样子! 李二爷死没死不知道,眼面前的散漫却是亲眼见了,若不是亲眼见了,也真难让人相信。边义夫黑着脸让王三顺找来了西二路的副司令胡龙飞先生,问胡先生这边都是咋回事? 胡龙飞不紧不忙说,"边先生,你别急! 不是我们不想打,是城上的钱管带不想打! 咱民军一到城下,里面的内线就放出话了,说是只要不打一切都好商量。我和李二爷就想,既是能商量,不打倒也好。边先生你想呀,咱现在是民军,不是土匪,硬打啥呢? 日后进了城,没准还要和钱管带他们共事,不打不是少结怨,少伤人么?!"

边义夫气道,"你这边少结怨,少伤人,南边霞姑奶奶就吃绿营大亏了!"胡龙飞说,"不能说谁吃亏,软硬兼施也是好的,霞姑奶奶硬打打成了,咱就从南门进城;咱这边软谈谈成了,就从咱这边进城;正可谓相得益彰哩! 李二爷眼下正在谈判,这边还是有希望和平解决的。"边义夫认为胡龙飞先生和李二爷都有坑霞姑奶奶的嫌疑,再不想和胡龙飞多啰嗦,把挂在身子右侧的刀一抽道,"和平个屁! 霞姑奶奶有令,这一路交我指挥了,只一个字:打!"胡龙飞似乎不太相信,上下打量着边义夫,"霞姑奶奶叫你来指挥我们? 你边先生能打仗?"边义夫道,"我能不能打仗,你立马就会知道的!"胡龙飞这才说,"就是打,也得等李二爷谈判回来呀! 若是现在就打,只怕就毁了李二爷!"边义夫道,"等不得了,毁了李二爷也得立马打响!"胡龙飞坚决不干,"要打你去打,我不打,我不能对钱管带和李二爷言而无信!"边义夫道,"好,好! 就老子打了! 老子要不敢打也就不来了!"胡龙飞退到了一旁,却还讥讽边义夫,"边先生胆量不小,只是先生你的刀得重新挎一挎,别让人笑话你都指挥一路民军了,还不会挎刀!"

边义夫已顾不得去和胡龙飞斗嘴,对王三顺喝了一声"走",三脚两步冲到聚着许多弟兄的旷地上,挥刀对着众弟兄就是一番大叫,要他们立马整队集结。可叫出了一头汗,弟兄们就是不动,几乎没有谁相信这位把洋刀挎在右边且在脖子上吊个望远镜的可笑的家伙会是他们的新指挥官。王三顺在一旁死劲证实,弟兄们仍是不信,且指着边义夫说笑不止。边义夫火冒三丈,却也无可奈何,只得让王三顺再把胡龙飞先生叫来。胡先生慢吞吞来了,并不对弟兄们确认边义夫的指挥身份,只说据边义夫自称,是奉了霞姑命令指挥西二路民军的。这个"自称"很是要命,带有怀疑的意思,甚或还隐喻着煽动,面前的弟兄便更加放肆了。

有个粗犷的独眼粗汉实是存心找死,呵呵笑着,走上前来,伸着一双乌黑的脏手,要给边义夫重新披挂洋刀的刀鞘。边义夫实是气疯了,浑身的热血直往脑门涌,当时也不知是咋回事,突然间就把寒光闪闪的洋刀举了起来,"刷"的一刀,将独眼粗汉砍翻在地,继而举着滴血的洋刀,嘶吼道,"他妈的,老子不是来和你们逗乐的!老子是你们西二路的新司令,胆敢放肆者,都是这个下场!"

这是边义夫一生中杀的第一个人。杀时因着气愤,没考虑后果。事后想想却惊出了一身冷汗:在那混乱场合,如若有人扑上来也给他一刀,或者从远处打他一枪,他就完了,再没有后来那番伟大与辉煌了。伟大在那日就将被消灭,历史将会改写,那个叫边义夫的家伙也就注定只能是芸芸众生的小人物中的一个了。

然而,这一刀没砍出乱子,倒是砍出了一派意想不到的服帖。第一个服帖的便是西二路那位副司令胡龙飞先生。胡先生在边义夫吼毕,不知因啥一下子改了态度,也站在那独眼弟兄的尸首旁吼了起来,对弟兄们说,"咱现在是民军,不是土匪,南门打得正紧,咱不打是不成话的,不听边先生的军令更是不成话的!"胡龙飞要弟兄们服从边义夫的指挥。边义夫这才又把刚才的命令重复了一遍。弟兄们肃立着听,听罢,在各队长、棚长的带领下,整队集结,做攻城的准备。

弟兄们整队的时候,边义夫才感到后怕,才想到李二爷和他算账的问题。便强自镇静着,问已服帖了的胡龙飞,"这个抗命的弟兄是谁呀?"胡龙飞说,"是李二爷的保镖,叫徐从喜。"边义夫想问:这徐从喜和李二爷关系如何?却没敢问,怕一问让刚服帖了的胡先生看出心底的虚怯,只道,"你胡副司令可亲眼看到的,这人我不能不杀,不杀仗就没法打了!"胡龙飞道,"是!是!边先生真有大将之风啊,一刀立威哩!"边义夫又想:这人死得也算冤,只不过和他开了个玩笑,他竟让人送了命,实是过分了些,禁不住有些悔,便又对胡龙飞道,"终是自己弟兄,日后这徐从喜的家人,我要抚恤的。"以后,边义夫真就抚恤了徐从喜一家老小许多年,这其中既有愧疚,更有感激。越到后来越清楚,正是这个叫徐从喜的小人物,在他最需要确立权威时,用自己的脑袋帮他确立了权威,促使他在新洪城下一战成名,显露了英雄本色。

这就到了边义夫改变新洪历史的重要时刻:宣统三年十一月十一日上午十时三十五分。边义夫走到三门铁炮旁,左边立着胡龙飞,右边站着王三顺,手中的大洋刀一举,在蔚蓝的空中划出一道雪亮的弧,口中一声断喝:"开炮!"三门铁炮同时怒吼起来,充作弹片的生铁蛋子于硝烟火光中瞬然扑向城头,轰碎了钱管带狡诈而虚伪的和平,造出了西二路民军第一阵骇人的声威。借着铁炮造出的声威,弟兄们呐喊着开始攻城,西二路的旗和革命党的十八星铁血旗擎在两个骑马弟兄的手上,活灵活现地向城下飘去。弟兄们手中的快枪土枪也响了,枪声和喊杀声宛如响彻四野的惊雷,情形声势实是动人。何为壮阔,边义夫在那日的老北门城下是真切地感受到了。因着那感受,边义夫雪亮的洋刀于空中划出了第二个弧,又是一声大吼:"开炮!"铁炮再度响了起来,炮身四周的硝烟如云如雾。边义夫于硝烟的升腾之中,举起了脖子下的单管望远镜,向城头看去——啥也没看到,现在眼前的只是一片茫然升腾的白雾。第三次下令开炮时,城头巡防营已升起了两件白大褂,边义夫偏没看到,仍是下了开炮的命令,待从望远镜里看到时,两门炮已经响了,巡防营已把城门打得大开,攻到城下的弟兄正蜂拥而入……

就这样,边义夫成了中华民国历史上有名的"三炮将军"。后来,捧他的人说,这三炮决定历史。新洪城正是因为有了边义夫三次开炮的命令,才得以成功光复;贬他的人却说,这三炮打得实是荒唐,本无必要,李双印先生在城头上和钱管带谈得正好,巡防营已准备火线举义了,他还在那儿胡闹;而史学家于边义夫百年之后编撰的《辛亥新洪光复记》中则另有见地,道是边义夫下令开这三炮时,省城宣布独立的消息恰巧传来,钱管带才顺水推舟依附了革命。

十四

边义夫以胜利者身份懵懵懂懂进城时,没想去见钱管带;钱管带钱中玉先生却及时想到了要见边义夫。钱管带身边明明守着西二路司令李二爷,又明明刚和李二爷在城头喝了几壶好酒,还偏就不认李二爷,单认一个边义夫。在那乱哄哄的时刻,钱管带扯着醉醺醺的李二爷在城门洞下的人群中四处瞅。瞅到了边义夫后,兴奋地又是挥手,又是跺脚,很带劲地叫,"边爷!边爷!"继而,钱管带便冒着和挥刀持枪弟兄相撞的危险,急急迎了过来,一把扯住边义夫的手说,"我的好边爷呦,您总算又来了!"那口气,倒仿佛早盼着边义夫开炮攻城了。

这让满脸满身硝烟的边义夫很惊愕。钱管带一口一个"边爷"的叫,还做出一副前所未有的笑脸,使边义夫觉得这原本相熟的管带变得陌生了。在边义夫的记忆中,钱管带本是很牛气的,就是当初没做管带,只做着左哨哨官时,就很牛气,斗虫只能赢不能输,赢了也没笑脸,倒像是给人家面子。强卖大烟,还老使假。"边爷"自是从没叫过,高兴了,唤一声"边先生",不高兴了,便骂他"混账孟浪公子"。就是在前天,这位管带先生还想把他作为乱党来抓哩!今日,竟对他称起了"爷",还对他"您"上了!这革命带来的变化实是惊心动魄哩。

李二爷也让人惊心动魄。边义夫刚瞅见李二爷时,还怕李二爷为他下令轰的三炮怨他恨他。不料,李二爷非但没怨,还呵呵大笑,"好你个边先生,竟他娘敢用炮轰老子!倒也轰的是时候,你他娘这一轰,钱管带的决心才下定了!"

边义夫端的机灵,认定自己取得了和钱管带、李二爷平等的资格,也就果断捐弃了前嫌,一手抓着钱管带,一手抓着李二爷,双手用力地摇着,笑呵呵地连声道,"霞姑奶奶催得急呀,不开炮没办法,真是没办法!让二位爷受惊了!"

钱管带说:"不惊,不惊,你边爷这几炮不打,我也说不服底下弟兄!这些弟兄不是我,真心向往革命,一个个心眼活络着哩!"李二爷也说,"惊个球!我和钱管带都是经过大事的人!"钱管带急急说,"是哩!是哩!咱这吃粮的,啥没经过呀?——当然和您没法比,边爷您浑身是胆,且又太精明了,都精明得成了猴。哦,失言失言!我说这猴,它是革命的猴,本意是夸您!你看,前天我和我老舅,就是咱知府毕大人啊,那么问你,你都不说你是革命党,我和我老舅想参加革命都没法和你联络呀。这一来,就闹出了今日的小误会!若是前天……"

边义夫不愿和钱管带去谈前天,前天不堪回首,自己和王三顺先生被吓得狼狈逃窜,有啥谈头?一谈不正显出自己的虚怯来么?便不接钱管带关乎"前天"的话头,只问,"哎,毕大人还好么?现在何处呀?"钱管带道,"毕大人好,好着呢,目下正在知府衙门候着您呢,已放过话了,说是要和你们党人商量看,看咱新洪咋个独立法?"边义夫一听这高级干部知府毕大人这么看重自己,嘴和心都不当家了,忙对钱管带说,"那咱不能让毕大人老等,得快走啊,去和毕大人好好商量商量这革命之后独立通电的事!对了,怕还得出张告示安民吧?!"钱管带道,"可不是要出安民告示么?毕大人都想到了,只等您老去定夺了!"

身边乱糟糟的,城南老炮台方向还响着枪炮声,李二爷便道,"绿营还占着老炮台呢,咱现在商量个球?得他娘的先打服绿营再说!"边义夫想想也是,便也应和说,"对,老炮台不攻下,新洪还不能算最后光复!"钱管带先还坚持要与边义夫一起去知府衙门,可边义夫已决意要先打绿营,钱管带才屈从了,只得集合起守城的三哨官兵,合并西二路的民军弟兄去打绿营。绿营在城内城外各路民军与巡防营的两面夹攻之下,只支撑了不到两个钟点,便吃不住劲了。江标统得知巡防营已经举义,新洪城区大部失陷,又听说省城也已独立,援兵无望,自杀身亡。守城堡的两个营打了白旗,还有一营人马沿靠山的一面城墙逃到了郊外,顿作鸟兽散。至此,新洪全城光复,时为宣统三年十一月十一日十二时许。

是日下午二时,光复新洪的各路民军首领和响应起事的钱管带、毕洪恩并巡防营哨官们云集知府衙门,于象征着五族共和的五色旗下,历史性地宣布了新洪脱离清政府而独立的文告。文告为知府大人毕洪恩亲手撰写,当众宣诵之时,仍墨迹未干。文告说,新洪一府六县一百二十万军民于斯日完全结束清政府长达二百七十五年的统治,归复祖国。独立后之新洪,拥戴已于数小时前独立的省城军政府,并接受中华民国湖北军政府为代表中国民众之全国性临时政府。文告的语句言辞都是从《中华民国政府公报》上抄来的,该有的内容都有,一句不多,一句不少,与会者均无异议,遂一致通过了文告,并决议以文代电,通告全国。

对与会者来说,独立文告并不重要,重要的是:谁来主持光复后的新政。以钱管带的巡防营和毕洪恩的前朝旧吏为一方,以霞姑和李双印并其他民团首领为另一方,在这个问题上发生了严重分歧。双方各自推出了主持新政的代表,且互不相让,这就形成了僵局。民军方面推出的代表是霞姑。前朝旧吏和巡防营哨官们推出了毕洪恩。民军方面认为,毕洪恩乃前朝旧吏,且是在兵临城下之际被迫响应革命的,出首组织新政,难以服人。前朝旧吏和巡防营方面则认为,民军各部原为打家劫舍绿林,由绿林女首霞姑出面组织新政,更难服人,且会给本城民众造成无端恐惧,败坏光复的名声。双方咋也谈不拢,会上几乎要拔快枪了。

这时,天已黑了,会场的气氛又很紧张,毕洪恩便建议先吃晚饭。一边吃饭,一边都本着天下为公和对本城民众负责任的两大原则再想想,想好了,吃过晚饭后接着协商。双方在这一点上形成了一致,都同意了。晚饭没出去,是把几桌酒菜叫到知府衙门将就吃的。吃过晚饭,民军方面还在为打破僵局思虑时,前知府毕洪恩抛出了一个崭新的建议,代表巡防营和前朝旧吏保举了边义夫。毕洪恩拿出边义夫和王三顺前日送来的联络帖,展示着说,"这场民族革命,皆革命党主持也!边义夫先生便是一个够格的坚决的革命党,且是我新洪本地之革命党,素负众望,所以,本着天下大公的思想,我们愿公推边义夫先生出首组织新政。"

边义夫在毕洪恩说这番话时,还在盘算着咋把霞姑推上去,根本没想到毕洪恩会提出让他来组织新政。边义夫以为自己听走了耳,直到一屋子的人都把目光投到他身上了,才惶恐不安地问毕洪恩,"毕大人,你莫不是拿我寻开心吧?"

毕洪恩没有寻开心的样子,冲着边义夫极是真诚地说,"这么大的事,谁能胡乱说么?你边先生敢大义凛然到我和钱管带这儿来运动革命,今日就该担起新政的职责嘛!"边义夫听毕洪恩再次提到运动革命,益发心虚,忙站起来连连摆手道:"毕大人,诸位,兄弟……兄弟真是不行的,兄弟以为,不论是霞姑奶奶还是咱毕大人,都要比兄弟高强许多,尤其是毕大人,是老干部了,所以……"

边义夫的话尚未说完,钱管带便立将起来,把边义夫的话礼貌地打断,讲故事一般把边义夫运动革命的大义凛然又宣布了一遍,有鼻子有眼地说,边义夫当时是如何如何地英勇无畏,如何如何地声泪俱下诉说大汉民族二百七十五年"痛史",又是如何如何倡导革命,才促成了巡防营和毕知府参与起事,才有了新洪的成功光复。因此,钱管带宣称,"边义夫先生主持今日新政当之无愧!"

边义夫第一次政治投机,就是在钱管带说完这番话后开始的。他本心还是想拥戴霞姑的,可嘴一张,话竟变了,竟也做梦似地讲起故事来,道是钱管带和毕大人也不简单,出于民族大义,当场表明了支持革命的态度,并承诺于民军起事之日予以响应云云。"因此,"边义夫说,"由毕大人来组织新政自是顺理成章。"

民军方面却不接受毕大人,仍坚持拥戴霞姑,新贵们彻夜开会终无结果。黎明时分,革命党人任大全耐不住了,拍案而起,红涨着脸吁请双方同志以光复大局为重。双方代表才在极勉强的情况下,议决通过了边义夫为新洪大汉军政府督府,主持新洪一城六县军政。另举毕洪恩为副督府,霞姑为民政长,协同负责。

年轻党人任大全奔走革命,白忙活了一场,官毛都没捞着一根,却对这结果颇为满意,乐呵呵地带着几个前暗杀队的受伤学生回了省城,向省城党人领袖黄胡子复命去了。行前,专去军政府向首任督府边义夫辞了别,嘱咐边义夫好自为之,告之边义夫:新政首要之事便是剪去民众的辫子,以绝前朝旧根。边义夫极是感动,大夸革命党人公心天下。当然,也为任大全抱了几句亏,要任大全留下做自己的师爷,以图一个比较美好的前程。任大全不干,摆摆手说,后会有期。

果然后会有期。二人的一生竟就此有了连绵不绝而又割舍不断的联系。小来小往不计,让举国瞩目而载入史册的就有好几桩。十六年后,任大全任北伐军南路前敌司令,率三万革命铁军沿江而下,把边义夫的联军逼上三民主义之路,达成国民革命的成功,这算是第一桩;二十七年后,身为战区副司令长官的任大全带着十数万人马和日军会战,惨遭失败,奉命转进,把边义夫的队伍留在了沦陷区,迫使边义夫和他的队伍归顺了南京汪"主席",干起了"和平救国"的勾当,算是第二桩;三十六年后,时势又变,边义夫与时俱进,追求光明,逮捕驻部督战的任大全,通电中共毛泽东、朱德,宣布率领部属火线起义,算是第三桩。民国三十六年那次不是共产党发话,任大全就走不了了。在平桥机场,边义夫按西柏坡的指令礼送任大全出境时,任大全毫无感激之情,阴狠地说,"边义夫,我早知有今天,三十六年前就会在新洪除掉你!"边义夫断然道,"这不可能,当时新洪军政府的督府是我不是你!"想了想,又感叹说,"不过,我得承认,三十六年前你是革命志士,我不是。我是谁?这一生的路该怎么走,当时我根本不知道。头一天进新洪军政府去做督府就像做大梦哩……"

十五

王三顺再没想到自己的主子边义夫一夜之间成了督府。哆哆嗦嗦进了前朝的知府衙门——新朝的督府衙门后,手脚都不知该往哪里放。待得边义夫身边没了人,便想问边义夫:这革命是不是就像做梦啊?不料,未待他开口,边义夫把门一关,倒先开了口,恍恍惚惚地问他,"三顺,你说,咱是不是在做大梦呀?几日前咱俩还是丧门犬,这一下子就……就督府了,搁在前朝就是正五品啊,连毕大人、钱管带,还有霞姑奶奶和李二爷他们,都在咱手底下管着,是真的么?"

王三顺逮着自己的大腿掐了半天,掐得很疼,才向边义夫证实,"边爷,是真的!革命成功了!新洪光复了!您老发达了!"边义夫仍是摇头,"三顺,我总觉得这发达得有点悬。你不想想,毕大人、钱管带能服咱么?就是霞姑奶奶也不能服咱呀!"王三顺分析,"霞姑奶奶倒没啥——您和霞姑奶奶是啥关系?一个床上的革命同志,你做这督府,和她做督府有啥两样?"边义夫说,"倒也是。我已和霞姑奶奶说过了,我挂这督府的名,家让她来当!"王三顺提醒,"钱管带和毕大人倒是要防着点,甭看他们今日抬举你,可你别忘了,那日咱进城去运动……"边义夫忙制止,"哎,哎,那日的事你狗东西今后不许再提,再提老子撕你的嘴!"王三顺不敢提了。边义夫才又说,"钱管带和毕大人自是要防的,可他们主动保举了我,总也得给我一些面子的,断不能咋着我,你说是不是?"

王三顺认为不是,认为主子该用几个贴心的卫兵来保护自己已伟大起来的性命。边义夫知道王三顺沾光的心思,就采纳了他的建议,传来钱管带,指着王三顺说,"钱管带,这位王先生你是熟识的吧?跟我许多年了,读过《革命军》的,很有革命精神,对我忠心耿耿哩!此次光复新洪又立了大功,我想保举这人在我身旁谋个差,你看咋样呀?"钱管带两眼笑成了一道缝,恭顺地道,"督府,您老说咋着就咋着!"边义夫不说他想咋着,只对钱管带虎着脸,"咱如今的督府不是往日的知府衙门,不能我说咋着就咋着!中华民国乃民主国家,干啥都得体现民心民意。我就把你看作民意代表,让你说!"钱管带试着说,"让咱三顺老弟先做个捕快?"见边义夫不作声,钱管带便假装话只说了半截,"——还是做个侍卫副官?"边义夫说,"就做侍卫副官吧!"王三顺转眼间得了侍卫副官,膝头一软,想跪下给边义夫和钱管带磕头谢恩。边义夫喝止了,"王三顺先生,你要记住,今日已是民国了,磕头礼不准行了,要鞠躬,握手,过几日本督府要专门就此事发个文告的!"王三顺便鞠躬,先给自己主子来个恭敬的大躬,又给钱管带来个也很恭敬,但小一点的躬。接下说起,要回趟桃花集,把东西收拾一下,好生来做这侍卫副官。且提议边义夫也回家走一趟,看看母亲李太夫人和儿子,也把留在口子村的两个小姐接回家。边义夫说,两个小姐已让人接回桃花集了,自己就不必回去了。又说,新洪刚光复,百事待举,万业待兴,他身为督府必得先天下之忧而忧的,不可能再像王三顺这么自由自在,道是古今贤人伟人无不如此。

钱管带看到了拍马屁的大好机会,先赞美了督府大人的先进执政理念,后又扮着笑脸劝,说是桃花集并不遥远,督府大人回家走上一趟并不会就误了做贤人伟人。若是能把李太夫人接到城里来更好。老太太可以好好享福,督府大人也不必心挂两头了。钱管带自告奋勇,要重兵保卫着边义夫一同前去,让城外的民众领略一下新政的威势。钱管带关乎新政威势的话打动了边义夫,边义夫便有了向母亲李太夫人证明自己成了伟人的想法。也就顺水推舟,于次日下午坐着八抬大轿,在王三顺、钱管带并整整一哨昔日巡防营弟兄的护卫下,去了桃花集的家。

浩浩荡荡的人马一进桃花集,新政的威势立马显示出来:村口设了步哨,通往边家和可能通往边家的路道全封了。村中的人都以为前巡防营官兵是来抓革命党,便有人向官兵举报,道是桃花集只有一个附逆作死的革命党,便是边家的浪荡公子边义夫。官兵一听举报,先赏了这人一顿马鞭,继而把人押到边家,问边义夫如何处置?边义夫一见押着的是本家二表哥,且又是母亲往日常当作做人标本提出让他好生效法的,怕开罪于母亲,想都没想,便大度地挥了挥手,"放了放了,这等无知村夫小民,因着不识天下大势,才这般胡言乱语,日后多加教化也就是了!"钱管带婉转地进言道,"边督府,却不好就这么放的,您老想呀,这无知村夫是何等的毒辣,倘或没有这革命的成功,边督府,您可就得掉脑袋啊……"边义夫省悟了,"嗯,不错不错,他这是出卖革命啊,我边义夫可以饶他,革命断不能这么轻饶了他!给我拉出去,重责四十大板,枷号示众三天!"

母亲李太夫人本来就不高兴,一听儿子这话,更不高兴了,脸一拉,"我看你们谁敢?快把人给我放了!"边义夫不想放,却又不敢违抗母命,只得忍气吞声把出卖革命的二表哥放了。为显示自己高高在上的崭新身份,也不多看二表哥一眼,只当这混账的做人标本根本不存在似的。李太夫人不体察儿子徇私跌份的苦衷,反觉得儿子蔑视了自己娘家侄子,反心顿起,就于新政的赫赫威势中,阴着老脸骂将起来,先还是指桑骂槐,比鸡骂狗,后就赤裸裸地直接攻击革命。

李太夫人仍把光复新洪的民族革命当作谋反起乱看待,非但不愿跟边义夫到城里去享福,骂得兴起,竟当着钱管带的面,公然指着边义夫的鼻子教训道,"……孽子,我今日和你说清楚,你在新洪怎么做都是你的事!与我无涉,也与边氏门庭无涉。我一不跟你去享那靠不住的孽福,二不认你这个儿子!就算你日后能耐大,反到京城做了皇上,我也是不认的!当年你爹死时,大清的官府给了我公道,大堂之上明镜高悬,大清的天在我眼里青着呢!"边义夫觉得大丢颜面,却又不敢作声,怕一作声母亲就会开始系统指控,会再次连累已死了许多年的父亲。

侍卫副官王三顺先生见新朝督府大人这般受辱,就很内疚地认为,这侍卫没卫好,便揪着心,白着脸,上前去劝,"老太太,您老可别这么说,这话不能再说了,革命成功了,我边爷都当了军政府督府了,这么说我边爷,就……就得办哩!"李太夫人毫不迟疑地给了王三顺一个大巴掌,"你这大头狗也成人了是不是?!你倒是办我一下试试!

我死在你们手里倒好,正可全了一世的名节!"这一巴掌又把王三顺扇回了从前,王三顺捂着脸,身子往一旁缩着,再不敢作声了。

李太夫人意犹未尽,转过身子又斥钱管带,"还有你,你又算什么东西?当年,我走府上县告你们刘管带时,你才十几岁,在巡防营里还只是给人家提茶倒水。眼下出息了,成管带了,不想着身受浩荡皇恩,于城中起乱时忠心守城,却做了桃花山男女强盗和边义夫这帮乱党贼子的同伙,试问忠义与良心安在呀?!"

钱管带被李太夫人的大义凛然镇住了,面有愧色,词不达意地讷讷着,"老夫人,小的现在是给边督府当……当差呢!"李太夫人指着边义夫讯道,"这边督府是个啥东西,你可知道?你们若不知道,也到四村八寨打听打听!你们找啥人做这狗屁督府不好?非找他?他们老边家打从他老子那一代起就算完了……"

边义夫一看这阵势,已猜出母亲的系统指控要开始,极怕李太夫人给他进一步的打击,把革命军心完全地瓦解了去,不敢再多留了,连儿子和两个女儿都没去看,便下令回城。李太夫人又一声断喝,"回来!"边义夫迟疑着,在大门口站下了。李太夫人看着儿子,似乎还想骂的,可终于没骂,长叹一声说,"你走吧,走吧,永远别再回来!为了把你拉扯大,娘吃够了苦,受够了罪,日后再吃多少苦,再受多少罪,都是情愿的。今日为娘的就送你一句话,是句老话:'辛苦钱六十年,暴发钱一夜完。'你记牢了就是!"边义夫难堪地点着头,上轿走了。

好心好意要接母亲李太夫人进城去享福,没想到竟落了这么个窝囊的结果!

回城的路上,边义夫一直在想,如此一来,钱管带和巡防营的弟兄还能看得起他么?堂堂督府大人被自己亲娘骂得一钱不值,在以后的战场和官场上又还能值几多银钱呢?后来又自己安慰自己:这都是为革命和光复付出的代价呀,就像白天河和许多弟兄献出了宝

第二章 "三炮将军" // 067

贵的性命一样,他献出了母子之情。这并不丢脸,反倒证明了他奔走革命而受到的磨难。如此这般一想,边义夫就自我感动起来,几句好诗于自我感动中拱涌到嘴边,想拦都拦不住,当即在八抬大轿里吟哦出来:

舍身慈母弃,取义故人疏。王侯本无种,局变豪杰出……

第三章　鲜血的洗礼

十六

后来的世事纷乱难辩，让边义夫和新洪城里的百姓们眼花缭乱。先是晚清皇室被迫接受南京民国政府提出的优待条件，宣统小皇上下诏退位。继而，前内阁总理大臣袁世凯通电声明拥护共和政体，南京政府的革命党便在其领袖孙文的率领下，拥护起了袁世凯。嗣后，孙氏自辞大总统一职，举荐袁某出任临时大总统，自告奋勇修铁路去了，说是要一举修建十万英里铁路。全国革命党最大的领袖都修铁路去了，革命成功之确凿自不待言。革命既已成功，必得论功行赏，这道理边义夫懂，所以，接到省城首任大都督黄胡子那带有论功行赏性质的队伍整编令，边义夫既不感到意外也没觉得吃惊。

根据黄大都督的命令，西江全省境内民军、民团和前巡防营一体改编为新式省军，编制为一个师。前新军协统刘建时升任师长，下辖三旅，省城方面占去两旅；新洪方面编为一旅，番号为"民国省军第三旅"。已做了督府的边义夫经袁大总统简任，领少将衔，兼任第三旅旅长，下辖第九、第十两个团。第九团团长为霞姑，第十团团长为前巡防营钱管带钱中玉，每团设三营，钱中玉那团里，原巡防营左中右三哨的哨官们因着有功于光复，全升了营长。并到钱中玉团下的联庄民团司令马二水没啥功劳，却有四五百号人，也做了营长。霞姑这团，李二爷、胡龙飞，还有两个边义夫不太熟的弟兄，由各路军的司令副司令摇身一变,都成了省军营长。一场民族革命,就这样奇迹般地造出了许多旅长、团长、营长。

各路英雄们自是皆大欢喜。一时间,新洪城中的大小酒馆日夜聚满这些新式省军军官的新式嘴脸。嘴脸们因着光复有功,有兵有枪,一个比一个牛,你不服我,我不服你,一团之内营与营之间闹个不休,两个团之间也闹,谁也镇不住。

四营营长李二爷喝酒喝醉了,冲天乱打枪,被人说了个"匪性难改",李二爷就拔枪把人当场打死。边义夫身为旅长,闻讯到酒馆去劝,李二爷竟把枪瞄着边义夫,问边义夫是不是活腻了?霞姑赶到,一脚踹翻了桌子,才让李二爷醒了酒。钱中玉手下的营长连长们同样不是好东西,熟门熟路的敲诈勒索仍像往常一样公然地干,又把山里土匪那一套新办法学来了,绑人家的票,向人家收"光复捐"、"拥戴费",逼得汉府街绸布店掌柜吞了大烟。还有明抢的。皮市街的"聚宝"金店,大白日被二十几个来路不明的兵围了。兵们站成两排,一排向空中放枪,不让行人靠近;另一排人就用枪逼着老掌柜交出金器。老掌柜不交,被乱枪打死在店堂里,能找到的金器银子全被掠走。事后,谁都不承认是自己手下的人干的。霞姑的第九团说是第十团所为;钱中玉的第十团道是第九团所为。两团人马为此各自大骂不止,搞得谁也不敢认真去查办,如此巨案竟落了个无头无主,不了了之。市面舆论大哗,商会暗中联络,联合众店家,欲捐款买枪,成立武装商团。更有各方绅耆的代表,三天两头到督府请愿,异口同声地责问督府兼旅长边义夫,革命秩序何在?新洪民众盼了这么多年的光复,就是这个样子么?

边义夫觉得不该是这个样子,可面对混乱的局面,也没办法,惴惴不安地去问副督府毕洪恩:大兵们这样胡闹该咋办?毕洪恩不说,只道不好说。再问,毕洪恩又推,要边义夫去问霞姑,说霞姑不但是团长,还是民政长,从哪方面来说都得管束一下的。边义夫便找了霞姑——没敢把霞姑往督府衙门传,自己坐着轿去了霞姑九团所在的城南老炮台,向霞姑讨教整治军纪恢复革命秩序的主张。

霞姑也不愿管,推脱说,"这督府是你做的嘛,整治主张得你来拿嘛!"边义夫苦笑道,"霞妹,你又不是不知道的,这督府并不是我争着要做,是毕洪恩他们硬举荐的,我不是没办法才勉为其难的么?!"霞姑哼了一声,"这话你别冲我说,你去找毕洪恩、钱中玉说。"边义夫道,"正是毕洪恩让我找你的。"霞姑两只俊眼一下子睁大了,怒气顿起,"他这是屁话!"边义夫急得要哭了,"霞妹,你就帮帮忙好不好?我不早说了么?我督府不过是挂名,家却是让你当的!"霞姑仍没好脸色,"我管不了那么多,不在其位不谋其政!你现在不但是督府,还是省军第三旅少将旅长,新洪的兵都归你管,这家只有你当。"边义夫见霞姑一点面子不给,也气了,"我当……我当球的家!我除了王三顺,没一兵一卒,十团的团长是钱管带,九团的团长是姑奶奶你,在城里闹事的都是你们的弟兄,你们说话,谁会听我这空头旅长的?还少将,我连豆酱都不如!"霞姑见边义夫气红了脸,倒笑了,"老边,你现在才看出来呀?毕洪恩是把你放在火上烤!"边义夫见霞姑笑了,觉得事情有了希望,搂着霞姑亲了一下,央求道,"霞妹,你就帮我一下,往火上泼瓢水吧,别再往火上浇油了!"霞姑这才说了实话,"边哥,你别怪我不帮忙,我真是气死你了!宣言独立的会上,人家把你往火上一架,你就替人家喝起彩了!还有就是,听说你一做了督府,便大耍威风回了一趟家,闹得桃花集鸡飞狗跳,还差点要把你二表哥砍了,是不?"边义夫说,"这是胡说,霞妹,你不能信!"霞姑摇了摇头,"反正你是变了,再不是往日那个边哥了……"

然而,霞姑终还是霞姑,终和边义夫有着往日的情分,虽是气着边义夫,面子终还是给了,当晚即召集团下三个营弟兄训了话,严令部下不得在城中酗酒闹事,骚扰市面。霞姑还和最是不堪的李二爷私下谈了一次,要李二爷把山里的习性改一改,举止做派上都要像个官军营长的样子。谈话开始的气氛挺好,霞姑和李二爷面对面躺在火炕上,隔着烟榻抽大烟,李二爷老实听训,并不作声。可霞姑一提到边义夫,李二爷就火了,烟枪一摔说,"姓边的为啥来找咱,不去找钱中玉?钱中玉手下的人就没匪性么?日他娘,我看匪性比咱们弟兄还大,皮市街的金店没准就是他们抢的!"霞姑说,"钱团的事咱管不了,咱只管自个儿,咱别给边义夫添乱也就罢了!"李二爷说,"咱添了啥乱?光复时乱成了一锅粥,爷都没洗城!"停了一下,又说,"这都是因着听了你霞姑奶奶的话,若是早知边义夫这么不识相,老子们那日就洗城了!"霞姑气道,"你别一口一个洗城,你不洗城是本分,不是功劳!"又说,"你也别恨老边,他咋说也是咱自己人,咱得给他帮个场面!"李二爷道,"我看,这老边只怕已和毕洪恩、钱中玉穿了连裆裤!霞姑奶奶,不瞒你说,这样下去,我可不愿在新洪打万年桩!"霞姑心中一惊,"你还想回铜山日弄那老营生?"李二爷沉着脸点点头,"弟兄们过不惯这闷日子,已吵吵着要回哩,我碍着你霞姑奶奶的面子还没发话。"霞姑厉声道,"二哥,这一步断不可走!我明人不做暗事,先把话说在这里:你若敢走这一步,我就带兵剿你!"李二爷问,"当年一起落草,今日却来剿我,你就下得了手?"霞姑说,"当年落草是替天行道,今日剿你也是替天行道,我咋就下不了手?"李二爷笑了,"好吧,你容我再想想,你霞姑奶奶义气,把话说在当面,我李双印也义气,也把话说在当面:我啥时真要走,也给你事先放个口风,断不会偷偷就走了的。"

  李二爷最终却没走成。和霞姑谈过话的第三个星期,李二爷和钱中玉在汉府街的"闺香阁"碰上了,闹出了麻烦,当夜在汉府街动枪打了起来,惊动了全城。

那日,李二爷心情原是不错的,带着七八个弟兄在"闺香阁"吃花酒,叫了最走红又最野性的"小玉兰"。手下的弟兄也各自叫了自己喜欢的姐妹在怀里搂着,正可谓其乐融融。钱中玉事先不知李二爷在"闺香阁"吃花酒,按着往先巡防营时的老例,带着两个护兵来收"保护捐"。钱中玉倒也没想找麻烦,见李二爷并一帮弟兄在顶楼花台上吃酒,笑模笑样地打过招呼便走了。走时,还挺友好地和李二爷开了句玩笑,要他当心小玉兰,说是小玉兰最会栽花,别被栽在身上吸干了身子。因李二爷在场,钱中玉也没当场去收小玉兰和那帮姐妹们的捐。小玉兰待钱中玉一离去,便趴在李二爷怀里撒泼叫苦,骂骂咧咧把那"保护捐"的事说了,道是这先前的钱管带如今的钱团长连人家卖B的钱都抢。李二爷英雄义气,便与姐妹们作主,带着众弟兄找了钱中玉。找到后,快枪一拔,把钱中玉已收上来的钱缴了,当场分给了姐妹们,还要钱中玉把往日吞下的钱还过来。钱中玉只带了两个弟兄来,不是李二爷的对手,便老实,一口一个二爷叫着,唯唯诺诺退去了。钱中玉走后,得了便宜的姐妹们极是快乐,都把李二爷看作了不得的大英雄。那猫一般娇小野性的小玉兰,当着众多姐妹弟兄的面,纵身往李二爷怀里一跳,要李二爷抱她回房。回到房里,又往李二爷脖子上骑,还把雪白小奶子掏出来送与李二爷吃。李二爷没说要操,小玉兰却趴在李二爷身上,把自己半裸的身子上下起落着,做出一副挨操的样子,这就让李二爷动了性情。小玉兰果然是栽花的好手,上了李二爷的身就再不下来了。李二爷被小玉兰骑在身下,幸福无比,剧烈主动地操了起来,直操得小玉兰娇喘一片,吟叫连声,说是受不了了,不是她把李二爷吸干,倒是要被李二爷操烂了。李二爷问,"真让爷操烂了咋办?你日后卖啥?"小玉兰豪迈地说,"卖腚!"李二爷说,"那今天就把小白腚也一起卖给爷吧!"小玉兰为了替姐妹作主的李二爷,便连小白腚也献了出来。待得要走了,小玉兰却不收李二爷的钱,一改做那事时的野性,红着眼圈说,"只要二爷常来走走就比啥都好,爷常来走走,姐妹们就少受不少气呢。"

这让李二爷感动。李二爷带着弟兄们出了"闺香阁"就收了回山的念头,头一次有了了不起的责任感。李二爷当时想,就是为了小玉兰这帮姐妹少受钱团长的气,也得留在城里,更何况还有这么一个对他口味、让他舍不开的小玉兰呢!

这夜,李二爷如此这般地想着,就走到了汉府街和白员外胡同交叉口上。枪声突然间响了,白员外胡同里射出一片子弹,把李二爷身边的弟兄放倒三个。李二爷一看不妙,带着其余弟兄往汉府街一家杂货店门旁一躲,拔出快枪还击。打到胡同里没了声响,冲过去搜,没搜到一个人影,只见地上有一片弹壳。虽说没抓到确证,李二爷仍认定是钱中玉干的,连夜带着三百多号弟兄把钱中玉家院围了,声言钱中玉不交出凶犯,就和钱中玉没完。钱中玉不承认胡同口的暗枪与他有关,也调了几百号人,占了四面街的房顶。一场火并眼见着就要爆发。这紧要关口,边义夫和毕洪恩拖着霞姑赶来了,要求对峙双方弟兄都各自回营。钱中玉很听话,让四面街顶的弟兄撤了。李二爷却不愿撤,仍是闹个不休,骑着马,挥着枪,在黎明的大街上吼,扬言要洗了这鸟城。直到霞姑把桃花山里的那帮铁杆弟兄调来,真要缴李二爷的枪了,李二爷才泄了气,带着底下的弟兄回去了。

这一幕让边义夫心惊肉跳。望着李二爷和他手下弟兄远去的身影,边义夫想,这种状况必得结束了,再不结束,只怕自己迟早也得吃上一回两回包围的……

十七

最终的解决办法是钱中玉和毕洪恩背着霞姑和李二爷悄悄拿出的,边义夫认为很公平:省军第三旅两团人马,除各自暂留一营驻城内各处城门以外，其余各营均出城整肃。钱中玉的第十团驻城南炮台山上的绿营老寨；霞姑的第九团驻山下炮台镇。不服从者，一律作叛逆论。边义夫找了霞姑，把方案告诉了霞姑，怕霞姑多心，没说是钱中玉和毕洪恩的主张，只说是自己的主张。还叹着气说，省上大都督黄胡子已对新洪城中的混乱颇有烦言，放出了风声：若是新洪方面再不整肃，便派省军第一旅开过来；另外城中商会也要沟通周围几县的红枪会造反了。霞姑也觉得该整肃了，对边义夫说，"新官军确该有个新官军的样子。原各路民军要有样子，原巡防营的旧官军也得有样子。"又提到李二爷和钱中玉火并的起因，大骂钱中玉实是混账，都光复了，还敢这么收黑钱。边义夫却听说这收黑钱是李二爷放出的风，李二爷想借此由头大闹一番，趁机洗城。对两边的说法，边义夫不敢不信，又都不敢全信。便和起了稀泥，既不说钱中玉混账，也不说李二爷混账，只说大家日后还要长久地在一起共事，总是冤家宜解不宜结的。

几天后，两团大部军队出城了。出城那日，百姓都跑出来看，有的店铺门口还"噼噼啪啪"燃放爆竹庆贺，自然，谁都不敢说是驱瘟神、炸邪气，只说是欢送。队伍在城外各自安顿下来以后，副督府毕洪恩又跑到边义夫面前说了，九团和十团老这么顶着总不是事，日后没准还要造出大乱子。毕洪恩要把两团各营营长都请到自家府上吃一次和解酒。边义夫同意了，还说，这督府和旅长都是他做的，因着没做好，才给城里父老添了乱，故尔，吃这和解酒的钱决不能让毕老前辈掏，得自己掏。毕洪恩听了只是笑了笑，也没多说啥。事情就这么定了下来。

这就酿下了边义夫一生中最大的一次错误：他心甘情愿去做冤大头，自己花钱让毕洪恩和钱中玉去设鸿门宴，一举把霞姑、李二爷，和那么多好弟兄的命全丧送掉了，也差点儿把自己的命丧送了。

鸿门宴是在四日后的一个晚上设下的。事前,毕洪恩和钱中玉把几十口子枪手隐藏在宴会厅四周。宴会厅面对前院的大门,门两旁是轿房,里面能藏人。厅后是个小花园,不好藏人,可花墙外却好藏人。花墙很矮,墙上有梅花洞,正可做枪手的狙击线。周围房顶上也藏了人,街那边的观音寺还支起了一门铁炮,炮口正对着毕府西院大门。毕洪恩和钱中玉的谋杀计划是阴毒而又周密的。可那晚的大门口却看不出一丝阴毒的影子,门楼两边的石狮子静静地卧着,门楼上张灯结彩,一副喜庆的样子。边义夫率着侍卫副官王三顺和几个随从到得毕府时,毕洪恩正站在大门口的台阶上迎。圈套已经布下,杀戮即将开始,毕洪恩脸色却极是平静,笑得也自然,拱着手把边义夫让到了正厅一侧的内茶室,说是钱中玉和霞姑奶奶都还没到,要边义夫先到房里吃茶吸烟,还说专为他备下了上等的云南面子。果然就是上等的云南面子,和早先从市面上弄来的货色不一样,香醇得很。边义夫一头倒在烟榻上吸了起来,后又觉得好货难得,又是毕洪恩的东,就做了顺水人情,让王三顺也来尝尝新鲜。王三顺本是不抽大烟的,可见做着督府兼少将旅长的主子抬举自己,又想到已做了侍卫副官,是场面上的人了,不学会抽大烟也没面子,就学着边义夫的样子,端上烟枪抽将起来。

主仆二人脸对脸躺着腾云驾雾时,边义夫非但没嗅到即将弥漫开的血腥味,反而得意着,以为两团的团长、营长们今日能坐到一起,是自己绝大的成功,是毕洪恩真正服了自己,"——三顺,你想呀,以前我那么求毕洪恩,让他出面帮我镇镇城中邪气,他就是推。眼下咋就变了?"王三顺被烟呛着,连连咳着,"你们官场上的事,我……我哪知道。"边义夫笑笑地说,"还不是因为我这督府的位子坐稳了么?!三顺,世事就是如此呀,你地位不稳就有人推你,你一稳,反倒有人扶你了!"还挥着烟枪感慨,"看来还是得做官呀!这一年多的督府兼少将旅长做下来,我可知道了,做官好处无限哪……"本来还要感慨下去的,院里偏响起了"钱团长到"的传呼声,边义夫只得弃了感慨,放下烟枪爬起了,到正厅去见钱中玉那厮。该厮是今日酒宴上的主角之一,他得好生劝上几句,让该厮耐着点,别和霞姑的弟兄再在和解的酒席上意外地闹起来。

钱中玉的态度很好,脸上带着真诚而恭顺的笑,拍着胸脯向边义夫保证:就是霞姑九团的弟兄闹,他和他手下的弟兄也是决不再闹了,"……边督府,你想呀,这是你和我老舅毕大人做东,我能闹么?再说了,就算我不给我老舅面子,你边督府的面子我总得给吧?我不闹,手下的弟兄也不会闹,谁敢闹我就办他!"

正和钱中玉说着话,霞姑带着李二爷和手下的营长来了,由毕洪恩陪着进了正厅。霞姑给毕洪恩带了两个大礼盒,打开一看,是两颗血淋淋的人头。毕洪恩和钱中玉都吓白了脸,惊惶地看着霞姑并那李二爷。边义夫也怕,更不明白霞姑此举用意何在?便道,"人家毕大人好心好意请大家来吃和解酒,你们这是干啥?!"霞姑笑着说,"这正是本姑奶奶送与你边督府和毕大人的一片好意!这两个家伙是前时抢金铺的首犯,昨日整肃时让我查实了,我就下令给办了!"边义夫的心这才放开了,毕洪恩和钱中玉也舒了口气,宾主客气地相让着入了坐。

正厅这边开席时,西院还有两桌也同时开了席。西院两桌坐的都是钱中玉和霞姑他们带来的马弁随从,再有就是王三顺带来的督府的侍卫。两边喝得都极热烈,和解酒真就有了和解的样子。也就是在那和解气氛最好的时候,毕洪恩说是要送件非同寻常的礼物给霞姑,借口亲自去拿,起身先走了。毕洪恩刚走,钱中玉又说要到西院给那两桌的弟兄们敬几杯酒,也带着手下的三个营长走了。正厅里只剩下霞姑、李二爷、胡龙飞和另两个边义夫不太熟识的弟兄。

到这一步了,竟还无人省悟到即将大祸临头。霞姑仍攥着杯和胡龙飞几人一杯杯喝,似乎还谈着整肃九团军纪的事。胡龙飞身边的李二爷干脆就喝醉了,坐在椅子上直打盹,口水都流了出来。也是苍天要留边义夫一命。窗外花墙后,伏兵的枪抠响之前,边义夫一阵腹痛,要去出恭,便疾步出了正厅门。离了门没几步,火爆而密集的枪声就骤然响了起来。与此同时,毕府的朱漆大门关上了,两边的轿房里冲出许多兵来,炮弹一般往正厅这边射,一路向正厅里打着枪。西院也响起了枪声,枪声像似比这边更烈。边义夫先还很懵懂,以为是幻觉,后来眼见着轿房里的兵冲到面前,又眼见着正厅的门瞬时间被连珠枪打得稀烂,厅房里烟雾弥漫,才吓坏了,不知咋的就跌到了地上,腿上还被横冲直撞的兵踩了一下。

就是在倒地时,看到了霞姑。霞姑浑身是血,从被打烂了的门里跟跟跄跄冲出来,两只手里握着两把快枪。霞姑实是女丈夫,在此绝境下仍不屈服,支撑着流血的身子,向冲上来的兵放着枪,还一口一个"鸡巴日的"大骂毕洪恩。在怒骂声中,边义夫亲眼见着霞姑被身前身后的排枪打飞起来,轰然一声,仰面跌落在距正厅大门不到三步远的地方,手中的快枪,一支仍在手上攥着,一支落到了边义夫身边。一时间,边义夫忘了怕,把霞姑的快枪一把抓过来,摇摇晃晃往起站,一站起来就挥着枪大喊,"住手!都……都给我住手!你们……你们竟敢杀霞姑奶奶……"就自由地喊了这几句,几个兵便扑上来,夺过他的枪,把他扭住了,打他,踢他,还说要干掉他。一个凶恶的矮子真就把枪口抵住了他脑门。

这时,毕洪恩不知从西院还是从哪里,疾疾地过来了,让大兵们把边义夫放开,对边义夫说,"边督府,你得原谅呀,我和钱中玉这么做也是不得已……"边义夫气得都结巴了,"啥……啥不得已?你……你们这是谋反兵变!"毕洪恩平和地笑着,"不是谋反,也不是兵变,这是剿匪嘛!"边义夫硬起脖子,"那把老子也一起剿了吧!"毕洪恩道,"这是啥话？你是革命党,不是匪嘛。"边义夫浑身发抖,"你还有脸说革命党？革命党和革命,今……今日都被你们丧送了!"毕洪恩仍是和气地笑着,"不对喽,革命才开始哩!我和钱中玉还有本城商会的绅耆们都认为,剿匪正是革命的崭新开始!不剿匪,任匪横行,民心势必浮动,市面势必混乱,还侈谈什么革命!边督府我问你,古往今来,哪朝官府不剿匪呀？"

边义夫知道大势已去,再和毕洪恩说下去也是多余,又怕毕洪恩和钱中玉下自己的毒手,便要找王三顺一起回去。找了好半天,才在西院的一口大水缸里把避难的王三顺找到了。毕洪恩却不许他们走,说是今夜城里不太平,还是住在这里安全些。后来才知道,毕府这边下手时,城里城外也同时下手了。霞姑留在城里的一个营,原是死去的白天河的人马,对霞姑少些忠心,钱中玉那营的弟兄一开火,当家的弟兄立马打了白旗归顺了钱中玉。而城外炮台山上钱中玉的第十团和支持剿匪的六县红枪会暗中联合,认真与炮台镇上霞姑的第九团打了一仗。第十团从炮台山上往下打,六县红枪会从三面往里围,一夜间打死打伤第九团弟兄近八百人——有三百多号弟兄是被俘后在炮台山下被集体活埋的。事过多年以后,仍有目睹此次活埋者言之啧啧,称这次大活埋为"惨绝人寰"。红枪会的火器不足,几个结合部都有缺口,才让霞姑团下的弟兄逃出了一部分。这一部分约有四百多人,已无了首领,可又不敢各自回家,便轻车熟路奔了桃花山老营。

天亮后,城里城外的枪声都息了。霞姑的第九团已不复存在。毕洪恩和钱中玉这才一起见了边义夫。二人再不叫边督府了,恭顺的模样也不见了,且一唱一和说边义夫不能做旅长,也不能做督府。

说罢,钱中玉一声令下,一伙兵便保卫着边义夫去了督府衙门,当场缴了他的督府和旅长的关防印信。其后,又押着他回到毕府复命。再进毕府时,毕府门前已出现了挥刀持枪的武装"请愿团",武装"请愿团"的汉子们不断向天上放着排枪,反反复复地高呼着两个单调且响亮的口号:"姓边的滚蛋!""毕大人回来!""姓边的滚蛋!""毕大人回来……"

毕洪恩表面矜持着,内心却很得意,在武装请愿团的正义呼声中,对木呆呆的边义夫娓娓谈论起了"民意不可辱"的道理。继而,便在门外"民意"和屋里钱中玉的双重拥戴下成了新洪第二任督府,而钱中玉则在毕督府的提携下升了旅长。新督府大人和新旅长还是大度的,没追究边义夫往日通匪的罪过,也无意让边义夫立即滚蛋,都表示,不论本城"民意"如何反对,也不能让边义夫真就此滚蛋。并说,边义夫终是做过几日革命党,虽说早先通过匪,昨夜实际上也算帮助剿了匪,名分仍是要给的,实惠也仍是要给的。毕督府当场委任边义夫为督府委员兼即将开张的新洪花捐局会办,专司执行民国政府颁布的"剪辫令"和向全城妓院收取捐税两大事宜。毕督府勉励边义夫忠心奉事,好好去剪辫子、管婊子。

没容毕督府和钱旅长二位大人分派训导完毕,吃了一夜惊吓,又受了一夜闷气的边义夫,精神和肉体爆发了总崩溃,再也坚持不住了,坐在椅子上身子一歪,昏厥过去……

十八

从昏昏沉沉中醒转来已是两日之后了。睁开眼时仍痴呆得很,闹不清新洪城里究竟发生了啥?置身之处眼生得很,光线暗暗的,让边义夫既不知是白天还是黑夜,也说不清自己究竟是在哪里?可以肯定,这里已经不是督府衙门了,衙门里的卧房比这儿大得多,也干净得多,断无这等刺鼻的霉味和劣质烟叶味。摸索着,撑着身子坐起再看时,才看到了唯一眼熟的东西,却是自己前侍卫副官王三顺。他正坐在窗下打盹,椅背上挂着把短枪,身边还有个蓝花布的大包袱。边义夫坐起来时,破木床"吱呀"响了一下,把王三顺惊醒了。王三顺立马去摸短枪,待得发现没有刺客,却是主子醒来了,才舒了口气,把枪又放下了。

边义夫这才明白,在他落难时,督府衙门那么多侍卫中,只王三顺一直追随着他,侍卫着他,心里一热,吃的那惊吓和闷气都及时记起了,再顾不了啥督府兼主子的架子,赤脚跳下床,搂住王三顺呜呜哭将起来,哭出了大把大把的清鼻涕。王三顺说,"边爷,你哭啥呀?"边义夫抹着鼻涕,挂着满脸的泪水,"我哭我自己!三顺,我……我被那帮王八蛋耍了,现今儿,我……我不是督府,也……也不是少将旅长了,我……我又只有一个老弟你了……"王三顺也很难过,"边爷,你可别这么说,你这么说,我也想哭哩!"然而,王三顺却没哭,又劝边义夫,"边爷,你想呀,前夜死了多少人呀,连霞姑奶奶和李二爷都死了,咱却没死,我看比他娘啥都好!边爷你说呢?"边义夫啥也说不出。王三顺无意中提到霞姑,勾起了他深刻的痛悔。霞姑的面孔便在眼前晃,像是仍活着,极真切地和他说话哩!又恍惚记起,霞姑被排枪打飞前也骂了他,只骂了半句,"鸡巴日的边……"边什么?不知道。反正不会再是"边哥"了。霞姑和他好了这么多年,就是光复后气他做了督府,也还诚心诚意帮他,他却把她害了。不是想帮他,霞姑决不会同意把团下人马开到城外,也决不会带着两颗人头作礼物,去赴毕洪恩的鸿门宴。不过,霞姑终是误会了他,把那时的他想得太坏了。

其实,那时的边义夫不是太坏了,反却是太善了,才眼睁睁地上了毕洪恩和钱中玉的当。霞姑搭上性命换来的教训值得让他记一辈子。也真记了一辈子。嗣后,边义夫再没吃过这等善良无知的大亏。用对手的话说,"这位'三炮将军'狡诈得像一只闻风即溜的花狐狸。"而边义夫为对手设了三次鸿门宴,则又是极成功的,三次除了三个隐患,在重要关头改变了历史。这是霞姑留给边义夫的宝贵遗产,也是霞姑对边义夫一生事业中最大的帮助,没有民国初年毕府鸿门宴上一个女丈夫的血,也就没有边义夫后来一次次成功的躲避和成功的进击……

当时,边义夫不是狡诈的花狐狸。为霞姑痛哭了一番后,边义夫还没想到要逃,更没想到毕洪恩和钱中玉反悔之后,会派人来追杀他。虽知道不做督府和旅长,而去做督府委员兼花捐局会办是受辱,却仍想去做。做官有权势,有威风,还有人奉承,实是太诱人了,没做过官不知道,只要做上了,还真就割舍不下。

于是,边义夫收起对霞姑的追思,红着眼圈对王三顺说,"三顺,咱也不能在这里久待,过去的事咱得把它忘了。明日咱还得去督府衙门找毕洪恩和钱中玉,办妥正式的文书,到花捐局上任视事。"王三顺一听就急了,"我的个边爷,你那督府和旅长都被人家搞掉了,霞姑、李二爷又死了,这花捐局的会办还做得牢啊?"边义夫说,"牢不牢我不管,反正总得做,好歹也是个肥缺,既能收捐收税,又能操婊子。"王三顺见边义夫还执迷不悟,叹着气劝道,"边爷呀,若是没有毕府那一出,你和霞姑奶奶又没那么深的同志关系,你不做这花捐局会办,我也会劝你做,谁不知道这是肥缺呀?谁不喜欢抓银子、操婊子呢?可如今这种样子,你敢放心去做么?就不怕毕洪恩、钱中玉翻脸杀你么?"边义夫说,"要杀我,他们在毕府就杀了,不会拖到现在。"王三顺叫道,"你以为人家在毕府不想杀你么?只是没杀成罢了!边爷,你不想想,人家若不想杀你,为啥下手前不和你透个口风?"边义夫说,"那是怕我会去和霞姑、李二爷他们说。"王三顺无可奈何,"这么说,边爷你是真要做那管辫子和婊子的委员了?"边义夫说,"我就要去做一做看,反正总比回家当草民好,是官就大于民,我算知道了……"

边义夫说这话时是大中午。到得晚上,客栈卧房里突然飞进几颗子弹,一举打碎了一面镜子和两个花瓶,还毁了桌案上的一壶好茶。边义夫的主张才自动改了,再不提做委员兼花捐局会办的话了,连夜和王三顺一起从老北门逃出了城。

出了新洪城,奔波大半夜,到得桃花集与桃花山的岔路口上,主仆二人才在路边的田埂上坐下来歇脚。歇脚的当儿,二人又迟疑起来,真不知下一步该奔哪去?原说要回桃花集老家做新朝顺民的,可眼见着桃花集就在面前,二人的心里偏又怯了。主子和奴才又相互瞒着,并不明说,气氛便显得郁闷而凄凉。这时夜正深,星斗满天,闪闪烁烁,像凭空罩下了一张硕大无朋的网。上弦月遥远且朦胧,像网上撕开的一个小口子。夜幕下的旷野一派死寂,没有一丝儿活气,只有相依着坐在一起的两个失败的革命者,以各自的喘息证明着自己和对方的存在。

歇了好半天,边义夫才"考"起了王三顺,极力镇定着道,"三顺呀,落到这一步了,我倒真要考你一考了:咱面前现在有两条路,进山或是回家,你说咱走哪条呢?"王三顺无精打采地道,"边爷,我说不准,我听您的。"边义夫痛苦地看着天上那黑幕大网,想了好半天,才最后下了决心,"就……就回家吧!"还找了个很好的理由,"齐家治国平天下,齐家……齐家总……总是第一位的嘛!"

十九

李太夫人看到蟊贼儿子革命一场落到这步田地,回来齐家了,再无一句责骂与抱怨。老夫人像变了个人似的,一连两天任啥没说,只听边义夫和王三顺倒苦水,且不插言,最多只是点点头或摇摇头。生活上,李太夫人把边义夫和王三顺都照应得很好,还好声好气地和边义夫商量着,给小孙子起了名。根据边家"礼义济世,家道遐昌"的班辈排下来,小孙子该是济字辈的,便由边义夫做主,李太夫人恩准,取了正式的官名:边济国,字,荣昌。李太夫人这番举止让边义夫和王三顺都既意外,又感动,主仆二人一致认为,该老太虽说思想一贯固执,但为人实是太宽厚了,宽厚到了无边的程度。因着李太夫人的这份无边的宽厚,边义夫和王三顺就都收了心,只当以前是做了场大头梦,打算着就此洗手,待在家里好好过自己庶民百姓的小日子,甚至还商量好了再到尼姑庵爬一回墙头。

不曾想,到得第三天傍晚,李太夫人却把边义夫和王三顺一起传到二进院自己房里,对他们说,"你们俩歇也歇够了,该说的也说完了,现在得走了。"边义夫觉得很突然,"娘,你……你让我们到哪去?你知道的,我啥也没瞒你,毕洪恩和钱中玉要……要杀我呀!他们已杀了那么多人,把霞姑奶奶都杀了!他们让我当花捐局会办是假,想杀我才……才是真……"王三顺证实,"没错,我们实是不能再回新洪城了。"李太夫人道,"我没叫你们回新洪城,只叫你们走。你们当初不听我劝,非要做那革命蠡贼,如今闹到这一步,想做顺民也做不成了!现在毕大人和钱旅长要杀你们,日后灭了革命党,大清圣上坐龙廷也要杀你们。你们得清楚:从伙同霞姑那女强盗攻城的那日起,你们都没退路了。"被母亲道破后才知道,前途竟是如此黯淡。边义夫面额上渗出了汗,脸也白了。李太夫人继续说,"义夫,你别怪娘心狠,你既已参与了谋反,为大义娘不能留你;谋反后又落得这么个被人追杀的结局,为娘的就更不能留你了。不留你,正是娘出于私情为你着想,你待在家里必是死路一条,出去了,没准倒还有一线生机……"

边义夫抹着脑门上的冷汗,讷讷问母亲,"可……可我还能去哪呢?"李太夫人说,"进桃花山。我替你想了两天两夜,想来想去,也只有这一条道了。你和三顺不说了么?九团还有四百口子弟兄逃到了桃花山。你和三顺得去找他们啊,得靠他们的力,和毕洪恩、钱中玉这两个乱臣贼子拼到底!"

这更让边义夫吃惊。他再没想到,素常对桃花山强盗恨之人骨的母亲,会主动提出让他和王三顺进山投匪,以为母亲是捉弄他,便道,"娘,你要是恨我不争气,就打我两巴掌,别再这么挖苦我了。"李太夫人摇头叹息,"儿子,都到这分上了,为娘还有挖苦你的心思么?娘的秉性你知道,素常不惹事,碰上事不怕事。和当年你那不争气的爹正相反。我看你呀,一点不像我这个为娘的,倒活脱像你爹。真是个没事一身胆,逢事面团团的东西!"王三顺插言道,"老夫人,也不好这般说哩!我边爷还算是有点胆的,攻城那日,老北门没人敢下令开炮,就我边爷杀人立威,下令开了三炮,才有了革命的成功。"李太夫人定定地看着边义夫,"义夫,只要你还有胆就好。你不是做过反贼的伪督府伪旅长么?那就以督府的名,把山里的弟兄再编起来,把威再立起来,再去给他们下一次令,再轰一次城,再开上三炮,把姓毕的和姓钱的这甥舅反贼轰出新洪!别坐等着他们来杀你们,剿你们!我再说一遍:你们别做那退隐山野的大头梦了!你们既上了贼船,最好的结局就是去做窃国大盗!窃钩者诛,窃国者侯,古人早就说过的!"

母亲无意中说出的窃国大盗一语,让边义夫受到了极大的震动。尽管边义夫知道,忠于大清的母亲并不是真想让他去做"窃国大盗",可他却由这句话看到了黯淡前程中的一线光明,看到了一个男子汉轰轰烈烈活上一世的最高目标。

当夜,边义夫倒在火炕上吸了两钱大烟,又和王三顺商量了半天,终于下定了决心:再进桃花山,向山中的弟兄宣布,毕洪恩和钱中玉是谋反兵变，他要以督府兼省军第三旅旅长的名义，亲率第九团的弟兄们去讨伐。他还可以到省城寻求大都督黄胡子和刘建时师长的支持，他能活动的天地大着呢！想得血水沸腾，边义夫便等不及天亮了，拉着王三顺，收拾东西要连夜走。李太夫人也不拦，边郁氏抱着儿子，拖着大小姐、二小姐在一旁哭，李太夫人反而好言好语相劝。

行前，李太夫人拿出家里经年积存下的九百两现银，分做两包，用一层层布包好了，交给边义夫和王三顺，要主仆二人用它做招兵买马的花费。边义夫心头一热，噙着泪跪下来给母亲磕了头。王三顺也跪下给李太夫人磕头。李太夫人看着跪在一起的边义夫和王三顺，叹着气说，"你们二人从小在一起长大，虽道一个是主子，一个是下人，却是天生的一对孽障；这次谋反又一起共过患难，今日我老太太作主，你们就拜个金兰兄弟吧！日后出门在外，再没啥主子下人了，就兄弟相称，守望相助吧！"二人挂着满眼泪水，依老夫人的心愿，点烛熏香，结为金兰。而后，王三顺从牲口棚里牵出家里仅有的两匹马，给马备了鞍，一人一匹，牵出了边府大门。主仆二人在上马石前上马时，李太夫人又说话了，要边义夫等一下。边义夫重回到母亲面前，问母亲还有啥吩咐？母亲把泪水涟涟的边郁氏和大小姐、二小姐都叫了过来，让她们一起跪下，给边义夫磕头。大小姐原则性强，坚决不干，说自己老子是去做强盗，她决不给强盗下跪。李太夫人厉声说，"就算去做强盗，他也是你爹！"大小姐这才很委屈地给自己老子磕了头……

边义夫心酸得很，自知此次进山不比上次，有一场民族革命可指望。这次确是落难逃亡，啥时能回来，甚或能不能回来都说不准了。这么一想，心里头一回对母亲和妻女生出了愧疚之情，腿一软，又在母亲和边郁氏面前跪下了，泣不成声说，"娘，你们多保重，至今往后，你们就当……就当我死了吧！"言毕，再不敢流连，走到上马石旁，急匆匆地上马走了——就此走进了半个"伟人"的行列。

那夜,李太夫人可不知道儿子日后会成半个"伟人",望着儿子的背影消失在夜色中,老夫人先是塑像一般在门口的台阶上硬挺着,默默地落泪。后来,就挺不住了,身子一软,倚着门框呜呜哭出了声,并于哭声中一口一个"孽障"地骂。

"孽障"当夜还在梦中。一副小淘气的样子。躺在她怀里笑,躺在请来的奶娘怀里笑,还追着满院的小鸡小鸭笑。丰富多姿的笑却被一阵马蹄声踏飞了。

天刚放亮,桃花集就被省军新任旅长钱中玉派来的马队围了。马队的刘营长不说是来抓边义夫,只说奉毕督府和钱旅长之令,请边义夫到城里走一趟。对李太夫人,刘营长也很客气,说是毕督府和钱旅长都知道老夫人是义民节妇,实属风世楷模,正拟呈文省上,造册具书证明,按例褒扬。李太夫人根本不听这些废话,只问,"你们毕督府和钱旅长找这孽障干啥呀?"刘营长说,"边委员仍是督府委员兼花捐局会办,毕督府要请他上任视事呢!"李太夫人淡然一笑,"去回禀你们毕督府吧,就说这孽障永不会上任视事了!"刘营长急问,"边委员既不上任视事,如今又在哪里?"李太夫人仰脸看着灰白的天空,"具体在哪呢,我也闹不清,只听说现在正整兵备武准备讨逆哩!也不知那逆是谁?反正这孽障从小就不是饶人的碴,你们回去传个话给你们毕督府和钱旅长,让他们小心就是了!"

二十

兵变之夜抑或是剿匪之夜骤响的枪声,被许多遗老认定为成功的复辟。一时间传言四起,道是毕洪恩和钱中玉皆是有良心的大清忠臣,虽置身乱流仍念念不忘皇上浩荡圣恩,择机灭杀了城中的反贼乱党,即将奉密旨发兵勤王。又道是反贼之督府边义夫惶惶不可终日,日前已被其母——深明大义之义民节妇李太夫人亲自擒拿归案,押在牢狱,只等毕大人和钱大人发兵勤王之日便开刀祭旗。遗老们盘在头上的辫子公然落下了,大清龙旗赫然出现在新洪街头。宣统恩科进士秦时颂先生更大天白日闯将到督府衙门,见了毕洪恩跪倒便拜,光亮的额头在麻石地上磕出了鲜血。秦时颂涕泪俱下,把毕洪恩夸为文天祥第二。毕洪恩便十二分地惭愧起来,觉得自己实是下作,竟在起乱之时服膺了匪类,而没去做文天祥。

毕洪恩眼噙热泪,扶起秦时颂,感叹说,"兄台呀,你才真是文天祥哩!"秦时颂说,"毕大人,我们都要做文天祥,都要有气节,宁死不事二主,宁死不为二臣!人生自古谁无死?留取丹心照汗青!民国?呸,什么东西!泱泱大中华没有皇上怎么成?还不乱了套!别处不说,就说咱新洪,这一年被民国闹成了什么样子?简直……简直是不可言也!"毕洪恩应着,"是的,是的,所以,我和钱旅长就把他们剿了!"秦时颂赞道,"剿得好啊!毕大人,你这是解民于水火倒悬呀,是大忠大义呀!听说你和钱旅长正准备发兵勤王?不知定在何日?"毕洪恩一怔,"谁说要发兵勤王?谁说的?"秦时颂说,"外面都在传哩。"毕洪恩沉吟片刻,颇为痛苦地开了口,"兄台,和你说心里话,勤王的心我和钱旅长都是有的,那力却没有啊!勤王和剿匪不是一回事,没足够的兵力是万万不可行的!"

秦时颂头一昂,长辫一甩,侃侃而谈,"毕大人此言差矣!昔楚地三户尚可亡秦,今毕大人和钱大人有一旅人马,安知不能勤王乎?大人须知,民国政体不合我国国情,更不合民意,中国老百姓是不能没有皇上的!大人只要打出勤王旗号,必能得到天下响应!"毕洪恩捻着下巴上几根黄须,沉思不语。秦时颂以为自己的话起了作用,"毕大人,你想想,中国没有皇上怎么得了呀?国家神器四万万草民皆可窃之,皆思窃之,岂不要天下大乱?五胡十六国的乱局岂不又要重演一回？所以，晚生一直以为，中国只可君主立宪维新图强，断不可革命毁国失却根本！今日如吾等不能忠心勤王保皇上复位，天下必将由此大乱，我中华文明古国五千年传统必将毁于一旦，你我日后将于内忧外患之中死无葬身之地也！"

毕洪恩尽管心里惭愧，却绝无勤王的念头。事情很清楚，他和钱中玉不能逆势而为，他从心里敬重秦时颂，却不能去做秦时颂，拿鸡蛋去碰石头，便好言好语地对秦时颂说，"兄台所言极是！只是勤王之事非同小可，成则青史留名，败则后果不堪设想，且容我再想想吧！我们总不能事无把握，就打出勤王旗号，让新洪子弟白白流血的。"秦时颂挂着满面泪水，"扑通"一声跪到地上，激烈地叫了起来，"该流血就要让他流！晚生头一个去流！生当做人杰，死亦为鬼雄！大人，你我皆大清进士出身，沐浴浩荡皇恩，今日正是报恩的好时候！大人啊，咱宣统小皇上尚在冲龄啊，民国乱党贼人和袁项城就将他废了，岂不痛哉！圣祖仁皇帝冲龄亲政，手夷大难，平定四海，青史留名，民国乱党贼人又安知我宣统小皇上不能奠定寰宇，完成中兴之大业乎？大人，咱宣统小皇上天纵英明啊！"

恰在这时，钱中玉匆匆进来了。秦时颂又冲着钱中玉磕头，"钱旅长，钱大人，求你们发兵勤王，救救咱宣统小皇上！晚生愿为你们二位大人牵马坠镫……"

钱中玉呆住了，看看跪在地上的秦时颂，又看看舅舅毕洪恩，一言未发。毕洪恩再次拉起秦时颂，"好了，好了，秦兄台，你的心思我都知道了，一旦有时机，我和钱旅长必会发兵勤王的！现在却不成，现在要想法继续剿匪哩！匪首边义夫逃逸，啸聚桃花山，不剿平必有大患呀。"秦时颂很吃惊，"不是说边义夫已被捕获，正要择日开刀问斩么？"钱中玉阴阴看了秦时颂一眼，"等你进士爷去斩呢，你既有勤王复辟的雄心壮志，何不先小试牛刀，把桃花山里的边义夫等匪斩了,也能了却我和毕大人一份心思!"秦时颂这才知道,市面上的传言颇为不确,不但勤王的事渺茫得很,就连匪患亦未剿绝——那反贼督府边义夫如何就让他逃逸了呢?还想再问,钱中玉已很不耐烦了,一声送客,将秦时颂驱逐出门。在门口,秦时颂极力回过头来,又冲着毕洪恩叫,"毕大人,匪患剿绝必得勤王啊!"毕洪恩连连道,"好,好,秦兄台,勤王之事你只管放心,只管放心!"

秦时颂走后,钱中玉拉下了脸,"勤什么王?老舅,你糊涂了不成?咱现今是民国新朝官吏,你是督府,我是旅长!真保个皇上回来,对你我有啥好处?让我放着新朝的旅长不做,再回头做个吃气的小管带?简直是岂有此理!"毕洪恩不高兴了,"钱阿三,你心里咋只有你自己?就没有社稷国家?先天下之忧而忧都不知道么?就不想想,中国没了皇上怎么得了呀?就不想想小皇上才十岁,就被这帮乱臣贼子废了,满朝忠臣良将并那举国义民百姓又作何感想呀?"

钱中玉没好气地道,"那好,老舅,你就和那位进士爷发兵勤王吧!我倒要看看你们勤王兵从哪来?又有几个不识时务的蠢货会跟你们干!老舅,你不是不知道,边义夫人还在心不死,把个督府衙门的大招牌挂到了桃花山了,正在山前山后大肆招兵买马要讨咱的逆呢,你倒好,正把个逆的借口送给了他!"

毕洪恩这才彻底清醒了,只得把一颗忠于前朝的心暂且收了回来,去面对眼前恼人的现实,"阿三,快说说看,这个边义夫,你咋对付?"钱中玉说,"得问你呀!剿匪那夜,我要把边义夫干掉,你就是不允,还让他做花捐局会办!"这确是失策,毕洪恩想,那夜真依着外甥的意思,把边义夫杀了,今日便没了这些麻烦,嘴上却不认账,故作高深道,"阿三,不是老舅教训你,政治上的事你真是不懂,当时形势必得体现民意嘛!我这督府是民意拥戴的结果嘛!民意体现过后,我不是依着你的主意,让你去干掉姓边的么?"钱中玉看了毕洪恩一眼,

"晚了！你就等着姓边的再攻回城吧！"毕洪恩被钱中玉的鄙夷弄得极是恼火，觉得做了旅长的外甥实是不堪得很，脾气一天大似一天，眼里已无了他这个舅舅，因之气道，"就算边义夫攻城也是你的事，你做着旅长，又不是我做旅长！"钱中玉说，"说得是，所以，老舅，我就不能容你这般胡来！剿匪之后，满城龙旗都挂出来了，辫子也不剪了，这不是反逆民国又是什么？今日更好，竟在堂堂督府衙门议起了勤王复辟，被省城黄胡子知道如何得了？你就不怕黄胡子把省上两个旅开过来，助边义夫讨咱的逆么？"毕洪恩惊出一身冷汗，顾不得拿架子了，"那你说该咋办才是？"钱中玉手一挥，"龙旗不准挂，辫子还要剪，不能给黄胡子和边义夫留下借口，尤其是勤王复辟之事，提都不能提，那个姓秦的狗进士再提什么勤王，老子一枪毙了他！咱得让省上承认咱是剿匪！"毕洪恩问，"黄大都督承认咱是剿匪么？你派到省上的弟兄是咋说的？"钱中玉郁郁说，"霞姑这干人是匪，黄胡子原本知道，现在极是疑惑，道是霞姑和她的民军有功于民国，怪我们处置失当，声言此事不算完，定要查个水落石出。倒是原新军协统刘建时受了我的好处，为我们说了些话，眼下便僵着。据说，黄胡子和刘建时早已不和，也在明争暗斗。"毕洪恩眼睛一亮，"那就好，我们就靠定刘师长，继续剿匪吧！"

钱中玉说，"真剿也难，边义夫不是霞姑，是新洪光复后民意公推出的首任督府，曾以文代电宣达全国，现在仍打着督府的旗号，如何剿得？"意味深长地看了毕洪恩一眼，"老舅，当初既没杀掉他，只怕还要对他和平让步哩！"毕洪恩狐疑问，"怎么让步？"钱中玉道，"让他回城复任督府之职嘛！"毕洪恩气得浑身直抖，"钱阿三，你……你……你，你混账！你敢让姓边的复职，我就掣起龙旗，在这督府衙门誓……誓师勤王！"钱中玉一点不恼，笑笑地看着毕洪恩，"老舅，你别急嘛，我说的只是一种设想！还有一设想我没说呢：我也可以把旅长的位子让给边义夫,只是不知道边义夫做旅长,老舅您这督府还干得下去么?"边义夫真做了旅长,他这督府如何干得下去?毕洪恩呆住了。钱中玉便又说,"所以呀,老舅,你就别成天坐在大衙里做那复辟的大头梦了,得赶快找商会的那帮守财奴勒银子去!没有银子壮着弟兄们的胆,谁他妈替你剿匪守城!老舅,我今日到这儿来不为别事,只是告诉你:我以省军名义从日本洋行订了批枪弹,需五万两银子,你得赶快去给我筹!"说罢,昂昂然,大英雄一般走了。

钱中玉走了好久,毕洪恩仍是气愤不已,越想越觉得秦时颂说得有理:民国真是要不得!没了皇上,国家神器草民皆可窃之,皆思窃之,纲常礼乐也就崩乱了。放在过去,这个小小管带钱阿三岂敢这样放肆地和他讲话?!又想,自己这新朝督府做得实是窝囊,一天到晚尽给城里的这帮兵爷筹饷筹粮,弄得像个钱粮师爷,竟还不落好,竟还要吃钱阿三这歪货的威胁!因着心下的气愤,益发怀念起小皇上坐龙廷的好时光,便在新朝军政府督府衙门里一遍又一遍恶毒至极地诅咒起新朝来,有一阵子甚至还希望边义夫那匪能给钱中玉这贼来点扎实的教训。

二十一

边义夫绝不承认自己和手下弟兄是匪。尽管督府和旅长的印信全在兵变之夜被"逆贼"缴了去,新洪督府的大招牌仍打着,省军第三旅的旗号仍扛着。进山之后便马不停蹄地大肆招兵买马,扩充队伍。对新洪城里"逆贼"钱中玉迅速扩充起来的两团人马,边义夫视若不见,堂而皇之地以霞姑手下的四百余号兵变残余为班底,在极短的时间里又组建起了一支兵员逾两千之众的新三旅。在毕府鸿门宴上大难不死的胡龙飞由营长升了九团团长,忠心耿耿的侍卫副官王三顺做了十团团长,上百号九团老弟兄摇身一变,全成了营长、连长。一场兵变又奇迹般地造就了更多的官长与官兵,喜得老弟兄们直咧嘴,都对边义夫极是佩服。

边义夫就此有了一支真正属于自己的私家队伍。嗣后回忆起来,边义夫仍认为,他真正的军人生涯不是从光复之役炮轰新洪老北门开始,而是从民国二年在桃花山下招兵买马开始的,未来驰骋了大半个中国的边家军就是从桃花山下一步步走上了中华民国的政治舞台,创造了历史,并且轰轰烈烈地演绎着历史。

创造历史的原始资本只有九百两银子,那是母亲李太夫人当时所能拿出的全部积蓄。边义夫到死都忘不了,自己让王三顺把九百两银子摊摆在忠义堂的大桌上,对胡龙飞和手下弟兄说的话——这番话后来被众多或明或暗的敌手们称做"明言窃国",道是民国二年的边义夫就不是好东西,就决心做窃国大盗了。而另一些随着边义夫腾达起来的老弟兄却说,他们边帅不过是道破了天机,比那些打着革命和民众旗号祸国殃民,且青史留名的一个个更大的混账要磊落得多。

"明言窃国"的事,发生在边义夫和王三顺逃入桃花山的第八天。那天,受伤未愈的胡龙飞和弟兄们要下山绑票,改善生活。边义夫听说后,在忠义堂大门口硬把他们拦住了,果断地端出督府兼少将旅长的官方身份,厉言峻色说,"弟兄们,请大家想想看,我们都是什么人?还是土匪吗?不是了!从新洪光复之日起,我们就是省军第三旅的官兵了!官兵还绑肉票呀?不丢人现眼呀?凡我第三旅官兵必得有大志向,要绑就去绑国家!窃钩者诛,窃国者侯,弟兄们都没听说过么?放着王侯将相不当,却要走老路去做贼?这叫啥?这叫没出息,没志气!"

胡龙飞和众弟兄全被边义夫震慑住了,也全被边义夫公然说破的玄机吸引住了。边义夫让王三顺把那九百两银子扛过来,"本旅长这里有九百两银子,还有督府和省军第三旅的旗号,就这两笔家当,弟兄们说说看,咱还能干点啥不?若是弟兄们都没信心,就一人拿点银子走人。若是有信心,还没忘了咱霞姑奶奶是咋死的,就给我用这些银子买麦磨面蒸大馍,竖旗招兵去!招来三十个人,你就是排长;招来一百个人,你就是连长;招来三百个人,你就是营长!"还特别点了胡龙飞和王三顺的名,"胡营长,王副官,这事你们领着干,有本事各自招来一千人,都去做团长,一个九团,一个十团!待得兵强马壮了,就再去攻回城!"

众弟兄热血灌顶,一下子全服了边义夫。边义夫话头一转,却又说,"然他娘的,只要这省军第三旅的旗号打一天,各位就不能再做鸡鸣狗盗的事,就不能再坏我新三旅的名声!弟兄们,咱得接受教训啊,咱的弟兄要是不在城里那么扰民害民,能有出城整肃这回事么?能让人灭得这么惨么?咱不能在一个坎上摔倒两次啊!所以,本旅长要郑重宣布一下:从今天开始,咱得实行四民主义。哪四民主义呢?就是不扰民,不害民,专保民,专爱民。这四民主义,将来要印在弟兄们的军装上!好了,本旅长再说一遍:凡我第三旅官兵必得有大志向!"

大规模的招兵买马就这么开始了,就这么成功了。其时正值春荒,刚出锅的白面大馍成了最好的招兵旗,吃边家的馍当边家的兵,天公地道。至于做这边家的兵去打谁,是去干革命还是去反革命,并没人多问。两千多号人马转眼间招齐了,桃花山上下,口子村内外,一时间全是些舞枪弄棒的或精壮或不精壮的汉子。

看着这些四民主义的新战士,边义夫心情很好,背着手,对刚升了团长的王三顺大发感慨,"三顺,看到了吧?这就叫野火烧不尽,春风吹又生呀!"王三顺觉得人家当兵分明是冲着白面大馍来的,和春风关系不大,便说,"边爷,是大馍吹又生哩!"边义夫大笑道,"说的也是,确乎是大馍吹又生!三顺呀,你看出来了么?只要咱中国如此这般的穷下去,咱就兵源滚滚,就不愁招不到讨逆的兵!咱手里有足够的大馍也就等于有了兵。"王三顺尽管已和主子结了金兰,做了团长,心里仍把边义夫看成主子,把新三旅军营看作边家大宅,处处替主子着想。而且,那当儿王三顺就初步显示了自己运筹帷幄的领导才能,"只是,这兵招得也太贵了点!边爷,我替你算了一下,合成五个馍招来一个兵!还有,这些兵日后还得吃馍吧?咱有多少馍让他们吃?老太太那九百两银子早花完了,还硬赊了十大车麦才维持到今天。所以呀,边爷,我就想了,"王三顺看着晴好的蓝天神往起来,"你说,咱招来的这些兵要是没长嘴多好?光给咱打仗不吃粮。"边义夫先还笑骂王三顺,"好啊,三顺,你狗东西就去给我招些不带嘴只打仗的兵来吧……"话没说完,心下已慌了:天下哪有不带嘴的兵呀?就算不喂大馍也得对付着往那些嘴里塞些别的吧?两千多号人马,一天得耗多少粮?还不把人吓死!招兵成功的愉快,瞬时飞得无影无踪,代之而来的是漫无边际的烦恼和惆怅。

  艰难的日子就此开始。由于军需部门负责人不知勤俭持家,由于新三旅主要领导同志不知忙时吃干闲时吃稀的道理,坐吃山空的情况不可避免地发生了。先是代做招兵旗的白面大馍变成了亲切的历史记忆。接着,杂粮饼、菜盒子、霉土豆相继变成了亲切的历史记忆。再接着,连一日两餐的野菜粥也有滑往历史深处的趋势了。而边义夫先生带领同志们种下的大烟才刚刚开花,能换钱换粮的大烟膏子还渺无踪影,各营房的大锅里已是清汤一片,人影可鉴,这如何了得?!

  弟兄们反了。十团三营五连士兵查子成拒绝操练,当着团长王三顺和一团弟兄的面,点名道姓大骂边义夫,说是这鸟旅长缺德坑人,招兵时说好白面大馍管够,现在连掺麸子的杂面饼都吃不上,许多弟兄饿得吃观音土!查子成生得五大三粗,黑金刚似的,肚子也出奇的大,是王三顺亲自招来的。该厮纯属饭桶,在招兵站蹲在地上就一口气吃了八个大馍,被边义夫亲眼看到了。边义夫当时还夸奖呢,说,"好,本旅长要的就是你这种能吃能干的兵——吃,好好吃!"查子成受到鼓励,站起来又吃了四个大馍,吃罢问,"当了四民主义的兵,能天天这么吃么?"边义夫和气地说,"那当然,没大馍给你们吃,本旅长还招啥兵呀?"

如今查子成把边义夫说过的话全记起来了,骂着吼着,要见"鸟旅长",问"鸟旅长"要大馍吃。王三顺火了,下令把查子成捆起来。查子成早年在少林寺练过功,并不好捆,抡着操练的白碴木棍,扫倒了不下二十号弟兄,且于厮打的混乱中揪住团长王三顺先生做了人质,拧着粗脖子杀气腾腾地宣布说:如果今日吃不上大馍,就吃团长先生的人肉!吓得王三顺当场小便失禁,尿了一裤子。

这就惊动了边义夫。边义夫赶来时,王三顺仍处于可能被吃的地位,一只手被查子成狠狠拧到了身后,脸仰着,身子向后倾着,裤腿还在往地上滴水。边义夫一看就急了,疾步上前,亲自做查子成的说服教育工作,"兄弟,你咋没大局观念呢?现在是自然灾害呀,就不能克服一下?就一定要吃你们团长么?"查子成倔倔地说,"你以为我喜欢吃人啊?我要吃大馍,你应许过的!"边义夫无奈,只得和查子成友好协商,"我是应许过,可这不是自然灾害嘛,大馍供应暂时有些困难。可没有大馍吃,也不能就吃你们王团长啊!王团长的肉并不好吃,又粗又硬,我是知道的。兄弟,你看这样好不好?咱不吃你们王团长的人肉,吃马肉吧,本旅长把自己的马杀了给你们弟兄们吃好不好?"弟兄们没谁敢作声,更不敢叫好,只有查子成叫了声:"好。"边义夫松了口气,欣慰说,"兄弟,那就把你们王团长放了吧!"查子成粗脖子一拧,"不!边旅长,我现在就要看你杀马!"

边义夫真没见过这样无法无天而又认死理的犟种,只得令人将自己的大白马牵来,当着查子成的面予以屠杀,煮了一大锅马肉给查子成和五连的弟兄们吃了。查子成一气吃了五大碗,吃罢,大碗一扔,跪到边义夫面前说,"边旅长,你仁义,小的也得仁义,你的大白马让小的吃了,小的往后就是你的马,任你骑,任你打!小的保证比你的马好使!"边义夫扶起查子成,"兄弟,好样的,真是好样的,你做我的侍卫副官吧!王三顺就做过我的侍卫副官,看看,现在已经是团长了!"查子成说,"边旅长,小的不做团长,就做你的侍卫副官!"边义夫说,"好,好,难得你这么实诚!"这话一说完,谁也没想到,边义夫脸一拉,指着查子成骂道,"然他娘的,你狗东西既做了本旅长的侍卫副官,就得懂规矩,就不能殴胁长官,嚣闹军营,无法无天!"说罢,冲着王三顺喝道,"王团长,给我把查副官抽三十鞭,你亲自去抽,抽完以后再告诉这家伙,该怎么给本旅长做侍卫副官!"这三十鞭抽得查子成口服心服,挨完鞭子第三天,查子成带着满身血痂找边义夫报到去了。这样,查子成继王三顺后,成了边义夫的第二任侍卫副官。

那段日子真是熬人呀,不但是边义夫的马,后来,那些团长、营长、连长们的马也陆陆续续全杀绝了。他们既做着官军,又在边义夫的教导下信仰了"不扰民,不害民,专为民,专保民"的四民主义,肉票就不能明目张胆的绑了,只能以督府的名义"借"。有时"借"来银子竟买不来粮。新洪这鬼地方实在是太穷了,不是因着这份让人透骨寒心的穷,边义夫也无法大旗一竖就招到这么多兵。

民国二年那个漫长的春季,无疑是边义夫一生中的最低谷。有一阵子,边义夫甚或怀疑自己是上了命运的当。似乎老天爷在坑他,在戏弄他,让他招来这么多嘴——是的,不是兵,是嘴——来啃他。这期间还做了场噩梦,梦见大头大脑的王三顺真就被查子成吃了。查子成的嘴很大,血淋淋的,把活蹦乱跳的王三顺用手拍拍扁,夹在大馍里三口两口就吃掉了。醒来后一身冷汗,悄悄和王三顺说了一回。王三顺后怕不已,"边爷,你别以为是做梦,那日你不把马杀给查子成吃,没准他真敢啃我!当时他狗日的眼光凶得像狼,滴血哩!边爷,咱可真得快快想法去讨逆了,再不讨逆,这些嘴们可咋办呀?"边义夫心一狠,"那,就……就准备讨逆吧!"冲着桃花山下如瘴如烟的景致扫视了一眼,又忧郁地补充了一句,"也只有尽快和毕洪恩、钱中玉这些逆贼打上一仗,才能把嘴变成兵啊!"

第四章　讨　逆

二十二

　　民国二年漫长难捱的春天终是过去了。入了夏,地里的麦子一片片熟了,了无生机的人间有了新收获的粮食,城里城外的人们又照例地精神起来。

　　新洪城里的逆贼们郑重其事地准备剿匪。逆贼首犯钱中玉派兵用毛瑟枪押着,请商会祁会长到督府衙门赴宴,严令祁会长准备好屡屡拖延不交的五万两银子,以便让他去拖大日本帝国的军火。钱中玉说,不把五万两银子在十日内交清便是通匪。祁会长不敢不办,可又没那么多毛瑟枪去请城中商人,便自带大烟召集商人们商量,说是这五万两银子的军火款再也拖不得了,你们再不掏,老夫我就吞了这包大烟。商人们仍是不愿掏这笔巨资,害得祁会长差点儿吞了大烟。

　　山里的匪们则忙活着实施讨逆。订制大刀一千把,铸造攻城铁炮十数门,自发黄纸石印"新洪军政府四民主义讨逆公债"白银两万两,以绑票的旧样式请新洪六县境内有钱的主自愿认购。白桥镇进士爷秦时颂志在勤王,抵死不自愿,匪九团团长胡龙飞便斩了秦时颂视若生命的长辫子来找秦老太爷做说服工作。胡龙飞甩马鞭似的甩着秦时颂的长辫子说,这就是你们秦家附逆的确证,敢不自愿认购我们四民主义的讨逆公债,下一步就要斩脑袋了!秦老太爷便被说服了,不但认下了一笔巨额讨逆公债,还默许胡龙飞匪九团的兵爷征用了家里的十几匹好马。进士爷却没被放回。进士爷丢了辫子,就如同处女失却了贞操,横下一死的决心,对匪旅长兼督府边义夫大骂不止,道是城里的毕大人、钱旅长就要起兵勤王了,小皇上再坐龙廷,你们这帮乱党反贼必得满门抄斩屠灭九族!边义夫被骂得极是兴奋,认定找到了逆贼起逆的确证,便用麻袋装了秦进士,秘密去了省城。

省城也是十二分地热闹。大都督黄胡子黄会仁先生和副都督兼师长刘建时先生已从暗里的斗争转为公开的对台,二位大人完全不往一个壶里尿,各尿各的壶各唱各的调。黄大都督支持的,刘建时必然反对,生着法子去反对;刘建时反对的,黄大都督必然支持,千方百计去支持。只可惜黄大都督手里没有掌握革命的武装力量,这对台戏唱得就有些力不从心。比如说,黄大都督十二万分地反对设置花捐局,公开收婊子们的捐,刘建时偏要收,便收了,收了也不往大都督辖下的省财政司交纳,直接就变成了手下队伍的军饷。黄大都督气愤至极,讥讽刘建时说,你们干得真不错啊,把银钱从婊子下面的洞里抠出来,直接就进了弟兄们的嘴。刘建时回道,银钱是老子从婊子下面洞里抠出来的,不进弟兄们的嘴,难道说该进你大都督的嘴么?当真不要礼义廉耻了?!黄大都督亲民爱民,体恤民艰,不久前曾宣布了一条政令:凡营业性妓女于每月例假来临之时皆可合法停业休息三日,以示体恤,同时,也倡导科学卫生。刘建时公然反对说,这不影响本省国民生产总值和财政收入么?一个婊子一个月停业三天,全城几千个婊子得停业多少天呢?粗略算一下也得损失上万天啊,本省还很穷,当不起如此巨大的浪费!

边义夫在查子成及一干弟兄的保卫下,押着秦时颂来见刘建时时,省城"例假休息事件"风波未了,刘建时视黄大都督颁布的政令如同废纸,带头于城中名妓小云雀例假来临之际叫了她的条子,向边义夫公然宣布说,"这小娘不错,例假来临味道就更好了,枪枪见红,让爷起兴哩,黄胡子不让操,爷还偏要操!"

边义夫吹捧说,"那是,那是!刘师长英雄盖世,为民做主,自得为自己鸡巴做点主嘛,想操就得可心操,黄大都督也是多事了!"刘建时又讥讽,"他还科学卫生呢?这胡子爷懂啥科学卫生呀?他可曾用过蒙古大绵羊小肠做的香套套?"边义夫也没用过这种香套套,马上虚心讨教香套套里面科学卫生的深奥道理。刘建时来了兴致,道是把那蒙古大绵羊小肠做成的香套套套在鸡巴上操女人最是科学卫生,不得脏病哩。边义夫看着刘建时拿出的香套套颇为怀疑,"这么小的套套当真能套上那么大的家伙么?"刘建时科学的情绪受到了不科学的打击,不高兴了,脸一拉,定要边义夫脱了裤子试验。边义夫连连摆手,向科学投了降,道是自己此番前来,是要向刘师长紧急汇报革命工作。刘建时虽说有些扫兴,可因着是师长,又兼着副大都督,工作汇报不能不听,便让边义夫有屁快放。

边义夫这才言归正传,禀报起了毕洪恩、钱中玉伙同前清进士秦时颂起逆勤王的滔天罪行,道是逆贼秦时颂正在门外押着,现在就可请大人问个明白。刘建时很不耐烦说,"毕洪恩和钱中玉起啥逆?老子知道这甥舅两个有些小混账,也就是小混账嘛,和你边旅长闹点内讧,起起腻还行,背叛民国他们不敢!他们真敢打起勤王的旗号,老子只一团人马就扫平他们!"边义夫说,"刘师长,您老就给我一团人马,让我扫平了他们吧!"刘建时说,"扫啥扫?你们新洪的事我实是闹不清!毕洪恩、钱中玉骂你是匪;你骂毕洪恩、钱中玉是贼;钱中玉拉了个第三旅,你也拉了个第三旅,还都拥戴老子,让老子咋说话呀?这手心手背都是肉呀,所以,我便做起了坚决的主和派,我是既不赞成钱中玉剿你这个匪,也不赞成你讨钱中玉那个贼,要说讨贼,咱省只有一个贼,就是黄胡子,你们讨他去!"

边义夫苦着脸,"刘大人,这一来,还有公道么?霞姑和那么多弟兄不就白死了？早先兄弟和您说过，他们兵变啊，杀了几百号弟兄啊！"刘建时笑了，"你真是个傻旅长，也不想想，霞姑那女强盗活着，于你有何好处？弟兄们还会服你么？毕洪恩、钱中玉这么干也成全了你呀！"这话也不无道理，可边义夫又不能承认，一时竟不知该怎么回答。刘建时拍了拍边义夫的肩头，"你们两下里还是要和为贵，我这里已经有考虑了，不是黄胡子一直捣乱也就办了，待驱逐了黄胡子，我就来解决你们这事。到时候，我便到京城去一趟，面见袁世凯大总统，一人简任你们一个镇守使，再给你们多讨一个旅的编制。你们各做各的旅长和镇守使，划定各自的防区，两下里相安无事，和本师长一起保省安民，好也不好啊？"

边义夫不敢说不好，做出一副笑模样，勉强应着，"好，好。"转而想，两千多号弟兄就是两千多张嘴，不讨逆，又领不到饷，日子实是过不得，才又说，"刘大人，可我们第三旅的饷银……"刘师长脸一拉，"你不提饷银我还不气，你一提饷银我火就不打一处来！你老弟知道，为了这场民族革命，为了省城光复，我的新军立了多大的功呀？这革命成功后，大都督却让黄会仁这贼做了去，我的军饷反而供不上了！黄贼说，原新军的一旅兵变成了民国的一师兵，咱是穷省，养不起这么多兵，日他祖奶奶，当初革命时他没嫌兵多，这革命一成功，便嫌兵多了！知道是穷省，还浪费，还不让例假婊子接客，你老弟说说看，气人不气人？"

话题又回到了婊子接客的问题上，边义夫也只好在刘建时的率领下，跟随着婊子前进，"大人，虽说是气人，可婊子的花捐您老终是收到了，新洪城里钱中玉那贼也收到了，可怜我的一旅弟兄饥饿难忍，恨不得吃人啊！"刘建时漫不经心说，"你们也可以按省上的例子收些花捐嘛！"边义夫叫道，"刘大人啊，我们在乡下，收不到花捐的，又不能扰民，坏了咱省军和您老的名声，实在无法，就发了两万两银子的讨逆公债。"刘建时眼睛一亮,"发公债?好法子嘛!那你还叫什么穷啊?不行再发点公债嘛,待驱逐了黄胡子,一切皆有办法。"边义夫还想说什么,刘建时已笑呵呵地拉过了边义夫,"边旅长啊,既到省城来了,就好好耍上一耍,就不要为国为民操劳不休了,该让鸡巴放放假就得放放假嘛!你不是要讨逆么?那就去讨吧,这逆呢,我看就是婊子,用你的鸡巴去讨!你也别推辞了,今日算我的东,除小云雀,省城里的婊子任你操!既是我的东嘛,花资你就不必用三旅的军费付了,让鸨儿上个账,抵冲应缴的花捐。"说罢,赏了五个上好的羊肠套子给了边义夫,叫过侍卫长,让侍卫长带路,陪边旅长去操婊子。

边义夫没想到,满怀讨逆的希望到刘建时府上走了一回,竟落了这么个结果。刘建时连审一下复辟逆贼秦进士的兴趣都没有,只谈了一通鸡巴和婊子,就让他走人,还赏给他五个套鸡巴的香套套,边义夫实在闹不清这是荣幸还是耻辱?

给边义夫带路的赵侍卫长认定是荣幸,且是莫大的荣幸。一出刘府大门,便挺贴心地对边义夫说,"边旅长,你可真不得了,这么得我们刘师长的宠,刘师长从没对谁这么好过!他那香套套可不是啥人都配得的!那可是上好的蒙古大绵羊的小肠做成的香套套哩!前几日钱中玉带了重礼来找刘师长讨饷,刘师长连一个套套也没赏给他!"边义夫来了兴趣,忙打探,"那,刘师长答应给钱中玉发饷了么?"赵侍卫长摆了摆手,"刘师长都不给你边旅长发饷,哪会给钱中玉发饷呀?刘师长让钱中玉好生去收花捐,说了,'想要饷自己想。'他是没办法的。"

边义夫心里有了些融融暖意,让查子成和几个弟兄押着倒霉的秦进士回客栈歇息,自己和赵侍卫长一起去消受刘建时赏赐的这番深厚好意。坐在轿上颤颤悠悠往烟花巷去时,心里多多少少还是有些惭愧的,今日不是过去了,他已经是个真正带兵的将领了,这么多弟兄眼巴巴地饿着肚子等他率着去讨逆,他却要去操婊子,终是说不过去。可不去也不好,逆拂了刘建时的好意可不是闹着玩的,刘建时虽说只是副都督,却是全省最高军事长官,掌握着全省的革命武装力量哩。

二十三

去的地方叫"怡情阁",位于省城著名的烟花巷三堂子街。据赵侍卫长介绍,此乃省城一等一的销魂去处,省上大人物常来耍,许多造福省民的军政大计也都是在这里制定的。黄会仁先生早先在这里酝酿过革命,当时的新军协统刘建时就是在这里碰上了黄先生,受了些革命熏陶,跟着革了一回命,由前朝协统而革成了民国师长。光复后,做了大都督的黄会仁又在这里发现了婊子接客带来的卫生问题,本着造福于民的施政纲领,和正在这里吃花酒的省教育司李司长合计了半夜,才发布了那个著名的妓女例假休息令。师长刘建时也正是在这里亲自发现了花捐下降的缘由,而勃然大怒,欲开展一场驱黄废督的军事运动。这日,边义夫走进"怡情阁"时,"怡情阁"内军事阴谋的气氛尚未散尽,一伙刚刚密谋过兵变计划的团长、营长们正搂着各自中意的姑娘们悄然离去,大都督黄会仁的宝座已岌岌可危了。边义夫却不知道,心里还想着按刘建时的命令讨过婊子们的逆之后,再去拜见黄大都督,设法讨得一句半句口令当圣旨,用作军事讨逆的虎皮。

因了这满脑子的讨逆,边义夫操婊子的劲头便不是太大。在赵侍卫长的建议下,点了个叫芸芸的小妓,听了一会子琴,也不知弹的是《高山》抑或是《流水》,只觉得全是聒噪。拿眼细看操琴的芸芸,才觉得芸芸还是好的。小模样俊得让人心疼,一对硕大白嫩的奶子在半透的红纱里颤颤地动,煞是撩人。边义夫拿手去捉,芸芸闪身一躲,两团白嫩的奶子脱兔般跳过了。边义夫再捉,便捉住了,熟练地把玩着,赞叹不已。芸芸不弹琴了,软软地往他怀里一倒,有了让他操的意思。边义夫却说,"小心肝,你弹,你弹,爷正要讨逆哩,快弹个《十面埋伏》,让爷长长精神吧。"芸芸娇嗔说,"爷哟,你握把着奴妾的奶子,奴妾还如何弹得好?"边义夫说,"好不好都不打紧,你就当爷的两只手是你常用的抹胸绸布吧!"芸芸便在奶子系着肉抹胸的情形下弹将起来,一时间,琴声激越,让人神往。

弹着琴,芸芸问,边旅长,你要讨的这逆是谁呀?边义夫说,"军机大事,你问不得的。"芸芸嗔道,"知道么?这怡情阁就是商议军机大事的好地方啊,大汉军政府白日在复兴路,天黑就在这里。这里议的大事多了。爷要不信,奴妾即刻陪爷四下房里走走,准保找出一半军政府的官爷,没准刘师长和黄大都督也在哩!他们这些官爷议啥也不瞒我们,我们也就跟着长了学问,刘师长前几日还说哩,我们姐妹就是省议会议员也做得!"边义夫动了心机,马上问,"这阵子官爷们都议了些啥呀?"芸芸嫣然一笑,说,"我就是再对你好,这也是不能告诉你的,有规矩哩。"边义夫想起,赵侍卫长提到钱中玉几日前来过省城,便说,"芸芸,我的军机大事不瞒你,我要讨的逆不在省城,在新洪,你就告诉我:新洪有个叫钱中玉的旅长几日前可曾来过这里?"芸芸眼睛一亮,说,"来过的,和你一样,也是刘师长让赵侍卫长送过来的,也点了我的牌。"边义夫不禁一怔:这刘师长,做得也真是绝,一碗水端得竟是那么平!再一想,也不算很平,刘师长毕竟赏了他五个蒙古大绵羊的小肠制作的套子,却没赏钱中玉那逆!正想着,芸芸又说了起来,气哼哼地,"钱旅长不是东西,硬走我的后门,都弄出了血,疼得我直流眼泪,这逆实是该讨!边爷,你最好尽早去讨他,别让他运了日本国的枪弹来讨你!"边义夫又是一惊,"什么什么,钱中玉买了日本国的枪弹?谁给的饷?"芸芸说,"谁也没给他饷,买军火的银子还没付一半哩,所以他就气,想问刘师长借银子,刘师长不给,那逆就在我面前骂,说是日后发达了,这刘师长他是不认的。"边义夫心下不免又是一番感慨,益发觉得刘师长公道,真是个坚决的主和派哩。又问,"芸芸,你可知道这些日本军火在哪儿交割?"芸芸说,"这倒不清楚,那逆没说,只说还得赶回新洪筹银子。"想了想,又说,"刘师长肯定知道,黄大都督肯定也知道,那逆说了,他到省城后找过这二位爷的。"

边义夫心里有数了,便想快快去拜见大都督黄会仁,弄清钱中玉和日本人在何处交接这批军火?因之,琴也不想听了,婊子也不想操了,一门心思只想着见了黄大都督该咋说?咋着才能说服大都督动下恻隐之心,帮他把这批不要钱的日本军火搞到手,壮大革命武装?显然,又得打出霞姑的旗号,刘建时不认霞姑,黄大都督是认的。又想,必要时,也可以再去找一下刘建时,钱中玉那逆说了,只要日后发达了,就不认刘师长,那么,刘建时就不能看着钱中玉那逆发达起来。

正想得激动,芸芸一把把边义夫搂住了,笑笑地问,"边旅长,我若帮你把军火的事打探清楚,让你讨下钱中玉那逆,只不知边爷你能赏我点啥呢?"边义夫乐了,忙说,"哎呀,小心肝,你要我赏啥我就赏啥嘛!"芸芸脱口说,"我要你赎我从良,你可乐意?"边义夫亲着芸芸红红的小嘴,反道,"那接你出去做我的随营小太太,好也不好啊?"芸芸头一摇,断然说,"不好,奴妾已有了意中人。"边义夫便又说,"好,好,那你爱跟谁走跟谁走,我决不拦你。"芸芸喜出了满眼泪,说是今儿个一定得把恩主伺候好了。边义夫也说,"你既不愿从良后做我的随营小太太,我今日不想操也得操了,反正花的是刘建时的军饷。"

除去衣裙再看芸芸,竟是块不可多得的好肉。该大的地方大着,该小的地方小着,该肥的肥着,该瘦的瘦着。眼角眉梢都是情,浑身嫩白的肉诱人无比,让你恨不得一口把它吞了。边义夫便去吞,弄得芸芸娇喘不止,伴以高一声低一声地叫。芸芸身下的水也是极好的,不止歇地流,先是湿了床单,后又湿了垫在腚下的绣花枕头。花着长官的军费,操着可心的小婊子,你就没法不爱戴自己的长官。那一刻儿,边义夫便真心爱戴起了刘建时,觉得刘建时实是体恤下属的好长官。因着这等愉快的好心情,边义夫便操出了比较难得的好水平。操到后来才想起:长官赏的上好的羊肠套子忘记了用,实是可惜。便起身取了套子来戴,边戴边不无自豪地说,"这是刘师长赏的,——刘师长任谁没赏,就赏了我五个。"

芸芸大笑起来,笑得两只白兔般的奶子白兔般地跳,笑罢便说,"啥好东西呀?刘师长见谁都赏,钱中玉那逆也得了五个套子,也到奴妾这儿显摆过哩!"

什么什么?钱中玉那逆也得了五个套子?不是三个、四个,竟然也是五个!这说明刘建时连一丝一毫也没偏着他,他对刘建时实是自作多情了。边义夫像挨了一枪,对长官的信仰骤时间崩溃了,下面的家伙也跟着崩溃了,像是羞于再和芸芸见面。刘建时实是混账,那个赵侍卫长实是混账,全在骗他!再一想,不是刘建时骗他,却是赵侍卫长骗他,骗得他先有了对长官的信仰,又丧失了对长官的信仰。更要命的还是身下的家伙,刚才还那么生猛,说不行就不行了,怎么哄都不行,一梭子好子弹眼见着要出膛了,又被生生堵了回去。这该死的羊肠套子!

那夜,上好的羊肠套子带来了上好的生理灾难,让边义夫遗憾不已。

二十四

登门拜见黄大都督已是次日下午了,是在复兴路 12 号大都督府见的。黄大都督架子很大,说话不用嘴,用圆且大的鼻孔,哼哼哈哈,一副爱理不理的样子,"……边旅长啊,你不必说了,嗯,不必说了。我黄某人海内海外奔走革命凡二十年,何等人情世故看不透呀?嗯?你边旅长聪明啊,谁有奶便认谁做爷娘,刘建时当着师长,是本省大军阀,奶水足呀,你当然得先去拜他喽!"

省城实是复杂,边义夫再也想不到,自己拜见刘建时的事竟这么快就被黄大都督知道了,这么快!于是,赔着笑脸,抹着头上的汗,急切地解释,"大都督,您老有所不知,兄弟到刘建时那里不是拜见,却是索饷哩!大都督,您老对我们新洪第三旅的好处兄弟都知道,兄弟也知道,和我们新洪第三旅捣乱的就是刘建时这大军阀!这大军阀有钱养七个小老婆,竟没钱发我们饷,兄弟就火了……"

黄大都督撸展着唇上两撇著名的八字胡,看都不看边义夫,"边旅长,你敢火呀?"呷了口茶,很响亮地咽下去,"昨夜一个大子没讨到吧?嗯?"边义夫承认说,"是的,大都督,这大军阀实是……实是可恶!"黄大都督这才扫了边义夫一眼,"也不算太可恶吧?嗯?赏了你几个套鸡巴的羊肠套子,送你到'怡情阁'嫖了妓,是不是呀?这样好的长官还可恶么?嗯?"边义夫呆呆地看着黄大都督,讷讷着,"大都督,您……您老咋啥都知道?"

黄大都督"呼"地站了起来,面呈怒色,"本大都督啥不知道?这个刘建时最是滑头,也最会笼络人心!不但是军阀,还是反动政客!边旅长,今日我也不瞒你了:关于新洪兵变,本大都督一直主张厉查严办,为革命女义士霞姑和死去的弟兄报仇申冤,刘建时却一直和本大都督打哈哈!现在连哈哈都不愿打了,公然反对我!使政府许多造福省民的好主张都不得实施!这军阀怕少收了花捐,连本大都督明令发表的《妓女例假休息令》都反对!收了花捐,也不上缴政府财政司,直接用于养兵,这种养兵法全国难找,全世界难找!边旅长,我问你:全国哪个省、世界上哪个国家靠妓女的生殖器官养兵的?有哪一个？刘建时这大军阀还恬不知耻,在'怡情阁'当着本大都督的面公开夸奖妓女们是我省军之母!"

黄大都督一口气说了这许多,说累了,拿起杯子喝水,边义夫这才赔着小心插上来,"大都督,您老也别太气,这还不是因为本省太穷么？别处兄弟不知道,新洪兄弟是知道的,每年春荒时节,老百姓都吃观音土哩……"黄大都督咽了几口水,也缓过了气,"是的,本省很穷,老百姓在吃观音土,可本省还养了这么多兵！这么多！光复前是一协,也就是一旅,光复后是多少？是一个师,现在又不止了,你们新洪就两个旅！这怎么得了啊？想把本省的良家妇女都逼到妓院去卖淫养你们这些兵么？"黄大都督气愤地拍着桌子,"还让不让本省老百姓活了？养这么多兵干什么？想当皇帝呀？嗯？推翻了一个皇帝,大家都想当当皇帝了？是不是？本大都督追随中山先生,日本、美国、欧罗巴,海内海外奔走革命凡二十年,方领导本省民众推翻满清旧制,缔造了民国省政,诸多同志流血奋斗啊！新洪的霞姑就流了血,可是,如何就造成了这般不堪的光景呢？我黄某何颜面对本省两千一百万省民！边旅长,你说!"

边义夫连连点头,"是的,是的,省政实是令人忧心,实是!"黄大都督深深叹了口气,表情无比忧虑,"全国的情况也不好,各省革命同志的处境都和本大都督相差无几。民国元年,中山先生本着天下为公的博大胸怀,不顾我等各省同志的劝阻,硬把大总统让给了袁世凯。现在好了,袁世凯和各省军阀四处排挤我革命同志,许多省份已无我革命同志立足之地了！日前,本党革命领袖宋教仁又在上海被人暗杀,实是山雨欲来风满楼啊！局势再恶化下去,本党必得实施二次革命,打倒袁世凯这个新皇帝,打倒各省大小军阀土皇帝！所以,边旅长啊,今天你既来看我,我就要告诉你,你作为一个接受过革命熏陶,参加过光复之役的年轻将军,就不能不认真想一想,你在新洪拉起一支两千多人的队伍要干什么？是要造福中华民国，造福本省民众，还是要像大军阀刘建时那样拥兵自重，祸国殃民？"边义夫忙道："大都督，兄弟要造福中华民国，造福本省民众！"又辩解，"大都督须知：这支队伍并不是兄弟私自拉起的，兄弟本就是省军第三旅少将旅长。兄弟于兵变之后向您老禀报过，兄弟是被钱中玉、毕洪恩这两个逆贼非法赶出新洪城的。兄弟这旅长和这队伍都是合法的，是革命女义士霞姑的老班底。兄弟还想了，一旦大都督在本省发动二次革命，兄弟就在新洪举旗响应……"

黄大都督眼睛一亮，这才有了些笑模样，"好，好，边同志，这很好！"边义夫适时地提出了自己的主张，"大都督，为日后中山先生和您老的二次革命，今日必得讨逆的，钱中玉、毕洪恩全是大军阀刘建时的党羽。刘建时在前朝做协统时，钱中玉是新洪巡防营管带，毕洪恩是知府。钱、毕二逆敢杀我革命女义士霞姑，发动兵变，必是受了刘建时这大军阀的指使！所以，大都督，兄弟讨逆决心已定，现在只缺粮饷军火，大都督若是……"黄大都督苦苦一笑，"边同志，你讨逆本大都督并不反对，钱、毕二逆以剿匪的名义诛杀了霞姑，实属反动，本大都督手中如有武装力量也要讨他。只是粮饷军火，本大都督爱莫能助。本省是穷省，本大都督是穷官，省政府下属各司局并本省省立学校教员已集体欠饷半年有余，时下，财政司正拟以全省捐税作抵押，向美国银行筹款度日，又如何有钱助你讨逆呢？昨日在省议会演讲时，我还说了，如我这大都督的职位可以作押，我便把这职位也押给外国银行！"

边义夫早料到黄大都督会叫穷诉苦，听了并不觉得如何意外，又道，"那么，可否请大都督在别的方面助兄弟一把？比如，将钱中玉私买的日本军火没收充公，或是赏给兄弟的第三旅？"黄大都督一怔，"什么？钱中玉私买日本军火？有这种事？谁给他的钱？前几日他还到我这儿哭穷,说是没钱放饷,新洪城里要闹兵变了,如何又有钱买日本国的军火了?他买这么多军火想干什么?"边义夫看黄大都督生气的样子不像装出来的,便把知道的情况向黄大都督说了一遍,说罢,又恭敬地请示,"大都督,钱中玉那逆贼既瞒着您老搞军火,兄弟可不可以代您老没收?兄弟认为,这批军火真落到钱逆贼手上,于您老和中山先生的二次革命断无好处!"想起了在刘建时那里没派上用场的秦进士,便把秦进士又抖了出来,"钱中玉是个反对革命的保皇党,正和前朝进士秦时颂酝酿复辟哩!"

黄大都督很吃惊,"钱中玉怎么就敢?"边义夫意味深长地说:"怕是有刘师长做后台吧?"说罢,注意地看了黄大都督一眼,"我们新洪方面的革命武装同志都很忧心哩!"黄大都督显然也很忧心,想了想,"边同志,现在看来,本省的形势已经相当严重了,在省城,大军阀刘建时磨刀霍霍;在新洪,钱中玉妄图复辟;你这支拥护革命的武装力量就显得很重要了。这样吧,钱中玉私买的日本军火,本大都督准你合法去取,不过,你且不要声张,以免惊动刘建时。取了军火,你和新洪的革命武装同志就听本大都督的号令,尽快开赴省城……"

边义夫心里一惊,脱口问道:"兄弟把军队开到省城干什么?"黄大都督手一挥,"抓捕刘建时这个大军阀土皇帝,进行二次革命!"边义夫益发心慌,"大都督,刘建时在省城有两个装备齐全的旅,旅下既有马团,又有炮团,兄弟只有一个新编旅,且兄弟这旅全是大刀片,毛瑟枪只有三百多杆,如何是刘建时的对手?凭什么?"黄大都督撸着八字胡,庄重地说:"凭革命精神!边同志,光复新洪时,你不开过三炮么?你只要把你的队伍拉到省城来,把刘建时的省军司令部包围一次,"黄大都督竖起两根短且粗的手指摇着,"开上两炮——我不让你开三炮,只让你开两炮,你敢开这两炮就是好同志,能革命就是好同志!成功不成功倒在其次!"边义夫觉得黄大都督是异想天开,不想做黄大都督的革命的好同志,嘴上却不明说,只道,"真围了省军司令部,兄弟就不光开两炮了,兄弟便要革命到底了。可大都督呀,您老是穷官,兄弟也是穷队伍呀,只怕队伍没拉到省城,弟兄们就全饿跑了,不跑的也饿垮了,这阵子兄弟的队伍也在吃观音土哩!"

黄大都督笑了笑,命门外卫兵叫来了专管革命经费的财政副官。那财政副官竟是参加过新洪光复的任大全。任大全见了边义夫就热烈握手,亲切交谈,"幸会,幸会!边督府啊,我说我们后会有期嘛,看,又在革命的战壕里见面了!听说你要讨逆?替霞姑奶奶报仇?好啊,实在是太好了!我们新洪民军幸亏有边督府您这样杰出的军事人才啊!"黄大都督笑道,"任同志,还有更好的事哩!边同志的省军第三旅一俟准备停当就会开到省城,炮轰刘建时的省军司令部,进行二次革命!任同志,你马上替我取一张五省通兑的银票来,要一万两!"任大全脸上的热烈和友好一下子全消失了,迟疑了一下,愣愣地看着黄大都督,"大都督,是……是一万两么?"边义夫被这意外的赏赐折腾得激动无比,生怕那赏赐飞了去,连连冲着任大全道,"没错,没错,是一万两,是一万两,兄弟听得真哩!"黄大都督点了点头,"任同志,就是一万两!爱国志士捐赠的革命经费必得用在革命的枪杆子上,你不要心疼!本大都督不能让边同志手下的弟兄吃着观音土参加本党的二次革命,赤手空拳为中山先生一手缔造的中华民国流血牺牲!"

任大全奉命去取银票时,边义夫又看在一万两五省通兑的银票的份上,向黄大都督请示道:"大都督,那个伙同钱中玉、刘建时图谋复辟的秦进士兄弟押到省城来了,您看如何处置?要不要亲自审上一审?""审什么?"黄大都督手一挥,"杀了!"边义夫又请示,"是送来让您老的大都督府杀,还是兄弟杀?"黄大都督思索片刻,又决定不杀了,"边同志,还是先不杀吧!杀了,就没有他们反革命的证据了,这个封建余孽就在你那里先押着！哦，要讲政策，你的弟兄和新洪老百姓不是都在吃观音土么？也弄些观音土与他吃吧，不要让他死掉了，待得我们二次革命成功，活捉了大军阀刘建时，将他们一起审讯，依法处刑！"

嗣后，黄大都督又就二次革命的意义和造福省民的问题，谆谆训示了边义夫一番。大都督同志要边义夫和他的省军第三旅发扬民族革命的光荣精神，实施大公无私的牺牲奋斗，救全省民众于水火倒悬。大都督同志颇为激昂地频频挥动着手臂，"……过去，满清政府腐败无能，我们发动革命推翻了它；今天，本省军阀刘建时拥兵自重，成了鱼肉民众的土皇帝，本大都督当然也要推翻它！本大都督海内海外奔走革命凡二十年，为了啥？就是为了民众的幸福！可时下民众幸福么？民众他不幸福呀！本大都督就痛心疾首，夜不能寐呀！本大都督起码不能让本省民众于革命成功之后继续吃观音土啊！一个吃土的民族是断然没有希望的！边同志，你说是不是？"边义夫极表赞成，"是的，是的，大都督，您老所言极是，一个吃土的民族是肯定没有希望的！所以，我们必得抓紧进行二次革命！大都督，兄弟相信，打倒了刘建时、钱中玉这些大小军阀，本省二次革命成功后，民众吃土的历史就将永远结束了！"黄大都督紧紧握住边义夫的手，眼睛湿润了，"对呀，对呀，边同志，这就是我们今日为之奋斗的最低纲领啊……"

会见结束后，革命领袖黄会仁十分满意，认为这是一次革命者之间的历史性会见，就像宣统三年在怡情阁和新军协统刘建时的历史性会见一样，从此以后，他手里又有了一支可以依靠的革命的武装力量了。以一万两银子的代价而获取一支革命武装力量还是很合算的。上一次和刘建时的历史性会见，造就了本省的民族革命；这一次和边义夫的会见，必将导致二次革命的早日爆发。黄会仁认定，二次革命就像早晨喷薄欲出的太阳,快要跃出东方的地平线了。边义夫也十分满意。他再没想到,黄胡子竟这么轻信他的革命大话,一把就给了他一万两银子的战争经费。因此,于清凉的月光下和黄大都督握手告别时,边义夫平生头一次有了悲壮的使命感,真准备为黄胡子不让民众吃土的"最低纲领"包围一次省军司令部,炮轰一下刘建时了。

二十五

看着边义夫拿回来的那张万两银票,侍卫副官查子成两眼放光,激动的声音都走了调,"边爷,这张绿纸头能在五省里兑一万两银子?一万两?老天爷,那……那能买多少白面大馍呀?这下子可饿不着了!"边义夫斥道,"查子成,你真是个吃货,就知道吃,也不怕撑死了你!"查子成不知羞愧,"边爷,真能撑死那叫福分,我就怕饿死!"边义夫浑身的热血还沸腾着,眼里晃着的是革命领袖黄胡子热情洋溢的面孔,心里想着的是黄胡子不让民众继续吃土的无私的奋斗纲领,就觉得查子成很渺小,只顾自己撑死抑或是饿死,不管民众疾苦,口气益发严厉,"你还有脸说!本省被刘建时、钱中玉这般军阀逆贼糟蹋成什么样子了?你就不痛心?就不想着流血奋斗,打倒大军阀刘建时,解本省民众于水火倒悬?就只想着你自己?古人云,要先天下之忧而忧,后天下之乐而乐,你懂不懂?"

查子成和前任侍卫副官王三顺一样,也是个没规矩的货,长官训话未结束,便急忙插了上来,"边爷,你说啥?打倒刘建时?咱去打刘建时?你老人家莫不是梦里说胡话吧?昨夜你不还说刘建时一碗水端得平么?并没护着钱中玉那逆……"边义夫不屑地道,"查子成,你不懂,此一时彼一时了!"查子成也像王三顺一样,对主子很负责任,"边爷,你可别犯糊涂呀,黄大都督纲领再好,也是两手攥根鸡巴!他没兵没将,咱靠不上他,咱还得靠刘建时啊!咱去打刘建时,那不是光腚捅蜂窝,自找苦吃么?真把队伍打光了,你这旅长还咋当呀!"

边义夫这才清醒了,当即想到自己在新洪城里做空头旅长兼督府的光景,觉得眼下的黄大都督实则就是当年的自己,分分钟都面临着被刘建时兵变推翻的危险,自己这第三旅和黄大都督搅和在一起,也就是和危险搅在一起了,遂夸奖查子成道,"说的是,说的是呀!子成,你这吃货也还算有点头脑哩!"这一来便为难了,拍打着手中的万两银票,讷讷起来,"然他娘的哟,黄大都督可真是好人啊,真想造福本省民众啊,还给了我一万两银子啊!"查子成受了夸奖,情绪更加高涨,"边爷,黄大都督为啥要给你一万两银子?还不因为你手下有两千多号弟兄么?所以,你才更不能把两千多弟兄打没了,打没了就没人给你银子了!边爷你想呀,拉队伍时那么难,谁给你一个大子了?谁又给你好脸色了?你这队伍拉起来了,黄大都督给银子了,刘建时也认你这个旅长了。要我说,咱还是打新洪,占地盘,讨钱中玉那逆!黄大都督既是好人,占下新洪,咱就请黄大都督到新洪城来吃大馍,吃大肉,尽他吃!"边义夫哭笑不得,"又是吃大馍,又是!"

尽管查子成只知道吃,可只知道吃的查子成于民国二年在省城客栈无意中道出的真理,却给边义夫留下了深刻印象,后来竟变成了边义夫军事思想的核心部分,那就是:在任何形势复杂的战争中都要以保存实力为前提。边义夫认为,掌握这一真理实是太重要了,它简直就是中国军事家的生存之道、发展之道和腾达之道。

得了道后,边义夫沸腾的热血彻底冷却了,革命领袖黄胡子无私的奋斗纲领也飞得了无踪影。当下,要查子成侍卫着他去怡情阁侦察,找芸芸打探军火的交割地。在怡情阁门口,边义夫像对前任侍卫副官王三顺一样,很大方地给了查子成一些钱,要查子成劳逸结合,给鸡巴放放假,也找个中意的婊子要上一要。查子成恪尽职守不愿去,说,"边爷,我得侍卫你呢!这鬼地方太乱,进出的男人都带枪,我不放心哩。"边义夫戏谑说,"你只管放心好了,来这里的男人只耍身下的那杆枪,去吧,去吧!"说罢,再不理睬查子成,轻车熟路去了芸芸的房。

芸芸一见边义夫就叫了起来,"边旅长,你可来了!都急死我了,刚才我还让郭二哥去找你,竟不知你住在哪家客栈。"边义夫问,"这郭二哥是谁?"芸芸说,"就是奴妾要随他从良的男人,是奴妾的二表哥。"边义夫道,"好,好,小心肝,待我搞到军火,讨下钱中玉那逆,就赎你出来和你二表哥成家,快告诉我,可探到啥没有?"芸芸道,"探到了,日本洋行已把一船军火走水路运往新洪,后日在新洪城外十二里的西江湾码头交货。"边义夫一怔,"咋这么快?不是说钱中玉还没筹够银子么?"芸芸手一拍,"边爷,你被骗了!小云雀今日告诉我说,刘师长和钱中玉最终还是做成了买卖,刘建时让钱中玉立下文书,以新洪三年的花捐做抵押,借了两万两银子给钱中玉。"边义夫大为震惊,"咋会这样?刘建时说过,他是坚定的主和派么!"芸芸说,"刘建时何等滑头?能当着你的面说他将钱给了中玉么?小云雀可是说了,刘建时还是疑你哩,怕你和黄大都督搞到一起反对他。听说你今日还真去见了黄大都督,是不是?这就更糟!"

边义夫火透了,革命激情沉渣泛起,"不是糟,却是好!这等反动军阀必得反对!用革命的武装去坚决反对!"芸芸吓白了脸,"边爷,你可要慎重!刘建时一插手这事就不好办了,所以奴妾才让郭二哥急急找你,就是想献上一计。"边义夫忙问,"你有何计?"芸芸道,"再去找刘建时谈谈,钱中玉能许诺抵押新洪花捐,你边旅长也可许诺嘛!钱逆许下的只是三年花捐,你就许他十年!"边义夫想了想,"只怕来不及了,刘建时都把两万两银子借给钱逆了,后日军火就要在西江湾码头交割了,我只有先取军火才是正经!"说罢,又阴阴地补充了一句,"只怕刘建时这大军阀要亏本了,钱中玉许下的三年花捐,我是不会认的!"

边义夫和芸芸热烈交谈时,查子成在怡情阁门口的肉饼店里吃起了肉饼。

查子成委实是个饭桶吃货,放着怡情阁满院子千媚百态的大小婊子的软肉不吃,偏去吃猪肉饼,这就让边义夫笑话了他许多年。须承认,在婊子和肉饼之间进行选择时,查子成是犹豫过的。当时,暗夜的空气中有两种香气在往查子成鼻翼里飘,一种是婊子们身上劣质脂粉的香气,一种是肉饼出锅的香气。起初,婊子身上的香气大于肉饼出锅的香气。一个嘴角呈着独酒窝的小婊子已扑到查子成怀里,笑闹不止,脸上的粉渣雪花般往查子成身上落。查子成和小婊子逗着,身下的家伙也冲动起来,渐渐顶起了裤裆。偏在这时,门外一锅肉饼揭了锅,腾腾热气伴着香气扑涌过来。查子成饥饿的记忆一下子被唤起了,肠胃里伸出无数双手,急着要抓出锅的肉饼,裤裆里的家伙自知不是肠胃的对手,识趣地退缩了。

查子成一把推开怀里的婊子,往门外走。婊子说,"大哥你干吗去?"查子成宣布说,"去吃肉。"婊子豪放地拍着大奶子,"肉在这儿呀,等你吃哩!"查子成说,"你那肉我吃过,大肉做的饼我从没吃过!"确是从来没吃过,此前的一生,查子成吃过糠,吃过麸子,吃过各种树叶子,吃过观音土,有幸到省军第三旅当了边义夫四民主义的兵,才因着边义夫先生的仁义吃了一回马肉,为此还挨了一顿鞭子,并且给旅长同志当上了马。其他的肉,查子成只听说过,再没吃过。故而,如何能放过这一历史性的饕餮呢?便将旅长同志赏赐的嫖资,全付予了肉饼店的胖掌柜,作了饕餮的花费,包了一锅肉饼大吃起来。大肉饼实是好吃,真是绝无仅有的人间美味!面是真正的白面,细白如雪,肉是肥中有瘦的猪大肉,咬到嘴里不用嚼便自动地往嗓眼里滑。

这一滑就滑下了二十四个大肉饼。

待得边义夫出现在面前时,查子成已被撑得直翻白眼了。因着刘建时这大军阀和钱中玉那逆的无耻勾结,边义夫心情本来就不好,见得查子成又是这般的不争气,脾气更坏,边义夫开口就骂:"吃吧,吃吧,撑死算了,便算你革命成功了!还他妈的干愣着干什么?快给我滚回去,收拾收拾东西回新洪!"

连夜赶回新洪的路上,边义夫心情才渐渐好了些。披着月色骑在马上,边义夫一边感慨,一边语重心长地教育自己的第二任侍卫副官,"我这辈子真倒了血霉,真是!尽碰上你们这种活宝贝的货!王三顺是个淫棍,别看他这同志现在做了团长,我还认他是淫棍!一本《革命军》全撕掉揩了屁股,一点革命精神都没有,见了女人就走不动路!光复前夜,竟还唆着老子去爬墙戏小尼!你查子成就更有出息了,是个举世无双的饭桶,吃货!连自己长官都要吃,连本旅长的坐骑都敢吃!今天,在这二次革命的前夜,你狗东西竟然差点儿撑死在'怡情阁'门口!子成啊,你说说看,这样下去如何得了呀?我这个省军第三旅还有啥希望呀?二次革命还有啥希望呀?本省省民还有啥希望呀?"

查子成无精打采骑在马上,头低着,眼眯着,一言不发,像似在惭愧。边义夫用手上的马鞭指点着破烂官道四周的凄凉景致,心情很沉痛,"子成啊,你知道惭愧就好!你看看,本省被满清官府,被刘建时这帮坏军阀、土皇帝搞成什么样子了?全省连一条像样的官道都没有啊!更可气的是,刘建时那厮竟还借了两万两银子给钱中玉那逆买枪打咱们!所以,我边义夫就是一只鸡蛋,也得去碰一碰刘建时这块大石头了!所以,查子成啊,我们就得跟着黄大都督再革一次命了,你说是不是?"查子成勉强点了点头,突然大叫,"边爷,我,我肚子疼,要……要拉屎!"边义夫厌恶地挥挥手,"去吧,去吧,当心蛇咬了屁股！"

就这样，边义夫不断地教导，查子成不断地拉屎。一路上，查子成拉了十三次屎，总算把滑入肚里的二十四个大肉饼打发出来了。黎明时分，一行人到得白河子城附近歇脚，查子成缓过气来，对边义夫说，"边爷，好了，我肚子不疼了！"边义夫手一摊，"看看，不合算吧？怎么进去又怎么出来，都不如操婊子了！"查子成不同意长官的看法，"边爷，还是合算哩，操婊子是我给她，还爬上爬下地动，白耗！倒是吃得好——昨夜托边爷你的福，我这辈子总算是吃过一回肉饼了，就是明儿个吃了枪子也不冤了！"边义夫不禁一阵心酸，红着眼圈，沉吟半晌才说，"子成，好兄弟，我边义夫保证你日后还会有肉饼吃，我省军第三旅的弟兄都会有肉饼吃，全省两千一百万民众也须在一生之中吃上一次肉饼，不达成这一造福省民的远大目标，我边义夫死不瞑目！"

二十六

九团团长胡龙飞认定边义夫是个福将。一周前，边义夫用麻袋装了进士爷秦时颂，要去省城运动黄大都督和刘建时时，胡龙飞认为断无成功的道理。不曾想，边义夫竟成功了，黄大都督给了一万两银子的讨逆经费，军火的交割时间和交割地点也探到了。胡龙飞真服了边义夫，自告奋勇，要去西江湾码头取军火。

边义夫有了政绩，也就有了不凡的信心和气势，呵呵笑道，"胡团长，那我倒要考你一考了！你想如何去取呀？"胡龙飞说，"这还用问？打劫绑票可是我的拿手好戏！一阵乱枪扫掉押运军火的洋行伙计，弄上十辆八辆大车，把军火拉回来就是！"边义夫摇了摇头，"你想简单了。须知，本省局面十分复杂。我们后面有革命领袖黄大都督，钱中玉那逆后面有谁呢？有大军阀刘建时嘛！刘建时已经借了两万两银子给钱逆,我们明火执仗劫了,刘建时那两万两银子的账咱认不认啊?"胡龙飞说,"当然是不认的。"边义夫点头道,"好,不认,本旅长也不想认。然他娘的,不认的话,不就和刘建时结下仇了么?当然喽,刘建时不是东西,我们迟早要和他打一仗,可现在不能打啊,不能四处树敌嘛!因此,一路上我就想了,这批军火我们只能智取,不能硬抢,你们就奔这思路准备吧!"

王三顺探过大头,"边爷,你想如何智取?"边义夫这才说出了自己的好主意,"让钱逆先去接收,咱在半道上打个伏击,从钱逆手上接收军火,事后采取坚决的不认账主义!我甚至想了,军火到了手,马上派人去向刘建时抗议,看他这'坚决的主和派'敢不敢认这笔账!他必不会认,那日后他也无法找咱们的后账了。"胡龙飞击掌称好,却又说,"可刘建时吃了暗亏,怕也不会罢休吧?"边义夫道,"不罢休又能如何?咱们拿走了军火,占下了新洪,兵强马壮,他敢不认咱这支四民主义的队伍么?这滑头大军阀必会认的!现在老子还没打下新洪,他都对老子客客气气,一口一个'边旅长'地叫,又送礼物,又送姑娘……"

突然发现说漏了嘴,边义夫停下不说了。王三顺却来了兴趣,"边爷,这大军阀送了您老啥礼物?"边义夫装作没听见,换了话题,感慨地说,"去了这一趟省城,我明白了不少道理,那就是不能有单纯的军事思想,须得懂政治啊,一个没有政治头脑的将军不是个好将军,一支不懂政治的军队是没有前途的军队。倘或早知道这一点,霞姑和那么多好弟兄就不会死了,咱们也就不会被钱中玉、毕洪恩那两小逆轰出新洪城了!胡团长,王团长,今天,我要严肃且郑重地告诉你们:我们将来最大的对手并不是钱中玉、毕洪恩这种小贼小逆,却是刘建时这种大军阀、大政客啊!未来的主要战场也并不在新洪,而在省城,甚至在北京!"

边义夫的这番话,嗣后让胡龙飞和王三顺都吃惊不已,他们再也想不到,民国二年蛰伏在桃花山里的边义夫竟有了如此清醒的认识,竟一下子看准了自己未来二十年的真正敌手,而且,已经把战略目光投向了省城,投向了北京。

那日,议完了智取军火的种种细节,胡龙飞带着精心挑选的五百号弟兄下了山走了,边义夫一直送到口子村头。站在村头老槐树下,已懂了政治的边义夫心头突然一阵不安:胡龙飞把全旅几百杆枪都带走了,并且又是去劫军火,万一胡龙飞心存异心岂不糟糕?便临时将侍卫副官查子成派做监军,也随胡龙飞去了。

胡龙飞、查子成并那五百号弟兄走后,王三顺又问:"边爷,你刚才说,刘建时送了礼物给你——啥礼物?也拿给小的瞧瞧,让小的开开眼嘛!"边义夫满腹心思,不愿和王三顺多纠缠,便从口袋里掏出一只上好的蒙古大绵羊的小肠做的香套套,递给了自己的前侍卫副官,"喏,就是这个,拿去耍吧!"王三顺却不知该如何耍,两只手捏着香套套,在月光下审视着,"边爷,这是啥呀?干啥用的?"边义夫随口敷衍了一句,"套枪用的!"王三顺便把香套套套在了自己的短枪枪管上,且咕噜道,"这大军阀也真是小气,只送枪套不送枪!边爷,你说得没错,从政治的角度看,这大军阀是靠不住!"说罢,和边义夫道了别,挎着上了套的短枪摇摇晃晃走了。至此,王三顺的佩枪便上了套,直到几年后王三顺也有了向大军阀刘建时讨赏的资格,刘建时亲自赏了王三顺几只套套,又亲自把王三顺送进"怡情阁"时,王三顺才明白了该用那上好的香套套套什么枪。为此,王三顺气了边义夫许多年,并认定这是边义夫一生之中最对不起他的事之一。

半个白日带一个长夜的不安过去了,次日黎明时分,领军的胡龙飞和监军的查子成率着弟兄们回来了,同时回来的还有十辆大车,车上载着一千杆枪和八百箱子弹。胡龙飞兴奋地向边义夫禀报说,伏击打的极是漂亮,一船军火照单全收了,连钱中玉那逆也差点儿做了俘虏。胡龙飞大夸查子成,说查子成英勇无敌:有一车军火侥幸逃出了包围,三马驾车急驰,逆们又在车上放枪,查子成竟追了上去,将车上二逆揪下车来摔死在路道上,手勒缰绳,勒得三马同时立了起来。

边义夫大为振奋,当面表扬查子成说,"好,好,子成,你这吃货,不但能吃,也实是能做!"又夸奖胡龙飞说,"胡团长,你干得更是好,把钱逆的军火一锅端了!有这么多枪,这么多子弹,新洪城哪里还叫城?也就是个土堡子!"当即下命令,"胡团长,王团长,你们今天就把枪发下去,九团五百杆,十团五百杆,抓紧操练,每位弟兄再发一两银子军饷,十日之后,兵发新洪城,讨逆灭贼!"胡龙飞、王三顺双双立正敬礼,"是,边旅长!十日之后,兵发新洪……"

十日之后,是中华民国二年七月二十日。

二十七

民国二年的七月,是个风云激荡的月份。党人领袖孙中山梦想中的十万英里铁路尚未开修,便被大总统袁世凯的倒行逆施弄成了泡影。革命力量雄厚的南方诸省,反袁暗潮汹涌异常,二次革命已箭在弦上。

七月十二日,李烈钧在湖口打响了二次革命第一枪,宣布江西脱离袁氏民国而独立,李烈钧出任江西讨袁军总司令。

七月十五日,革命大将军黄兴迫使江苏大都督程德全宣布江苏独立,黄兴出任江苏讨袁军总司令。

七月十六日,上海大都督陈其美宣布上海独立,陈其美出任上海讨袁军总司令……各地二次革命的消息传到省城,令黄大都督兴奋不已。黄大都督认定民国二年七月便是宣统三年十一月,这癸丑年还是辛亥年,便指望以一万两银子买下的省军第三旅作为革命的依靠力量,促成本省的讨袁独立。七月十八日,黄大都督委派任大全为自己的全权代表,面见边义夫,要边义夫的省军第三旅公开打出二次革命的旗号,迅速率兵北上,攻打省城。

任大全十分明确地告诉边义夫,"边督府,本省二次革命的希望全在你身上了!大都督说了,上一回本省光复靠的是一协新军,是刘建时这个协统,今日靠的却是你边督府了!辛亥年一协新军达成了民族革命之成功,癸丑年一旅省军当达成二次革命之完全胜利!边督府,你不可犹豫,且速速领兵北上吧!"

边义夫沉吟良久,不发一言,心想,这二次革命来得何等快呀!原还以为只是黄胡子嘴上说说。这说来还就来了,且又有么多省份群起响应,该不成真会像辛亥年似的,形成席卷全国的大势力?袁世凯这民国大总统真做不成了?清政府江山一坐二百七十多年,袁大总统咋会两年不到就垮台?这实是令人诧异哩。

任大全见边义夫不作声,又劝,"边督府,兄弟和你也算得老朋友了,兄弟知道你是杰出的军事人才,辛亥年新洪城头三炮一轰,威震天下,你也被民意举了一个督府。你老兄想啊,这次挥师省城,赶走了大军阀刘建时,达成二次革命成功,省军总司令舍兄其谁?兄若做了省军总司令,必得兼个副都督,正可和黄大都督一起,齐心协力,造福本省桑梓,造福本省两千一百万民众哩!"

边义夫这才动了心,有兵有枪,城是必打的,与其打新洪,倒真是不如打省城了。打下省城,不但有了一块更肥一些的大地盘,花捐收得多,足以养更多的兵,更具吸引力的是,还有省军总司令和副都督好当。做了总司令兼副都督,他就是另一个刘建时了,也成大军阀了。那时再回过头收拾新洪的小逆钱中玉、毕洪恩还不是小菜一碟?便笑道,"任兄,你说到造福两千万省民,真是说动了我的心!黄大都督不让本省民众继续吃土的最低奋斗纲领,我记忆深刻,没齿难忘啊,到我这里又进了一步——任兄,我要郑重告诉你,我若真被省民拥戴,被黄大都督提携,做了省军总司令并副都督,必得实现一个远大目标:让我西江省民一生之中至少吃上一次肉饼!"任大全高兴了,"如此说来,边督府同意率兵北上了?"边义夫擂胸顿足,"那是!任兄,你马上回去,禀报大都督,就说我边某人将在本省打响二次革命第一枪,克日率部北上,让大都督先把本省独立的准备做起来,以免到时候措手不及。任兄,你且快去禀报,兄弟这边也要准备了!"

任大全走后,边义夫热血爆涌,头脑发昏,马上召集胡龙飞、王三顺并营以上军官举行紧急军事会议,在会上毅然将七月二十日攻打新洪的讨逆,改为攻打省城的二次革命。边义夫将任大全带来的那张省城地图摊在桌上,双手熊掌般压在地图上,情绪愉快极了,"弟兄们,发达的机会就是如此这般地送到咱们面前!这叫啥呢?就叫机不可失,时不再来!黄大都督给了咱一万革命经费,咱不革命,对不起黄大都督;本省民众在吃土,咱不革命,对不起本省民众;省城这块肥肉送到了咱嘴边,咱不吃,对不起咱自己嘛!所以要革命!要坚决施行二次革命!"还开了句玩笑,"省城新式学堂不少啊,打开省城,一人搂个女学生嘛!"

众军官们全笑。王三顺真是个淫棍,边笑边说,"边爷,别搂女学生了,你让我把省城的婊子操个够,我就再跟边爷您到省城去革一回命!"边义夫说,"王团长,你是个例外,一进省城,老子得把你的鸡巴用铁笼子锁上,免得省城多出许多野孩子!"会议的气氛空前的好,边义夫和手下的弟兄们仿佛又一次革命成功,已经进了省城。王三顺手下的一个营长已在打听省城婊子们的最新售价了。

倒是九团团长胡龙飞透着难得的清醒,见弟兄们说得完全离了谱,敲敲桌子站了起来,"哎,哎,这可是军事会议,怎么扯到婊子窝去了?"弟兄们不言声了。胡龙飞看着边义夫,又问,"边旅长,你估摸这省城好打么？省城乃九朝故都，城池完好，明朝建的城墙上能跑开马车，刘建时炮团的炮全架在城墙上，你说咱们该咋对付呀？总不能指望王团长的鸡巴去对付吧？"边义夫心里一沉，愉快消减了不少。胡龙飞是绝对的悲观主义者，继续散布失败主义情绪，"打从去年兵变后，弟兄们窝在山里，一天好日子没过，这几百里地拉去打省城，省城又不好打，一路上还不跑掉一半？好，跑掉一半，到得省城城下，刘建时的大炮一轰，再死掉一半，边旅长，咱这窃国大盗的买卖就做不下去了，咱就得破产！"

这话极是刺耳，当着这么多弟兄的面说，又让边义夫难堪。边义夫便火，"胡团长，那照你的意思说，咱就不革命了？就辜负黄大都督的希望？让本省民众继续吃土，长期吃土？你这同志到底还有几多革命精神？还要不要革命？"胡龙飞说，"我还是要革命的呀，刚才您做重要指示时我就想了，光复革命那次，李二爷主张革命成功便革命，革命不成功就洗城，咱们今日不妨也如此这般操作一回，革命照干，二次革命的旗照打。不过，别去打那不好打的省城，还按咱的原计划打新洪。打下新洪，用婊子们的捐把弟兄们身上养出了膘，再寻机打省城不迟。不知边旅长觉得有没有道理？"边义夫没来得及说话，列席会议的侍卫副官查子成先插了上来，口气极是殷切，"边爷，胡团长说得对啊！小的在省城不也劝过你么？黄大都督算个屁呀，他光杆一个，两手攥根……"边义夫狠狠瞪了查子成一眼，迫使查子成把那根本该吐出的鸡巴重又咽回了肚里，不敢再说了。

这时，王三顺也醒了梦，觉得在这种生死攸关的重要时刻得对主子负责，不能眼见着主子做砸了这笔窃国大盗的好买卖，赔上血本，便在查子成退缩后，挺身而出，"边爷，您老别生气，得让大家说话。我这细想想呀，胡团长还就是有道理！不把弟兄们养得肥一些，省城真不好打，刘建时可是大军阀呀，他那两个旅是啥旅？咱是啥旅？别以为弄了一千杆枪就了不得了,爷你还是小军阀啊!"

边义夫这才找到了发火的借口——面对着两个团长和一个侍卫副官的公然反对,身为旅长兼主子,不发火是有失身份的,便拍着桌子,难得发了回大脾气,"王三顺,你是个什么东西!谁是军阀?谁是?刘建时是大军阀,这话不是我说的,是本省革命领袖黄大都督说的!黄大都督说过我是小军阀么?说过么?黄大都督称我为'边同志'!何为'同志'?同志者,志同道合之谓也。既为黄大都督的同志,我们就要有奋斗牺牲的精神,就要有革命的信仰!你有信仰吗?我看没有!你只是个淫棍!同志们,请你们都看一看,这个人是个淫棍啊!辛亥年革命前夜,本旅长奔走革命之时,这个人在干什么呢?在爬墙戏小尼嘛,差点儿摔断了狗腿!进城运动钱管带,本旅长不顾身家性命,抱着必死之心泣言我大汉民族之痛史,这个淫棍在干什么?在操婊子,而且差点儿出卖了革命!就这样的淫棍还口口声声说拥戴本旅长,你就是这样拥戴的么?你是公然反对我!一贯反对我!很好,很好,王三顺同志,今天你终于暴露了反革命的嘴脸,那么,这团长你就别当了!我是小军阀,不能委屈了像你这样的革命家——你是革命家呀,比黄大都督还革命,比我边某人还革命!"

理直气壮地一口气说到这里,边义夫威严无比地扫视了一下会场,最后,目光落到了吃货查子成身上。查子成以为下面轮到他了,忙起身立正,准备接受主子的痛斥。不料,边义夫手向他一指,却说,"子成,你这次军火劫得不错,这阵子又跟着我学了些革命道理,很有前途,十团团长就你接了,给我好好干!"

查子成被这突然降临的官运弄蒙了,以为是在做梦:他也和王三顺一样反对主子打省城嘛,主子非但没骂,还升了他的官!且是撸了王三顺的官帽子,当场戴到他头上的。查子成一下子激动得语无伦次了,"是,是,边爷,小的好好干!小……小的过去是您老的马,从今往后就是您老的狗,您老说咬谁小的就……就咬谁!"胡龙飞和一屋子弟兄想笑,可见边义夫仍在气头上,便没敢,都压抑着。

王三顺委屈死了,还不敢辩白,偏着一颗硕大的脑袋,眼泪汪汪看着自家主子,"边爷,小的混账,小的不当团长了,再给您老当侍卫副官,接受您老的熏陶吧!"边义夫瞪着王三顺,用指节敲着桌子,语气中很有些强调的意思,"又忘了革命,你又忘了!这次给我记住了:是革命的熏陶,你这同志要接受的是革命的熏陶!知道么,你最大的毛病就是不懂革命真谛!"王三顺被治服了,"是,是,我反省,好好反省!"边义夫的口气这才缓和了一些,"好吧,念你王三顺历史上也做过一些好事,我也不能一棍子把你打死,我和你这矛盾还算是咱们革命弟兄之间的内部矛盾吧,就留你做侍卫副官,以观后效吧!团级待遇保留,马还让你骑,一月三两猪头肉的团级伙食还让你吃。你就吃着团级军官的伙食去惭愧吧,去好好反省吧!你确是要好好反省了,反省思路我可以给你些提示:要从历史上找根源——我再强调一下:你从历史上就反对我,反对了我二十年!"

王三顺就这么被自己老领导边义夫同志打回了原形,于二次革命前夜从团长的职位上跌落下来,又成了边义夫的侍卫副官,尽管是团级,尽管一月还能吃到三至五两猪头肉。这一来,王三顺就产生了思想问题,就觉得困惑:一向宽厚仁义的老领导如何会这样翻脸无情呢?过去他难听话说得多了,甚至公然攻击过革命,也没见老领导翻过脸,今天这会上只一句"小军阀",便把老领导得罪成了这个样子,因啥?散会之后才弄清了,是因着领导的面子。当晚,边义夫抽着大烟,很知心地告诉王三顺:你还问因啥?还不是因着我要杀鸡儆猴嘛!当时你们那么多人都反对我,这咋得了?我的面子往哪摆?这队伍还咋带?胡龙飞是土匪出身,是霞姑奶奶手下的旧人,又当着团长,我不能骂他撤他,只好骂你撤你了!你是谁?你是我的金兰兄弟嘛!我今日撤你,明日还能升你嘛,怕啥?!"王三顺仍有不解,"那你咋升查子成的官?"边义夫道,"还问呢,他有眼色!我只瞪了他一眼,他就把一根鸡巴咽回去了!"王三顺仍是糊涂,却也不敢再问了。

耍足了威风,傲罢群猴,边义夫换了主张,"本旅长在会议开始时只说了一个方案,打省城,你们好了,就兴奋成了一锅粥,就想到省城去搂洋学生了,实是下流无耻!真正的作战方案本旅长还没来得及说嘛,那就是打起二次革命的旗帜,按原计划讨钱中玉那逆。现在告诉你们:本旅长一直是主张讨伐钱逆的,这其中的利害道理也不必多说了,胡团长替我说得够明白了。胡团长,你很好,懂得本旅长的军事思想——我看呀,在这支四民主义的队伍也就胡团长一人懂我的思想!我们是不能拿鸡蛋碰石头嘛,革命不是一日可成之事嘛,打省城还是日后的事嘛,所以,弟兄们不要急,打省城的机会日后总有,借口多的是嘛,二次革命都来了,能没有三次、四次革命?就这么着吧,打新洪!不过,不叫讨逆了,就叫革命,这样对黄大都督也有个交待,七月二十号准时举行二次革命……"

嗣后长达二十六年的军阀混战就此拉开了序幕,一个靠枪杆子制造真理的时代开始了。袁世凯之后的历任总统、总理、总长们,谁敢不看着枪杆子的脸色说话?谁敢不承认枪杆子制造出来的真理?包括边义夫的恩公、号称铁腕总理的皖系政客段祺瑞先生。当段先生背后枪刺林立时,便敢肆无忌惮地在北京城里宣布真理,连世界大战都敢抢着去打。而背后的枪杆子一旦稀少,便要灰溜溜地去天津租界当寓公。民国六年四五月间,当边义夫因恩公段先生的提携,以西江督军的身份和各省督军就第一次世界大战的参战问题频繁来往于北京东厂胡同总统官邸和中南海西花厅总理办公室时,就不止一次想到,时任中华民国大总统的黎元洪亏就亏在身后没有林立稠密的枪杆子,所以就没有真理,就得下野……

二十八

迈向北京东厂胡同和中南海西花厅的脚步是从民国二年七月二十日那个历史性的中午开始的。那个中午闷热异常,火爆热辣的阳光发出了金属碰击般的轰鸣,踏踏马蹄声、脚步声和热狗似的喘息声,持续不断地在边义夫耳畔响。林立的钢枪在弟兄们肩头晃动,枪刺上跳动着刺目的光斑。弟兄们个个大汗淋漓,一些体弱的弟兄相继中暑倒下。边义夫心疼不已,就把自己的马让给中暑者骑,手下的团长营长们也陆续把坐骑让了出来。这景象在以往的官军中绝无仅有,连志在勤王复辟的进士爷秦时颂都受了感动。秦时颂便热切地申请说,"边先生,我也别待在马上了,我这马也让给中暑的弟兄们骑吧,我愿意走路哩!"秦时颂其时正待在马上,不过,不是骑马,却是被装在麻袋里,缚在马背上。边义夫已和胡龙飞、查子成等人商定,准备于攻城之时,用进士爷反动的花岗岩脑袋祭旗,因此,便不领受进士爷的好意,讥讽说,"老秦,你是进士老爷,我得优待!"秦时颂死到临头,不骂人了,反夸边义夫说,"边先生,你不得了,绝非凡品,我看你能成事。"边义夫满头大汗,急急地走着,看都不看秦时颂,"为什么?你看出啥了?"秦时颂说,"我看出你爱兵,知道兵乃将之本。"

边义夫这才注意到,逆贼秦时颂的反动脑袋起了变化,便教导说,"不但要爱兵,还要爱民,兵乃将之本,民乃国之本嘛。所以,本旅长之省军第三旅和钱中玉那逆的省军第三旅有本质的不同。钱逆的队伍闹得新洪城鸡飞狗跳,坑民害民,本旅长的队伍呢?那可是劳苦大众的队伍,是为本省民众不吃土而奋斗的队伍,本旅长当初进山就宣布了四民主义,你或许也是知道的吧?"秦时颂说,"听说过,所以,我说你边先生不但能成事,还能成大事!"边义夫心里得意着,嘴上却说,"老秦,你别尽给我说好听的,我告诉过你:你这反动分子已被革命法庭判了死刑,只等到新洪城下给二次革命祭旗了!可就是死,我也得让你死个明白,也得让你多少懂得一些革命道理。"秦时颂诚恳地说,"边先生,这阵子一直蹲在麻袋里休息,吃罢观音土和树叶子后没事可做,就一直想你们的革命道理。从前我真是糊涂哩,因着前朝进士及第的虚名,就跟不上时代,就反动,现在我是真想通了,打从吃了观音土和树叶子之后,思想就豁然开朗了,吃土的民众断然不会拥护吃肉的皇上,所以边先生,我自愿放弃复辟思想,随你革命到底!"

这厮也要革命了?还到底?边义夫眺望着曲折崎岖的山道,心下在判断:这厮是真的被观音土说服了,还是被祭旗的前途吓服了?倘或不用这厮的花岗岩脑袋去祭旗,这花岗岩脑袋又能派上什么用场呢?于他,于革命又有何等好处?

秦时颂像似看透了边义夫的心思,从麻袋里伸出头,不急不忙地道,"边先生,你不杀我,起码有两个好处:其一,显得你们弟兄像似真掌握着真理一般——看看,连这么反动的进士都被你们改造过来了,天下读书人谁还会不服?证明你们是仁义之师呀!其二,边先生,恕我直言,你这两千多号人的队伍加在一起恐怕都识不得两千多号字吧?日后成了大事,你咋办呀?如何布告安民?如何谕示天下?谁给你写《伐武曌檄》这样的好文章?你得广招天下贤士,得有自己的骆宾王,有自己的一批幕僚啊!边先生,我这么说并非因着怕死,一落到你们手里,我就没想过活,刚见面我就和你说了,士可杀不可辱,今日和你说这些,为啥?为你能成大事。别看你是前朝的秀才,我是前朝的进士,可你能成大事我就服你。汉朝刘邦如何成就大业的?根本就在于用人嘛!没有萧何、韩信,刘邦一个小小泗水亭长能当上皇帝么?不可能嘛!今日,宣统小皇上既已逊位,举国上下乱象已现,国家神器人人皆思窃之,那与其别人窃,不如你去窃了,是吧?"

这进士爷实是不得了,说的句句在理,全说到了边义夫心里。边义夫便觉得,自己这破秀才到底不如人家正宗的进士爷。又想到当年刘邦那老流氓是何等的礼贤下士,自己却把进士爷装在麻袋里,进山出山,一趟趟背来背去,还经常让人家吃土——尽管特别优待,于土中掺了大量树叶子,不至于拉不出屎,可终是没礼贤下士。于是,极是动容地当场下令,将秦时颂从麻袋里取将出来。

秦时颂像似算定会有这一幕,出了麻袋也不激动,只要侍卫副官王三顺把中暑倒在路旁的一位老头兵扶上马。王三顺看看边义夫,又看看秦时颂,不知该不该去扶?边义夫认为不该扶,坚持要秦时颂骑在马上,说是已亏待了进士爷,万不能再亏待下去了,必得优待一下。秦时颂拒绝优待,亲手把老头兵扶上马,且说,"边先生,我断不能坏了你四民主义的优良作风,得自己走!"可秦时颂毕竟久经亏待,已是弱不禁风,如何走得了崎岖山道?只走了没多远,便气喘喘走不得了。边义夫视之不忍,就想,进士同志既不愿骑马,那就骑人吧,也可彰显革命队伍互相爱护的好传统!便命令大头王三顺背起进士爷继续前进。王三顺心中一百个不愿,却也不敢不背——终是刚被杀过的鸡,本就有戴罪立功的渴望,何况那当儿他就看出,前杀才秦进士日后或得主子恩宠,自己背上一背正是投资。

骑着大头王三顺,就如骑着安全稳当的大头驴。秦时颂心情颇好,就和边义夫讨论起了这二次革命打新洪的问题,"边旅长,此番打新洪,我不知你是如何想的?"边义夫道,"我倒想知道你是咋想的?

秦先生但说无妨,要知无不言。"秦时颂说,"我以为,断不可抱着复仇之心去屠城。先生是做大事的人,要有大度量,不能小肚鸡肠,似宜广收钱中玉、毕洪恩手下兵马为上上之策。先生原就是新洪督府兼旅长,钱、毕和手下之兵勇,实则都是先生的部下嘛,不能把他们赶尽杀绝,倒是要大力招抚,招抚了钱中玉那一旅兵,先生便可自立为师长了。"

边义夫眼睛一亮,大夸秦时颂高明,"秦先生,你说得太对了,霞姑奶奶和那些老弟兄既然死了,再争也是无益,倒是扩充实力是正经!"秦时颂又说,"据我所知,毕洪恩和钱中玉也有龃龉,正可利用。边先生若是信得过我,不妨容我于攻城之前去城里走一趟,说动毕洪恩归附先生,做个内应,如何?"边义夫想都没想,便应诺道,"好!"停了一下,又说,"秦先生,你既进了城,就不必再出城了,运动过毕洪恩,就找个地方歇下,将息一下身体,待得本旅长挥师攻进城后去邀你正式出山,做我的师爷。当年刘皇叔三顾茅庐才请定了诸葛孔明先生,我也不能失礼,也得请你三次。前两次你只管推辞,一定要推辞,第三次就别推辞了,麻利地跟我走。我给你括号团级待遇,按规定一月供应三两猪头肉,断不会再让你吃观音土了。"秦时颂应承了,说:"好,边先生,那咱就说定了!"

于进军新洪的征途中意外得一军师,边义夫很是振奋,见身边的弟兄在烈日下行军,都无精打采的,便甩了王三顺背上的进士爷,站到路旁鼓舞士气,"弟兄们,都打起精神,把咱的军歌唱起来,'怒发冲冠,'预备——起——"省军第三旅的军歌声立时响了起来,"怒发冲冠,凭栏处,潇潇雨歇。抬望眼,仰天长啸,壮怀激烈。三十功名尘与土,八千里路云和月……"歌声连绵不绝,边义夫又回到进士爷身边感慨起来,"三十功名尘与土啊,秦先生,你是谋得了前朝功名,我呢,没赶上前朝中兴盛世,必得谋这革命的功名了,生当作人杰呀。"歌声仍在响,"靖康耻,犹未雪,臣子恨,何时灭?驾长车踏破贺兰山缺……"想到人杰难做,想到当年被赶出新洪城的耻辱,边义夫眼窝里不禁聚满泪……

这时,新洪城外的回龙桥已遥遥在望了。九团团长胡龙飞和十团团长查子成跑步过来,向边义夫请示,是否按原计划在回龙桥割下进士爷的头祭旗?边义夫摆摆手,让大汗淋漓的王三顺把秦时颂放下,引着秦时颂向胡龙飞和查子成介绍说,"胡团长,查团长,本旅长给你们请来了个师爷,就是秦先生。秦先生学富五车,才高八斗,你们日后要多向秦师爷讨教。师爷说了,此次作战不可屠城,很好,正合本旅长的军事思想。所以,一俟打响,你们要多抓少杀,抓得小逆们多,兵就多,你们官便大,够一个旅便是旅长!"两位团长听得一战之后便有升旅长的希望,眼睛全变得贼亮,不但认可了边义夫多抓少杀的军事思想,也认下了本该祭旗的秦师爷。查子成最会说话,愣都不打便说,"边爷,别说是认个师爷,您老就是让小的认个亲爹,小的也认定了!"秦时颂便对边义夫指出,"查团长是个忠臣!"胡龙飞不满查子成的飞快提升,又见秦师爷这么投桃报李,就带着明显的敌意看了秦师爷一眼,道,"秦师爷,你这话不确哩!兄弟以为,只有忠于我们边旅长那才叫忠臣。边旅长,你说是不是?"边义夫怕两位团长于大战之前闹将起来,于作战不利,笑呵呵地说,"你们都是忠臣,都是!"说罢,令面前这两位忠臣派可靠的弟兄换上便衣送秦时颂进城,去运动毕洪恩那逆。

二十九

西边的日头一点点落下了,新洪城下暮色渐重。随秦师爷进城的弟兄还没回来,城里的情况不甚明了,开炮抑或是不开炮的决心就难下。十八门铁炮早就对着老北门架起了,虎视着城门楼子,不因着秦师爷节外生枝的运动早该打响了。

一时间,边义夫心头有点乱,拿不准在他手上吃过许多土的前杀才秦时颂会不会骗他?他是不是过于轻信了?秦时颂这厮一贯反动,自被割了辫子后便像被强操了的节妇一般,日夜疯狂叫嚣要勤王复辟,如何会在即将被杀头祭旗之时申请参加革命呢?端的可疑。这疑虑摆在了脸上,让胡龙飞看将出来。胡龙飞在杀鸡儆猴的会上受过儆,已不敢公然反对领导了,便去反对查子成,挑衅说,"查团长,你新认下的亲爹估计靠不住吧?怕是把我们骗了。"查子成立即反击,粗脖子上的青筋骤然暴起,狼也似地瞪着胡龙飞,"这是啥话?秦师爷是边爷给咱请的,你这是骂我,还是骂我边爷?边爷,您老给个公断!"边义夫不愿参加内乱,挥挥手说,"你们不要吵了,咱就当老秦被祭了旗!有这厮过年,没这厮过节!都给我准备去,再等一袋烟的工夫没动静,就听我的令,开炮轰他娘!"

两个团长走后,边义夫带着王三顺视察炮阵上新铸的铁炮,于不经意中又站到了当年下令开炮时站立过的地方。炮阵上静静的,他心里也静静的,甚至都没有多少进城的愿望了。他已完整地品尝过一次从进城到出城的滋味了,这次进了城也还得出城,和大军阀刘建时的仗日后总要打,进省城才值得兴奋呢。身旁,王三顺举着新式双筒望远镜向城门上看。这熟悉的景致让他想起了当年与王三顺争夺单管黄铜望远镜的滑稽事。想到那时滑稽事,才又想到了霞姑、李二爷、白天河,还想到了倒在他洋刀下的那位独眼大汉。正是死去的他们造就了今日的他啊,他对这些先驱同仁须得保有敬意的。可也是怪,真的站在这血泪城下了,当初的悔痛和愧疚却了无踪影,就连对霞姑的思念也是淡淡的。鸿门宴上的惨事就像一个好了许久的伤口,在最初的剧痛过去之后,留下的只有浅浅的疤痕了。

信步攀到身旁一座高大的坟头上,边义夫仰望着白云翻滚的民国二年的天空,以一个政治家的理性继续着自己思索:过去的终是过去了,今日不论打啥旗号,也不管嘴上说些啥,实际上都是为自己干了。母亲说得对,他早已没有退路了,只能去争取做个比较成功的窃国大盗了。而要窃国,必得征战杀伐,这是想避免也避免不了的。他或许会成功,霞姑和老九团的几百号弟兄,用血肉模糊的躯体构筑了一座尸山,垫高了他眺望未来的视线,他干不好就说不过去了……

一袋烟的工夫很快过去了,胡龙飞和查子成两位团长又来请边义夫下令。边义夫像没听见,一言不发,取过王三顺手中的望远镜,对着城头看了好半天,算定自己的师爷驾鹤西去,内应已无指望,才一步一滑地从野草丛生的坟头上走下来。走下后,信手抓过王三顺头上的军帽,把沾到马靴上的坟土草屑掸了掸,方立直身子,下达了总攻击的命令。伴着升上傍晚天空的信号弹,十八门铁炮同时轰响了,省军第三旅决死队的攻城开始了。枪声、炮声和呐喊声犹如雷震,大地在脚下颤抖,新洪城头笼罩在一片如云的烟障和血红的火光中,情形甚为壮观。

边义夫这才激动起来,指着在枪声炮火中逼近城墙下的决死队弟兄,对身边的军官们说,"你们知道么?我们今日在创造历史哩!从两年前光复祖国的民族革命,到今日之二次革命,历史就是这样鸣着枪放着炮,轰轰烈烈演进的……"

话没说完,王三顺便举着望远镜大叫起来,"边爷,奇了,真奇了,上次您老三炮一打,新洪光复,今日这大炮一响,咱们二次革命又成功了!城中的逆们投降了!边爷,您老快看呀,逆们在城头挂白旗了!"

边义夫觉得难以置信,接过望远镜去看——可不是么?老北门城堡上一面白布单分明在硝烟中飘,城门又像当年一样洞开着,他手下的决死队的勇士们每人领了二两银子的赏格并未决死已拥到了城门前——想必是失了军火的钱中玉自知势单力薄,当了孬种。于是,边义夫收敛起满脸的惊讶,像似早就料到会有这一幕一般,以哲人的口吻宣布说,"——所以,历史往往有惊人的相似之处!"

第五章　罂粟花盛开的和平

三十

历史确有惊人的相似之处:上一次巡防营管带钱中玉火线起义,六路民军顺利入城,实现了新洪的光复。这一次逆九团团长马二水顺应历史潮流,在毕洪恩和秦时颂的劝导下宣布和平,二次革命大功告成。

嗣后回忆起来,边义夫认为早年这两场以新洪为主战场的革命战争,比之后来那一场场打得天昏地暗日月无光的不革命战争来说,简直形同儿戏,充其量算得上两场规模较大的操演。尤其是二次革命,伤亡竟然小到可以忽略不计的程度:殉难者一位,是在行军路上热死掉的老弟兄,这位老弟兄有着光荣的革命历史,早先在霞姑奶奶杆下替天行道,参加过上一场光复新洪的民族革命。受伤者十八人,大都是无甚功绩的新兵蛋儿。其中,中暑者十五人,决死冲锋途中因无作战经验误入粪坑跌伤者两人,还有一人被轰鸣的铁炮震歪了嘴。

师爷秦时颂功不可没。该厮无鹤可驾,西去不得,便运动了毕洪恩。劝毕洪恩为了全城百姓的幸福生活,为了可爱的和平,打开城门,热烈欢迎边义夫四民主义仁义之师入城。这公然的宣言让毕洪恩大为吃惊:志在勤王的进士爷何以通了匪?且还这么理直气壮?进士爷便仰天长啸,"呜呼,勤王之师何在焉?何在焉?遍观域内,礼乐崩乱,枭雄并起,安有识礼奉君之忠臣良将乎?"因无勤王之师,又无忠臣良将，通匪成了必然。进士爷知心地告诉毕洪恩，边义夫有四民主义的好主张，有让本省民众不吃土的奋斗纲领，群匪之中还算得好一些的匪，祸害之中取其轻，还是通他较好。进士爷知道毕洪恩怕边义夫施行报复，更加重语气指出：尤为可贵的是，边匪尚有佛心，也讲感情，有了一千多杆日本国造就的上好洋枪和如此雄壮的队伍，仍不思复仇屠杀，只想把误入歧途的部下重新纳入麾下。毕洪恩动了心，想那失了军火的混账逆外甥正在省城借兵，前途未卜，又忆及自己替那逆外甥做钱粮师爷所受的辱，便信仰了进士爷送进城的四民主义。随即伴着进士爷去见原民团司令现九团团长马二水，谋求可爱的和平。马二水因着不是钱逆巡防营的嫡系，油水一贯吸得较少，对钱逆早有不满，现在老长官四民主义仁义之师兵临城下，亲切向他和弟兄们召唤，安有不投奔之理？当下便应了。应罢，派兵把正在闺香阁操婊子的十团团长白木之从婊子洞里硬拖了出来，闹得白木之就此患上了不举之症。然而，白木之得知马二水原是要迎接老长官，便气了，光着屁股叫，边爷只是你的老长官么？边爷也是我白木之的老长官哩！你欢迎，我就不欢迎？你九团欢迎，我十团就不欢迎？都想欢迎老长官，老长官却在城外等不及了，就下令开了一通乱炮，义无反顾地举行了二次革命。

在皇恩大道上迎到了边义夫的革命队伍，满头大汗的秦时颂甚感遗憾，说是全城军民正准备提灯持火施行盛大欢迎，他已和商会祁会长紧张组织了，现在却因我大军之铁蹄疾进落了空。秦时颂话没说完，商会祁会长已率着一帮绅耆跪在边义夫马前，喜极而泣，连呼"救星"。祁会长并那绅耆皆骂钱中玉为逆，一个比一个骂得毒辣，当街形成了颇具声势的控诉。控诉未毕，毕洪恩和九团团长马二水押着赤膊的白木之又过来了，禀报说反正成功，钱逆之嫡系团长白木之已被擒获，听从老长官发落。

边义夫呵呵笑着,先在马上,后在马下,频频向祁会长和聚在身前身后的军民弟兄乡亲父老拱手抱拳,继而,亲自为十团长白木之松了绑。和气地抚摸着白木之两肋的瘦骨说,"白猴子呀,这两年不见,你瘦多了哩!"马二水说,"老长官,白猴子是骚猴子,吃得再多也不长肉,一身邪劲都使到婊子窝去了!"边义夫便笑,"白猴子,你还真是不长进嘛?看样子这次又是从'闺香阁'被拉出来的吧?这不好,回头我要向你们讲讲四民主义。"遂将目光投向众弟兄,"弟兄们啊,今天,你们的老长官又回来了,老长官这次回来和上次不同啊,给你们带来了黄大都督革命的奋斗纲领,带来了真理,就是'不扰民,不害民,专为民,专保民'的四民主义的好主张!我们要切实施行四民主义,造福民众,造福国家。"

马二水和白木之素来不和,一心要借这场革命置白木之于死地,便向边义夫举发说,"老长官,白猴子四民主义一民不民,且最是扰民,连庙里的小和尚都操,得毙了!"边义夫根据自己的实践经验,深刻指出,"大马,又胡说了吧?尼姑操得,和尚如何操得?你不要冤了人家。"马二水急急说,"就是操和尚呀,操嫩嫩的小和尚,所以才叫扰民,操尼姑还算扰民么?老长官,真得毙呢!"边义夫心里便叹息:在钱中玉那逆手下,这些老弟兄们都堕落到何等地步了!改造这些老弟兄让他们走上正道,真正弄懂四民主义真谛看来要花费一些力气了。明知要花费力气,边义夫也不想毙了白木之,就算他操了嫩嫩的小和尚也毙不得,千军易得,一将难求呀!白猴子这厮可是在巡防营当过哨官的,懂军事哩!

于是,边义夫一手拉过白木之,一手拉过马二水,将二人一胖一瘦一黑一白两只手同时举起,"弟兄们,我们要团结啊,除了钱中玉那逆,我们要团结一切可以团结的革命的武装同志啊!我边某施行二次革命,不是为了冤冤相报,是为了和平啊!弟兄们,和平才是最宝贵的呀!"放下二位团长的手,看见了老对头毕洪恩,觉得应该适时地秀上一秀,教育民众。便把毕洪恩拉将过来,作为反面的教员予以展示,"这位毕大人,大家想必都认识吧?毕洪恩嘛,做过前朝知府大人嘛,双手沾满我革命武装同志的鲜血嘛,搞兵变时差点儿杀了本旅长。今天,本旅长仍要团结他,坚决团结!一个人犯点罪不要紧,改了就好嘛。今天毕大人就改正罪行了嘛,反正过来拥护革命了嘛!所以本旅长不但要坚决团结他,还要给他一个合适的官当,还得给他猪头肉吃,让他一边吃着猪头肉一边惭愧!"

毕洪恩当场惭愧起来,顾不得大人老爷的面子,"扑通"跪下,一把抱住边义夫的腿,"边督府,边旅长,边大人,两年前老奴是上了钱中玉那逆贼的当啊!您老说得对,老奴确是惭愧,极端的惭愧,今日恨不得自己杀了自己,向您老谢罪哩!"边义夫满面笑容,演戏般夸张地俯身搀起毕洪恩,亲切和蔼地说,"毕老前辈莫要折兄弟的寿哟!毕老前辈就算罪大恶极,也是老前辈嘛!"

和平就这样来临了,真是可爱的和平!在新老弟兄绅耆父老的簇拥下,以统治者的身份漫步在皇恩大道上,边义夫首先想到的便是:毕洪恩这厮是该去自杀,让这种双手沾满革命武装同志鲜血的混账东西继续吃猪头肉是一种浪费。本省民众仍在吃土,团级弟兄一人一月也只供应三至五两猪头肉,他哪有许多猪头肉给这厮吃?真给这厮吃了,有战功的弟兄还不闹情绪,进而闹兵变?而兵变是决不许发生的,和平才是最可宝贵的。他得利用这宝贵的和平养精蓄锐,养肥手下这两个旅四千多号新老弟兄,将新洪燃起的这把二次革命之火烧向省城,烧向刘建时那大军阀的反革命老巢,一举统一西江全省。

万没想到,二次革命之火在新洪熊熊燃烧之际,省城那反革命老巢却发生了令人痛恨的无耻兵变。大军阀刘建时的省军卫队于民国二年七月十九日夜里突然包围了大都督府,绑匪一般强夺了黄大都督的官印,将黄大都督逐出了省城,竟还觍着脸说是"礼送"!据黄大都督脱险后对边义夫和新洪同志描述,这"礼送"也太隆重了,从大都督府到城西聚宝门两边的街上全站着武装的变兵。变兵们冲天放枪,大都督走到哪里便放到哪里,打雷一般,把大都督所骑毛驴之双耳完全震聋。尤令新洪同志难以容忍的是,刘建时明言礼送,却只送了大都督一匹双耳皆聋的瘦驴,一包以观音土、榆树叶、玉米面之三合粉做的高级点心。三天之后,黄大都督在任大全的护卫下,骑着瘦驴,历经磨难赶到新洪时,已形同乞丐。

形同乞丐的黄大都督脾气仍是很大,把含土量颇高的"高级点心"往边义夫面前一摔,拍着桌子大骂,"这个大军阀把本大都督当啥了?当乞丐呀?当小丑呀?他刘建时才是反革命小丑!竟然赶在本大都督发动二次革命之前进行了反革命政变!"骂毕刘建时,手一挥,又斥责边义夫,"而你,边同志,你又做得如何呢?你的省军第三旅为什么现在还在新洪?为什么不去攻打省城?按照我们的约定,你的队伍现在本应该在省城,如果你的革命武装二十日到了省城,刘建时还敢这么嚣张么?还敢一匹瘦驴、一包高级点心就礼送本大都督出境么?边同志,你真让我痛心呀,你丧失了本省革命的良机呀!"任大全也气道,"你这是言而无信,你知道大都督对你寄予多大的希望么?你这人简直就是背叛革命!"

边义夫直赔笑脸,亲自张罗着给黄大都督、任大全洗澡更衣,又亲自到军官伙房给黄大都督端来了两斤猪头肉,一箩筐大馍,喂得两位革命家饱了,才笑呵呵地解释说:"大都督,您老有所不知呀,省城的反革命十分嚣张,新洪的反革命也十分嚣张哩!差点连龙旗都打出来了,据可靠情报说,还妄图于我的队伍开赴省城发动革命时伏击我。我不先打下新洪,灭了这帮反革命如何得了?让新洪的反革命和省城的反革命勾结在一起,本省局势必然更加严重,大都督现在连猪头肉都吃不上嘛。"吃上了猪头肉,黄大都督的脾气小了些,呜噜着,对任大全说,"任同志,边同志说的也有道理,钱中玉一直在和刘建时勾结嘛!"任大全却说,"关键还是革命精神,我看边旅长的革命精神差了一些,只为了抢地盘!"边义夫仍呵呵笑,"任同志,抢块地盘有什么不好?每支革命武装有块地盘,地盘多了,力量就大了,全国的地盘都被我们占下,革命也就在全国成功了嘛!"

黄大都督咽下嘴里最后一口猪头肉,"是这道理。所以,边同志,省城的地盘你还得去抢,随本大都督一起去抢!你准备一下,"黄大都督伸出三根沾满猪油的光亮的指头晃动着,"我给你三天的准备时间,三天之后,兵发省城讨伐刘建时!"边义夫怔了一下,"大都督,刘建时必得讨伐,兄弟向您老保证,一俟休整完毕,有了讨伐刘建时的力量,不用您老说也会去讨伐。只是现在不行,现在须得和平哩!"黄大都督用餐巾擦着油腻的手指,"为什么现在不行?"边义夫信口胡说道,"兄弟刚刚打下新洪呀,攻城攻得极是惨烈呀,损失太大,死了六百九十六,伤了九百五十三,我一个第三旅打光了一多半,如何攻得了省城?心有余而力不足,所以须得和平呀。"黄大都督没带过兵被轻易骗过了,撸展着唇上的八字胡,沉思着,说不出话了。任大全亲自领兵打过新洪,不好骗,冷冷一笑,"边旅长,你记性真是好,伤亡数字一口便报得这么准。那我倒要问了:既然攻城之役打得如此惨烈,城中怎既看不到伤兵,又看不到枪迹炮痕?嗯?"

边义夫支吾笑道,"满城都是大兵那不乱了套?"头又转向了黄大都督,换了话题,"大都督,兄弟正要向您禀报,兄弟日前已向城里民众郑重宣布:抵死奉行大都督不让民众继续吃土的最低奋斗纲领,全体官兵一体实施四民主义。大都督年前颁发的《妓女例假休息令》亦将在新洪地区得到切实而严格的执行。而所有这一切,都需一个和平的环境,所以,大都督,眼下须得和平啊,我军须得在和平环境中韬光养晦,以图大展啊……"任大全简直是战争罪犯,坚决反对和平,"边旅长,你不要扯这么远,我就问你一句:黄大都督已被刘建时赶出了省城,现在连立脚之处都没有,请问该如何安置黄大都督?"边义夫漫不经心道,"这好办,请大都督把大都督府设到新洪来嘛!新洪也是本省地界嘛!"

这倒是黄大都督和任大全都没想到的,两人既惊又喜,都愣住了。

三十一

刘建时以一匹瘦驴、一包高级点心的低廉代价礼送黄大都督出境之后,心情十分快乐:这该死的胡子爷总算走了,革命的聒噪再也不会骚扰他清静而和平的生活了。当然,对北京那位袁大总统须有个交待,不能说这大都督是被他刘建时用武力赶走的,须说是自动弃职,擅离职守。该大都督为何要擅离呢?无能嘛,治省无方嘛,搞不下去了嘛。本省经济持续滑坡,财政几近破产,军无饷,民无食,黄大都督毫无办法,近来竟多次声言要把大都督的职位押给外国银行,十足一个卖国贼。此贼一走,省泰民安,全省两千一百万军民无不欢欣鼓舞……

想到军民应该欢欣鼓舞,觉得当务之急须得把这彰显民意的事办起来。礼送了黄贼,回到省军司令部,刘建时便安排手下的参谋副官组织全城各界搞庆祝大游行。规定了一条最基本的标语口号:坚决拥护伟大光荣正确的刘建时师长救民于水火,出任时艰,担当本省大都督一职。在省军司令部,刘建时一手搂着名妓小云雀,一手挥着上好的纯银烟枪,强调指出,"不但要打标语,呼口号,大游行,还要以各界名义向北京多发电文,要袁大总统明令罢免黄贼,请我出山!"

忙罢欢欣鼓舞的事宜,和小云雀热火朝天操过一盘,刘建时才想起了可恶的钱中玉。这钱中玉来省上已有三天,天天求见,刘建时却一直未见。刘建时想到钱中玉就来火:日他祖奶奶,买好的日本军火竟被边义夫劫了去,这其中有他两万两银子的投资呀!这真叫人算不如天算。按刘建时以往的算计,新洪三年的花捐绝不止两万两银子,起码也在三万五千两以上,时下百业不兴,还就是婊子们靠得住。再没想到,婊子靠得住,钱中玉竟靠不住,就这种靠不住的狗东西还妄图向他借兵剿匪!剿什么匪?还不是怕得了军火的边义夫攻城么?

那当儿,刘建时尚不知道新洪城已被边义夫和平主义的力量攻了下来。

这兵却也不能不借。新洪真落到边义夫手里,三年的花捐就泡汤了。边义夫日前派人抗议时,他没认这笔军火账,仍说是坚决的主和派。那么,边义夫占了新洪城,他暗亏就吃定了。从买卖的角度考虑了一下,决定借一个团给钱中玉。

叫来钱中玉,具体商谈出借条件时,刘建时脸色极不好看,瞪着钱中玉,如丧考妣,"钱中玉,我可和你说清了,这一个团借给你,不是让你打桃花山,却是让你守城,守好老子的花捐!原说花捐是三年,这借一个团给你帮你守城,三年肯定不行了,得六年!你新洪全体婊子六年的捐税都得交给老子!你们花捐局的总办得我亲自派!"钱中玉痛苦不堪,可怜巴巴说,"刘大人,六年花捐都给了您,您让小的手下弟兄吃泥呀?"刘建时恨不能用烟枪敲碎了钱中玉的脑袋,"你祖奶奶的,钱中玉,你还有脸说!该吃泥你就去吃泥,我不同情你!老子和你说过,手心手背都是肉,不主张你剿边义夫那匪,原就不愿借银子给你,你一口一个老长官地叫,哭着喊着要借!连当年给老子提鞋的旧事都想起来了!现在我问你,这六年的花捐你认不认?认了,我就再赌一次,把第二旅第五团借给你,不认,现在就给老子滚!"钱中玉想了想,只好认,"刘大人,那就这么定吧!"刘建时脸色这才好看了些,以老长官的身份教导说,"就是嘛,六年花捐全交给老子,你们也不一定吃泥嘛!可能要吃一阵子三合面,三合面里泥的含量在一个时期可能会高一些。可你们新洪总是好地方嘛,观音土储量最是丰富,气候条件还适宜种大烟,大烟种得好,收入也就有了。另外还有个调剂问题,忙时吃干,闲时吃稀,打仗时吃粮,休整时吃土!要讲科学,抓两土,一个是观音土,一个是大烟土。讲了科学,抓好两土,你这支军队老子认为还是很有希望的嘛!"

七月二十二日早上,很有希望的钱中玉带着借来的省军第二旅第五团刚出省城聚宝门,新洪和平革命的消息传来了。省军情报部门侦知:第三旅旅长边义夫以四民主义作号召,大获军心民心,钱中玉的那个第三旅完全倒戈。边义夫一下子拥有了两个旅的兵力,就实力而论已可和刘建时平起平坐。更为严重的是,居心叵测的黄大都督骑着瘦驴抵达新洪,极有可能要求边军趁胜北上讨伐省城。来送情报的是赵侍卫长,其时,刘建时正在自己府上表演不愿为督的拿手好戏,省城妓女界代表赵芸芸正向刘建时递交妓女界拥戴书,积极进行劝进。奉命赶来的《天意报》和《民意报》报馆记者也在场照相。赵侍卫长想到军情如火,不管不顾地把情报告知了刘建时。刘建时一下子失了态,挥着烟枪大发雷霆,"……日他祖奶奶,钱中玉害我!钱中玉害我啊!快给我把二旅五团撤回来,马上撤!不去新洪了,不去了!把钱中玉这狗日的抓起来!钱中玉简直是我省军败类!"戏也不愿演了,指着赵芸芸和报馆记者说,"你们滚,全滚……"

赵侍卫长飞马赶去抓省军败类钱中玉,刘建时又叫来了自己的书记官,给边义夫口述祝贺信:"边弟如晤。得知弟挥师挺进新洪,和平招抚钱旅,深得新洪军民拥戴,愚兄我大为欣慰也!"想想却还是气,"日他祖奶奶,这破秀才撞上大运了,先劫了老子的枪,又收了钱旅的人。"书记官记下这话,发觉不对,又涂去了。刘建时继续口述,

"钱逆昔日兵变,赶走边弟你这个合法军政长官,罪大恶极;兵变后不思进取,扰民害民,罪二恶极;当此人心思定,向往和平之时,欲省城借兵,图谋作乱,罪三恶极。"书记官说,"刘大人,罪二恶极和罪三恶极不确哩!"刘建时思路被打断,很不高兴,"就这么记!老子说啥你记啥!"书记官只好原话照记。刘建时沉思一下,又说了下去,"有此三极,此逆必办,现将钱逆一名押赴你之帐前,由弟碎尸万段可也哉!现如今本省大势已定,以江划界,北有愚兄我,南有边弟你,我们当精诚团结,造福本省两千一百万民众。我们要和平,不要战争。对外间所有离间谣传,愚兄我一概不信,只信边弟你为国为省为军为民的一片耿耿忠心!望弟也不要听信谣言,上小人的当!当今这世界小人很多,唯恐天下不乱。听说黄大都督跑到弟那儿去耍了?代愚兄向大都督请安问好,告诉黄大都督,耍够了尽快回省复职办公,省城事情太多,急待黄大都督处理。黄大都督不在,省城各界非要愚兄当大都督,军政一把抓,愚兄实在不愿干,可黄大都督四处游山玩水,愚兄不临时替他管一下也不行。另外,随信送去蒙古大绵羊一只,其小肠做套最好,做法由送羊之赵侍卫长告之可也乎!完了。"

表示和平友好的祝贺信写完,刘时建亲笔具了名,便急不可待地等着赵侍卫长把"钱逆一名"带将过来。由"钱逆一名"又想到两万两白花花的银子,心痛欲绝。便让书记官加了一段话,"还有一事相告:钱逆骗天骗地也骗愚兄我。愚兄我的善良你边弟是知道的。去年钱逆以开发观音土为名,骗去愚兄开发研究经费库平银两万两,许以新洪三年花捐作押。愚兄之上当皆是因为心中有民,想那逆研究开发观音土,是为民造福的好事情,理当支持,如数解付了。边弟首倡四民主义,爱民之心远在愚兄之上,时下又在新洪主持工作,想必会考虑这笔公来公往的债务问题吧?如蒙解决,愚兄不胜感谢之至也。好了,这次是真完了。"

真完了,"钱逆一名"也押到了,五花大绑,煞是好看。刘建时张口便骂,"钱中玉,我日你祖奶奶,你是不把老子这点家底败光不算完!老子一个团差点儿又葬送在你手上了!今日,老子明人不做暗事,当面和你说清楚:你狗日的没兵了,成光杆了,老子这手心上的肉都长到手背上去了,你就得给老子去死!如果你死了,能给老子换回两万两银子,就算你这辈子对得起老子了!"钱中玉跪下大哭,"刘大人,小的欠你那两万两银子并没赖,小的想法还你。"刘建时顿足叫道,"小云雀说这话老子还信,你说这话老子不信!小云雀是名妓好卖,你卖什么?卖嘴不成?我日你祖奶奶,老子这辈子和谁做生意都没亏过,今日竟亏在你手里了,想想就让老子来火!老子可告诉你:老子借给你的那两万两银子并不是让你买日本军火的,更不是让你打边旅长的,是让你研究开发观音土的,你要对边旅长如实说!"钱中玉只好认了,自知此去新洪已没有活的指望了。

三十二

看罢了刘建时的祝贺信,收下赵侍卫长送来的"钱逆一名",蒙古大绵羊一只,边义夫惊喜不已,对在场的弟兄们宣布说,"刘师长是和平的师长,和平不但在新洪,也在本省降临了。"当下发布命令,让王三顺把象征着和平的蒙古大绵羊和"钱逆一名"牵到皇恩大道游街示众。让查子成拿着他的批条去领猪头肉和二锅头,陪赵侍卫长好生搓着。又留下进士师爷秦时颂给刘建时写回信。

写回信时,边义夫虽说仍在获得和平的兴奋中,可对刘建时的动向也不无忧虑。便和秦时颂探讨道,"师爷,你看出来了么?姓刘的这厮野心不小呢,想自立为督,主持西江省的全面工作了!"秦师爷说,"边先生,只要你这里没个明确态度,他必心存怯意。时下黄大都督又在新洪,一般来说他不敢轻举妄动,这回怕还是试探。"边义夫略一思索道,"那好,咱就回绝了他,断了他的妄想。这厮名义上做过我的长官,咱也客气些,用他的口气写,别显得咱比他高明多少。"

于是,以刘建时的口气写了一封回信,信道:

"刘兄如晤。钱逆一名和蒙古大绵羊一只都收到了,弟已领刘兄心意也。为将刘兄心意与和平主张告之新洪百姓,弟令人将钱逆一名并蒙古绵羊牵到大街游行去了。派了八面锣、两面鼓,绵羊身披大红缎带,写上了刘兄的英名。钱逆一名置于笼中,羞愧难当,想来悔不当初了吧?!赵侍卫长一路辛苦,弟亲自批条,请他吃了本地特产猪头肉。趁他们游街的游街,啃猪头的啃猪头,弟好生和刘兄你唠唠。刘兄善良,天下无二,爱民甚过弟又不知百倍千倍了。弟之四民主义思想也是受了刘兄你的启发,实在不敢在兄前卖弄。钱逆研究开发观音土的事,弟也有耳闻,知其乃当今最大骗局之一。在此之前已骗新洪绅耆银子三万两,没想到也骗了刘兄你两万两,实在令人痛心!这五万两银子也不知道钱逆花到哪里去了?弟定竭尽全力为刘兄你追讨这笔银子。所以,弟原来想把钱逆碎尸万段,现在呢,不准备这样做了,弟杀了钱逆,刘兄你的银子就追不到了,我就对不起刘兄你了。说到黄大都督的事,弟也正想告诉兄:大都督对你意见很大,说你兵变赶他出城,要弟率新洪两旅弟兄前去讨伐你。弟没答应黄大都督。弟对黄大都督说了:兄是弟的老长官了,是天下难找的大善人,哪会搞兵变呢?现在听你一说才知道,黄大都督是在省城待烦了,出来散心看风景。这样一来,刘兄你肩上的担子就重了,一定要注意保重身体。劣质大烟一定不要抽,不能因为本省经济正滑坡,一些百姓还在吃土,兄就为了体抚民众抽劣质大烟。你的身体不仅属于你啊,也属于本省两千一百万省民。

弟希望刘兄你为了本省民众未来的幸福吃上一点好大烟。弟以为大鸡牌烟土不错,虽说价高了一点,倒也货真价实。你是弟的老长官了,弟在你面前无话不谈,你说得不错,现在这世界小人很多,乱传谣言,破坏安定团结。有些小人说,刘兄你想当大都督,主持省上工作,还有人说弟想当大都督,取你而代之。全是造谣!这大都督弟肯定不当,刘兄你最好也不要去当,让这些小人的谣言破产吧!虽说咱们弟兄手上一人两个旅,可这两个旅是咱自己的吗?不是呀,它是国家的,是民众的,哪能用来乱打私仗,为个人争权夺利呢?刘兄你说是吧?收了刘兄你的蒙古绵羊和钱逆一名,也没啥好东西还你老哥的情,特让赵侍卫长捎上一点新洪特产给兄尝尝:计有红烧猪头一只,精品观音土一箱,大鸡牌优质烟土一包。完了——还没完,刘兄,又想起了一件事:黄大都督对刘兄你意见太大,不论弟怎么劝都不愿回省城办公,一定要把大都督府的牌子挂在弟这里。弟这里的情况你是知道的,办公处一直很不宽敞,办公经费一直也很紧张,怎么办呀?都难死弟了。现在,弟和兄商量一下:刘兄你现在实际代管省城军政,能不能拨付三千至五千两银子给弟,让弟为黄大都督修建一个临时的办公场所?不必太好,对黄大都督弟也不喜欢,能让他有个窝蹲着别烦弟就成!如刘兄能帮这个忙,弟不胜感谢之至也。呜呼哀哉,这次真完了。"

根据边义夫的口述写罢这封信,秦时颂把笔砚一推,哈哈大笑,笑出了眼泪,"边先生,你账算得真精,非但不认刘贼那两万两银子,反向他讨三五千两,且看刘贼如何说!"边义夫笑问,"你说刘贼会不会真给我三五千两?这厮既然不愿黄大都督回省复职,花点银子买平安也在情理之中。"秦时颂道,"断无可能,他虽不愿黄大都督回省城,更不愿大都督把牌子挂在新洪。边先生你想呀,黄大都督当真在新洪办起公来,不就给了你挟天子以令诸侯的大好机会了么?"边义夫怔了一下,击掌道,"对嘛,就挟天子以令诸侯嘛!我原来还怕黄大都督白吃我的猪头肉,现在看来还有点小作用,只要这胡子爷在我这里,我就是正统嘛!黄胡子恨着刘建时哩,那么,得罪刘建时的话全让他去说,给刘建时捣乱的事全让他去做!这既可维持本省安定团结的大好局面,我又能捞到不少实际的好处。"

这一来,省大都督府的牌子便大张旗鼓挂到新洪督府大院门口了,因是特殊时期,省市两块牌子合用一套班子,除大都督黄会仁和大都督府秘书长任大全外,所有大都督府吏员差役皆是边义夫手下的新老弟兄。师爷秦时颂兼做了黄大都督的副秘书长,专事起草《伐武曌檄》之类的好文章。边义夫的正团级侍卫队长王三顺兼做了黄大都督的侍卫队长,负责黄大都督的生活起居和生命安全。

黄大都督在边义夫这些新老弟兄的拥戴下,情绪高涨地走马上任。上任之日即在戏马台广场对新洪军民绅耆发表了一篇洋溢着革命乐观主义精神的复职演说。黄大都督在演说中明确指出,省城已成了反革命老巢,而新洪则成了本省革命的中心。刘建时堕落成了大军阀土皇帝,边义夫及其麾下的革命武装同志则锐意进取,成了本省革命的柱石。故而,复职当日,黄大都督即下令免去刘建时本兼各职,任命边义夫为省军总司令兼全省讨袁军总司令。边义夫高高兴兴地把省军总司令的任命状接了,因着各地传来的消息说,各省讨袁军事前景不妙,讨袁军总司令的任命状便没敢接。黄大都督意外之余,甚为不满,吵嚷着,要自兼讨袁军总司令。边义夫仍是不干,声言:革命不可能在一个早上成功,要黄大都督看看南方诸省形势再说。黄大都督十分生气,大骂不止,让任大全牵上刘建时礼送的聋驴,又要弃职出走。边义夫便让王三顺加倍地给黄大都督送猪头肉。

黄大都督吃着加倍的猪头肉，慢慢也就变得现实起来。后来看到南方各省讨袁军事一一失败，各省纷纷取消独立，连江西湖口亦被袁军攻陷，才绝口不提讨袁了。

来之不易的和平局面得以继续维持下去。

重新占领了新洪，兵强马壮，自己又做了省军总司令，手下的新老弟兄没有功劳有苦劳，都眼巴巴地等着普调一级，论功行赏又得来一回了。为赏谁不赏谁，怎么个赏法，边义夫颇费踌躇。最后在秦师爷的秘密参谋下，才大体想定了：胡龙飞能打能拼，有着光荣的革命历史，手下又有一帮桃花山里的老弟兄，得给他升个第四旅旅长，把马二水那个油水不足的团划给他。白木之那个油水较足的团划给第三旅，三旅旅长自己以总司令名义先兼着。倒是考虑过查子成做第三旅旅长，后来否定了。查子成这次提不得，这吃货虽说是大忠臣，资历却太浅了，从侍卫副官升团长已是越级提拔，不因着要杀鸡儆猴，连这便宜他都占不上。王三顺也不行，这淫棍资历虽够，本事却不够，当团长时就差点儿被查子成吃掉。再说，又是在战前刚杀过的一只土鸡，马上就提影响也不是太好。也只能自己先兼着了。马二水、白木之反正有功，又都是懂军事的人才，日后或可大用，这次得升升，全提副旅长。这一提，兵权他们就没有了，实际上是明升暗降的意思。

就这么赏下了。得了赏的弟兄皆大欢喜，连白木之和马二水都欢喜着，他们可弄不懂边义夫的军事思想，不知明升暗降的深奥道理。

两个做过侍卫副官的好干部闹情绪了。查子成一气之下违纪啃了一只整猪头，喝了两瓶二锅头，带着一身酒气来问边义夫：自己哪里对不起主子？为啥连钱逆手下的马二水、白木之都升了副旅，自己还原地稍息？边义夫便把明升暗降的深奥道理告诉了查子成，让查子成带上了括号副旅级，每月的猪头肉由三两二钱提为半斤，查子成

第五章　罂粟花盛开的和平 // 151

才谢恩去了。王三顺更绝,身为双重侍卫队长,却既不侍卫黄大都督,也不侍卫自己亲主子,不辞而别,跑到"闺香阁"一泡三天,用总司令部小金库的银子去高消费。这淫棍三天之中竟然操了十五个婊子,被边义夫派人找回来后,脚跟软得连立正都立不直。边义夫刚要骂,王三顺先哭了,涕泪俱下,说是两次革命都成功了,边爷你高官尽做骏马尽骑了,也用不着小的扯着两个小姐和你一起投奔桃花山了,小的还是回家种地,或者办个公司开发观音土去吧。这让边义夫及时地记起了王三顺漫长的革命历史,记起了在自家地窖里造下的十几颗被水泡过的陈年炸弹,冲动之下也给了王三顺一个括号旅级。因着王三顺是最老的部下,从小追随左右,还特准王三顺享受和自己一样的特权待遇:猪头肉随便吃。王三顺这才破涕而笑,和主子恢复了亲密无间的同志关系。

赏的赏过了,该罚的也须罚。最该罚的便是钱中玉那逆。胡龙飞、王三顺、查子成,甚至包括马二水、白木之和毕洪恩都主张杀掉。毕洪恩因着是钱逆的亲娘舅,又和钱逆一起设过鸿门宴,手上沾满了革命武装同志的鲜血,为撇清自己,喊杀声最烈。边义夫偏不杀,留钱中玉在马夫排做了三等马夫。弟兄们都担心钱逆接近长官,于长官不利。边义夫便意味深长说,"我是知其不利而为之哩!把这逆放在眼前,那场鸿门宴我就忘不了,革命精神就振作,这叫居安思危!"——打量着面前的弟兄,又语重心长地告诫,"弟兄们,你们也要居安思危呀,别以为都得了赏,升了官,也都吃上了不同级别的猪头肉,革命就成功了。革命还没成功啊,本省民众还在吃土啊,刘建时还占着省城啊,我们要警醒啊!"

毕洪恩那逆最是气人,老说极端惭愧,老说要自杀,却就是不付诸行动!这逆是反正过来的,根据拉拢政策,还不能随便就杀,边义夫便想找个借口杀。不料,毕逆一生混迹官场,避杀经验十分丰富,开口就认罪,闭口就检讨。还把边义夫说过的话四处传扬,"一个人犯点罪不要紧,只要改了就是好同志。"边义夫嘴上不说,心下认为,此逆改也难。做前朝知府背叛前朝,做钱逆同党背叛钱逆。隐忍了一个时期,终是忍不住了,悄悄叫来王三顺,要王三顺黑枪解决。

秦师爷听说后,忙过来阻拦,进谏说,"边先生,这可不成!你是做大事的人,又实行四民主义,如此不讲政策,日后谁还敢跟你闹革命呀?我早先也反对过你嘛,还要勤王复辟哩,难不成你也要杀我?"边义夫碍着秦师爷的面子,悻悻罢了休。毕逆也真是不要脸,得了一条狗命尚不满足,仍觍着脸皮三天两头往总司令部跑,明说是向边总司令禀报学习四民主义的崭新体会,实则是要官。有一回公开说到,自己身体还好,很想发挥余热,做点力所能及的工作。又是秦师爷来劝,又是那番"要讲拉拢政策"的聒噪。边义夫被吵得烦了,又怕这进士出身的优质师爷挂冠辞职,才让毕洪恩那逆做了花捐局会办。

这晌刚发了任命状,那晌边义夫就让王三顺去"闺香阁"等处发动民意。结果,毕逆头一次到"闺香阁"收取花捐就吃了婊子们的包围。婊子们干得实是漂亮,奉命饱打了毕逆一顿,用那例假的脏血涂了毕逆一身一脸。嗣后,又揪着毕逆,打着五光十色的旗帜到总司令部门口群访,强烈要求边总司令收回成命。

边义夫心中快意无比,脸面上却颇为沉重,捏着鼻子回避着毕逆身上发出的腥臭之气,恳切无比地对毕逆说,"毕老前辈,啥叫民意,你总算知道了吧?看看,连基层姐妹都容不得你!"婊子们得到了他的暗示,益发想表现自己的聪明才智,一个模样奇丑的老婊子将一条花裤衩套在毕逆头上,一声"打",一群模样漂亮的小婊子便扑拥上来,用各自的绣花鞋对毕逆抽打不休。边义夫觉得在自己司令部这么闹过分了,便让王三顺手下的卫队弟兄把婊子们劝走了,说是对姐妹们的群访要求一定会慎重考虑。

婊子们走后,边义夫手一摊,又对毕洪恩道,"毕老前辈啊,你看看,你看看!让本总司令怎么办才好呢?你说你还能干点啥呀?你作恶太多,积怨太深啊!我可以不计较你,基层群众也不计较你么?你真让本总司令为难哩!"王三顺在一旁说,"您也别太为难,老毕既有余热,还得让他发挥出来。我看让老毕去'闺香阁'给婊子们打帘子,搞卫生吧!这阵子'闺香阁'的卫生情况不太好,卫生局都黄牌警告了。"边义夫托着下巴,思索片刻,"也好,也好。毕老前辈,那就委屈你了,就从打帘子,搞卫生干起吧,一步步来。先要得到花界基层姐妹们的理解,她们理解了你,你这会办日后就好当了。哦,思想上可不要有抵触啊,要正确对待,要这样想:为花界姐妹们服务就是为我们省军服务。你知道的,本省很穷,主要军费来源靠花捐,花界姐妹们对本省军事贡献很大呀。"

毕洪恩泪流满面,再不敢做那官梦了,哽咽着说,"边总司令,老奴才疏学浅,这阵子身体一直又不太好,余热有限,还是辞去花捐局会办吧!"边义夫不许,脸一拉,鼻孔里发出了一声漫长的鼻音,"嗯——毕老前辈,你这是啥意思呀?要陷本总司令于不义呀?嗯?本总司令说过要坚决团结你,说了岂能不算数?就是去闺香阁打帘子,搞卫生,你毕老前辈还是会办嘛,级别没降嘛!你若真陷本总司令于不义,那本总司令可要新账老账和你一起算了!霞姑和老九团四百多号弟兄的冤魂可日夜纠缠着本总司令哩!"毕洪恩吓白了脸,软软地跪下了,"总司令,老奴去……去打帘子,去为霞姑奶奶并死去的九团弟兄赎罪……"

三十三

在这和平时期,母亲李太夫人进了次城。是边义夫三请九邀才请动的。打动李太夫人的不是边义夫更加庞大的官威,却是那九百两银子。边义夫对李太夫人说,"娘,新洪城里这盘红火的买卖不但是我的,也是您老的呀！没您老那九百两起家的银子,哪有我的今天？您老就算不想看我,也得来看看您的银子哪！"

李太夫人便进城去看她的银子。没要前拥后呼的大兵侍卫,也不坐边义夫派的八抬大轿,执意要骑自家的小黑驴。牵驴的是旅级侍卫队长王三顺。一路晃晃荡荡奔城里走,老夫人故态复萌,又开始攻击革命,"三顺呀,这真叫贼有贼福呀,你看看,义夫那小蟊贼混成了匪司令,你狗东西也混成旅级匪首了,差不多就是早先的协统了吧？"王三顺点了点大头,"差不多。"又抱怨说,"边爷也不够意思,其实,凭我的资格,凭我的忠心,该名正言顺做旅长。老太太你说,整个省军还有比我更靠得住的忠臣么？"李太夫人说,"这倒是,你们打小就是一对孽障。"又关切地问,"城里百姓可好？可有肉汤喝呀？"王三顺觉得这话问得怪,不由地警惕起来,"老太太,您老这是啥意思？"李太夫人带着无限深情的回忆说,"义夫那蟊贼当初和我说过,你们的革命一成功,你们吃上了肉,一般老百姓必能喝上肉汤。"王三顺早就认清了李太夫人的反动本质,不愿深谈,敷衍说,"许是喝上了吧？统计局应该有统计的。"李太夫人深入打探,"不是人肉汤吧？"王三顺敷衍不下去了,苦起了脸,"我的老太太呀,您咋就是和我们的革命过不去呢？您知道您这话有多反动么？"李太夫人当即接上来,"对,得办哩！"王三顺忙道,"老太太,这可是您说的噢,小的我可没敢说这话！"李太夫人说,"我知道你不敢,你说我就扇你了。别看你是旅级匪首,我照扇不误……"

进城见了匪司令,李太夫人的反动气焰仍无收敛,满城看银子时,便指着街上许多衣衫褴褛的叫花子说,"边司令呀,新洪百姓日子过得很好嘛,喝完肉汤都在街边晒太阳。"边义夫皱眉撇嘴道,"娘,您老人家这是何必呢？您也是大股东嘛,我们的这场革命您也投资了九百两银子嘛,咋说起咱自己的买卖还是连刺加挖的?倘让贼人反动派听了去,不给我添乱么!"李太夫人也不客气,当着王三顺、胡龙飞、查子成这些旅级匪首的面就教训,"边司令,你以为你们这乱添得还少呀?我真后悔当初给你九百两银子,让你招来这么多祸害人的兵!你说说你手下都是啥兵呀?几个汉子轮奸人家一个黄花姑娘,奸完后还硬逼着人家姑娘他爹请吃喜酒,一个个都说是人家的女婿!呸,简直是畜牲,连匪都不如!"

王三顺第一个跳出来,断然否定,"老太太,我告诉你:这绝无可能!"查子成第二个接上来,"是不可能,我边爷早就宣布了四民主义!"胡龙飞也说,"是嘛,我们是四民主义的队伍,是专为民、专保民的队伍,哪能做这种伤天害理的事呢?"李太夫人讥讽道,"还专为民、专保民呢,不就是印在军裤上的狗肉幌子吗!"又把严厉目光投向边义夫,继续教子,"边司令,老娘今天倒要请教一下了,你手下的匪这么祸害百姓,你头号匪首就看得下去?你还没接受教训是吧?是想让人家再赶出新洪是吧?!"边义夫这才认真了,问母亲,"娘,你说的这事发生在哪?又是啥时发生的?"李太夫人道,"发生在城西二道街,就是昨夜的事。"边义夫当即黑下脸,怒骂着,让胡龙飞、王三顺这帮旅级匪首立即去查。一查便查出来了,是马二水那团三营几个弟兄干出的好事。这些弟兄根本没把边义夫进城后宣布过的四民主义当回事,以为现在这个边义夫仍是过去那个边义夫,仍会看着他们如此胡闹而毫无办法,这就撞到了边义夫的枪口上。

把三个扰民害民的肇事者抓起来后,边义夫下令全部枪毙。四旅旅长胡龙飞急眼了,进城整编后马二水这个团划给了四旅,这三个肇事者是他的弟兄了,他不能不管,他不管部下该骂他不爱兵了。爱兵的胡龙飞跑去向边义夫建议:每人狠抽一顿,再关几天,还是不要杀。边义夫不允,气呼呼地道,"胡旅长,不是我不给你面子,是这三个肇事弟兄不给我面子！我这四民主义进城就宣布了,宣布了就得作数！还以为是过去呀？还以为老子是空头司令呀?!"胡龙飞说,"总司令,你有所不知,那被奸的女子其实也是骚货,那酒也是她爹自愿请的。"边义夫被这明目张胆的谎话气坏了,"胡旅长,你是真糊涂还是装糊涂？谁家的姑娘愿让三个男人一起操？哪个混账爹会为一个姑娘招三个女婿？要说骚,闺香阁的婊子最骚,你们自掏银子操她们去,操她们还算为咱军费作了贡献！"胡龙飞仍想救下这三个弟兄,"总司令呀,就算这三个弟兄都混账,也不能因着操了不该操的女人就枪毙呀,杀人才偿命呢,他们又没杀人。边总,你看这样行不行？他们小头作孽小头还,全骗了好不好？"边义夫想了想,同意了,"那就公开骗,否则不足以平民愤！要欢迎全城军民前往参观,以示本总司令四民主义之严肃性！"

　　胡龙飞便去准备公开骗人。开骗前的一夜,具有人道主义情怀的胡龙飞为三个弟兄一人叫了个婊子来,体贴地说,"弟兄们,你们的大头老子救下了,你们的小头老子实在是救不下了,趁今夜你们小头还在,一次操个够吧！"三个弟兄都哭了,趴下给胡龙飞磕了头,领着各自分到手的婊子去操。因着身下的鸡巴天一亮便将不翼而飞,三个弟兄心理压力就重,鸡巴没飞就不行了。一个好歹操成功了,另两个操到天亮也没操成功。边总司令军令如山,四民主义极其严肃,操成功的一个和没操成功的两个,都被扒了裤子,五花大绑拖了出去。

　　由于事先宣传动员工作做得好,加之公开骗人且一骗就是三个,为新洪建城以来史无前例之事,军民人等来得便多,挤得许多人上了房,爬了树。太阳升到一竿高时,伴着响亮的军号声,和《满江红》的悲壮军歌声,三个穿着军褂光着下身的肇事弟兄被一一拖上了骗台。胡龙飞中气十足,大声公告了三位肇事者违逆四民主义真谛,轮奸民女的滔天罪状,其后宣布:为严肃军纪,奉省军总司令边义夫之命令公开开骟,以儆效尤。公告完毕,骟手在热烈的掌声中登台亮相。

骟手是军方花了二两银子的代价请来的,本是骟驴骟马的好手,号称新洪城里第一骟,在省上也有不小的名气。那第一骟骟的第一个弟兄却不甚利索,许是心慈手软,几刀下去也没把他的鸡巴割下来,血倒流得不少,红了骟台,也溅红了骟手苍老的脸,疼得那弟兄杀猪般叫。第二个弟兄骟得有了进步,挤在前面的军民看得清楚,只三刀便下来了,可惜的是,仍不够利索,鸡巴飞离时扯着一大块黑皮,像鸟儿的翅膀,那挨骟的弟兄精瘦精瘦,叫得也像一只鸟。有学问的军民们就想起了两句有名的古诗,"两只黄鹂鸣翠柳,一行白鹭上青天。"第三个骟得才真叫出色,"刷刷"两刀,刀起鸟飞,血竟未及流出。第一骟紧张工作时,身边的助手也跟着忙活,有帮着往骟过弟兄腿根抹香灰止血的,有端着盘子等着接鸡巴的。三骟过后尽开颜,骟下的鸡巴全童叟无欺地当众落入了盘中。胡龙飞旅长大手一挥,让早已等在台下的一位骑马弟兄将三只肇事鸡巴火速送往受害事主家检视。台下的军民人等便退潮般让开一条通道,礼送鸡巴们出境受检。事后得知,受害事主见了三只血淋淋的鸡巴,吓得当场昏了过去……

嗣后,边义夫便得了个绰号"边善人",是"边骟人"的谐音。

如此大张旗鼓进行四民主义建设,民众愚昧不理解,发点牢骚倒也罢了,母亲李太夫人竟也不理解。李太夫人听到四乡八里的议论,坐不住了,风风火火找到城里,责问边义夫,"边骟人,你该不是想当皇上了吧?"边义夫吓了一跳,"当什么皇上?如今是民国,谁想当皇上就是找死!"李太夫人说,"既不想当皇上,聚揽阉人做太监,你咋骟了那么多人?"民间传言又走了样,都说边骟人一次骟了七八十人,割下的鸡巴让狗吃了,当场撑死了三条狗。边义夫分辩说,"骟了三人岂能算多?再说,我这也是按您老的意思骟的呀!"李太夫人在省军司令部便公然骂将起来,"你这个混账孬贼,敢血口喷你亲娘,我何时让你做这缺德事?你给我说!"边义夫正经道,"娘,轮奸民女一案不是您告上来的么?不办哪成?"李太夫人仍无好气,"你就该这样办么?为啥不杀?竟想到骗?"边义夫将胡龙飞说过的道理当作自己的道理向李太夫人说了一遍,再三强调:杀人才须偿命,强奸只能去势,这才公道。李太夫人问,"这是哪一国的公道?公开骗人,弄了那么多人去看,还有礼义廉耻么?这算四民主义的哪一民?"边义夫被问得张口结舌,说不出话了。李太夫人又叹息,"进了你们民国,我可真开眼了,你就这样作吧,当心哪一天也被人骗了!"说罢,连口水都没喝,骑驴扬长而去。

李太夫人走后,边义夫惆怅不止,一时间信心全无,整个人都萎了下来。

倒是黄大都督比较欣赏边义夫的治军精神,私下谈话时表示:此次骗人有利有弊,利在充分昭示了四民主义的威力,轮奸民女的事情估计在相当长的一段时间不会再发生了。也有弊,骗人形式不够文明,以后骗人似应于私下进行。黄大都督指出,不要怕因此消减威慑力,以后此类骗事均可考虑张榜公布。还提了个合理化建议:也不一定要请受害事主检验肇事者之肇事器官——当然,如事主怀疑,定要检验,则另当别论。边义夫诚恳接受了黄大都督的意见和建议,在嗣后的一次高级军官会议上宣布,日后骗人不再公开进行,边义夫同时强调,"人,还是要骗的,弟兄们的鸡巴还是要管的,如果一支四民主义的队伍连一群鸡巴都管不住,还成啥样子?还怎么为民众的利益奋斗终生?!"

管了鸡巴,还得管弟兄们的嘴和肚子。两个旅五千多号弟兄,仅靠花捐养活是远远不够的,战前强发的"讨逆公债"还没还,再发债券显然也不行,唯一的办法只有利用新洪良好的自然条件广种大烟,增加GDP和财政收入。因此,禁烟局虽然还叫禁烟局,职能上改成了大烟专卖局。关乎种大烟的大会小会开了许多,边义夫只要能抽出时间,都一一参加,并作讲演。在全军种烟工作动员大会上,边义夫的讲演最为精彩,挥着烟枪,引经据典,谈笑风生,一气说了三个多钟点。嗣后,这篇著名演讲词收入了边军内部发行的《边督帅文选》第一卷。

以下为演讲词节选——

　　弟兄们啊!我们一定要全体努力齐心协力种好大烟啊!这是我们当今最为紧要的工作啊!弟兄们都知道,目前,我们国家还很穷,本省还很穷,我们新洪就更穷了,穷到什么程度了呢?本总司令在这里透露几个数字:常年以观音土果腹者几达十万,因食用观音土不得法而死亡者,年均三千。注册乞丐一万五千三百四十三人,触目惊心呀,弟兄们!而财政收入情况又怎样呢?本总司令也不瞒大家,十分的糟糕。糟糕到了什么程度呢?举一个例子吧:据花捐局同志最新统计,目前在职公娼五百三十五人,就是说一个花界姐妹要养我们近十个弟兄。这如何得了呀,弟兄们!我们的队伍壮大得太快,而花界发展是如此缓慢,我们的肚子等不得花界的发展,怎么办?必得利用这和平时期齐心协力种好大烟嘛!

　　在这里,本总司令也要纠正大家的一些糊涂思想。有的弟兄说,种什么大烟?老子是来当兵吃粮的,你当官长的没粮给我吃,我当什么兵呀?这话对不对呢?不对。你当兵不错,可你当的不是刘建时那祸省殃民的逆兵,你当的是四民主义的义兵,你得专为民,专保民,就不能加重民众的负担,就得跟本总司令一起去种大烟。还有的弟兄说呀,新洪大烟比不得云南大烟,卖不上价,怀疑种大烟的前途。这本总司令倒有发言权了:本总司令打从光绪三十年一直吃地产大烟,吃了快十年了,还就觉得地产大烟好似云南大烟。我们的地产大烟为啥卖不上价呢?本总司令认为,还是宣传不够。要多宣传我们的地产大烟,要打出品牌!云南有个大鸡牌,就是品牌大烟嘛,谁人不知谁人不晓?我们也要创造自己的著名品牌,云南有大鸡,咱搞个大狗行不行啊?我看行,要有志气!另外,当官长的也要起模范带头作用,要带头吃地产大烟,对外交往一律送地产大烟。对云南大烟要禁,非禁不可。咱禁烟局虽说职能改为大烟专卖局了,名义上它还是禁烟局么,你还得禁烟么,就禁云南大烟,尤其要禁大鸡!不禁绝大鸡,我们新洪的大狗就没有市场!列强各国的大烟更要禁!弟兄们须知,我国之积弱,便是由英吉利走私大烟肇始的,林则徐虎门销烟之后,中国土烟才渐渐有了市场。所以,多吃中国土烟也是爱国的一种;所以,我们全军动员广种大烟是很有前途的!

  本总司令在这里有个分析:我们困难,反动军阀刘建时就不困难么?困难比我们还要大嘛。尽管省城花捐收入比我们多一两倍,可他们没有种大烟的好条件嘛,就逊了我们一筹嘛!再者,他们地盘上观音土储量也远不及新洪丰富,便逊了我们二筹嘛。我们手中有了大烟土观音土这两土,就有了主动。关于观音土的科学食用问题,日后还要专门研究,本总司令在这里只是简单提及:根据食品局同志汇报,虽经反复宣传,民众仍是不注意食土之时多加叶绿素和维生素,这怎么能不死人呢?加上有些奸商出售之观音土又受过污染,不够卫生,后果就更严重了。两土科学研究所要尽快成立,两块牌子,一套班子。观音土研究所的牌子公开打,烟土研究就不宜公开了,名义上可以叫禁烟科学技术研究所,要有雄心壮志,要研究出一流的地产烟土。我们的口号是：上山下乡种大烟，不惧国难与时艰。上下一致齐努力，银满库来肉满碗……

三十四

毕洪恩以花捐局会办的资格做了"闺香阁"的大茶壶，心情是郁闷的，郁闷日久便真的想死了。士可杀而不可辱，边义夫这匪偏要辱他，且不亲自辱，竟是让婊子们辱。婊子们一天到晚把他呼来唤去，只当他是条狗。每日打帘子搞卫生做日常工作不算，还尽替婊子们洗裤衩，洗专系婊子们腿裆的脏布带。毕洪恩试着反抗了一下，后果相当严重，从脸到屁股全被婊子们掐青了，左眼也被婊子们的绣花鞋打肿了，又红又亮，像只灯笼，挤得右眼也挣不开。这便带来了恍惚，四下房里搞卫生时，许多秽物看不见，婊子们便揪着头发让他去舔……

挨打受气倒也罢了，最无奈不堪的是，守着这许多娇艳的婊子，竟没有上手的份。边匪和他手下走狗三天两头来找婊子们要，他只能守在门旁做看客。边义夫那匪还装样，指着他向手下走狗介绍，"这位是毕大人，前朝做过知府的，很反动的一个家伙，双手沾满我革命武装同志的鲜血，犯了不少罪！后来改了，反正了，这就好么，我仍是让他做会办，仍是坚决团结他！你们别看老毕在这里为你们打帘子，可老毕级别是会办，比你们高。钱中玉那逆就不能做会办了，钱逆是俘虏，只能去做三等马夫！"毕洪恩实在想去做三等马夫，说是做了三等马夫更能深刻改造自己的丑恶灵魂。边义夫不许，道是违反拉拢政策，还再三表示要用他。毕洪恩哪敢指望边义夫再用？最美好的理想也只是平安退休回家等死了。

这日因婊子的一堆裤衩没洗干净，又挨了掐，郁闷加剧，毕洪恩决定早点去死。死的形式是上吊,用晾在房里婊子们系腿裆的布带做了上吊的绳,踩上凳子时还悲愤地想,死在婊子们例假专用的布带上,恰是对边匪执政当局最深刻的抗议。不料,抗议却没能完成。沉重的身体吊起时,布带偏断了,偌大声响惊动了婊子们。婊子们把他扒个精光,断绝了他找死的一切条件,而后去向边匪禀报。天一亮,边匪的总司令部来了几个如狼似虎的大兵,为首的是头号走狗王三顺。王三顺手一挥,大兵们便把他装入一只军用麻袋,背到了边匪的省军总司令部。

毕洪恩在总司令部出了麻袋看到,匪司令边义夫正坐在灿烂而可爱的晨光中喝牛奶,喝得斯文,表面上看来没有一点匪的样子。边匪显然已知晓了他的抗议,喝着牛奶说,"毕老前辈,你真是糊涂!咋连这么点考验都受不了?当年我被你们赶出新洪,只王三顺一个兵,今日不照当总司令么?我受得了那么大的考验,你老毕咋就吃不得这点小小的委屈呢?"毕洪恩用麻袋掩着下半截身子,羞惭地恳求说,"司令,求您开恩,杀了老奴吧,老奴实是罪有应得。"边义夫咂着嘴,摇着头,"老毕啊,你咋就不把我往好处想呢?你是反正过来的同志,我就是想杀也杀不得呀,违反政策嘛!再说,我也不想杀你。你老前辈躲在'闺香阁',守着一堆花界姐妹享着清福,都不知道我有多忙,外面形势变化有多大!眼下我们正开展种大烟运动哩,全军四千弟兄和全城一万五千多在册乞丐全上了山,下了乡,热火朝天种大烟啊!你这时候想死,什么意思?想自绝于本总司令?对抗本总司令亲自发动和领导的这场史无前例的种烟运动?"毕洪恩忙说,"不敢,不敢,老奴不敢!"边义夫抹去了嘴角的奶迹,"不敢就好,你的工作要动动了,光在'闺香阁'打帘子享清福咋成?你得出来工作。花捐局会办你目前还不能实任——花界姐妹仍是反对呀,许多姐妹要剥你的皮,工作还要慢慢做。老毕呀,你就去禁烟局做总办吧,领着弟兄们好好种大烟,把身上的余热都发挥出来!"

毕洪恩简直不敢相信自己的耳朵,以为自己听错了,"司令,您不是开玩笑吧?您让老奴做禁烟局总办?"边义夫严肃地点着头,"军中无戏言,你快穿上衣服去吧,万不可胡思乱想了。"毕洪恩不走,怔怔地看着边义夫,眼泪鼻涕全下来了,"边大人,老奴服您了,老奴以小人之心度您君子之腹了!老奴此刻才知道,您让老奴到'闺香阁'打帘子、搞卫生是为了改造教育老奴,老奴从此之后永远忠于您老人家,海枯石烂永不变心!"边义夫说,"好,好,老前辈能理解本总司令的一片苦心,本总司令也略有安慰了。你毕老前辈做过前朝知府,领导经验比较丰富,相信你能抓好这场种烟运动,把烟土产量搞上去,最大限度地扩大本总司令麾下省军的财政收入。"毕洪恩抹着泪道,"是,是,边大人,您放心!您或许知道,老奴在前朝知府任上就秘密种过大烟,颇有心得,如今在您老的英明领导下,又是公开地种,老奴必能种出新局面!必能!只是老奴乃戴罪之身,做这实权总办害怕招风,您老看,是不是让老奴平调个禁烟局会办呢?"边义夫摆摆手,"你就是总办,会办让王三顺去做!"

毕洪恩做了禁烟局总办,王三顺只做了会办,王三顺又闹起了情绪。发牢骚说,边爷是远的亲近的疏,当边爷四民主义的义兵,不如做反边爷的钱中玉的逆兵。边义夫听了查子成的秘密汇报后,便找王三顺谈话,严肃批评了王三顺伸手向主子要官的恶习,教训说,"王三顺,这是你的老毛病了,一到提拔干部总要伸手,总要摆老资格。今天我倒要问你:你有啥老资格可摆?你做过知府么?做过伪督府么?领导过种烟运动么?毕洪恩那逆做前朝知府时便会种大烟,为此还被参了一本,差点儿掉了乌纱。今日我岂能不发挥老毕的特长?这叫废物利用,你懂不懂!"王三顺官迷心窍,仍不死心,"那就让老毕做会办,我做总办,让老毕教小的做不成么?和毕逆比起来,我总是鞍前马后跟了爷二十多年,更让爷放心嘛!"边义夫叹起了气,"三顺呀,你也是旅级干部了,猪头肉都随便吃了,咋还盯着个禁烟局的位子不放呢?不要得陇望蜀了好不好?"王三顺觉得不好,老戏新唱,照例提起了当年,提起了带着两个小姐投奔桃花山的历史典故……

边义夫这才火了,"你别再给我提当年!当年你就一直反对我!这话我在桃花山军事会议上说过!这回我是不会再让步了,根据我们的拉拢政策,这总办只能让毕洪恩当,再啰嗦,连会办也不要你当了!"王三顺气呼呼要走,走到门口又被边义夫叫住了,"你上哪去?我可告诉你:你敢再闹情绪,拿小金库的银子去操婊子,我一定骟了你!你不是不知道,老子现在的外号就叫边骟人……"

王三顺怕挨骟,没敢像上次那样拿公款到"闺香阁"高消费,却和总办毕洪恩捣起了乱,先糟踏了许多优质罂粟种子,后又指使一帮注册乞丐到禁烟局门口静坐群访,要求改善种烟待遇,搞得毕洪恩无法办公,只好跑到边义夫面前辞职。边义夫这才找来王三顺,向王三顺交了底,"三顺呀,你狗东西咋就不想想,咱这大烟能长久种下去么?前朝皇上禁烟,民国大总统不也在禁烟么?咱这局叫禁烟局,它不叫大烟专卖局!咱这么大模大样地种大烟,日后能有个好吗?上面怪下来,能不弄个禁烟局的总办杀杀?你狗东西将来想挨杀,这总办便去当吧,我这就发表任命,看你敢不敢接!"王三顺这才醒了大梦,再不提做总办的事了。

果不其然,漫山遍野开满罂粟花时,黄大都督先发难了。

黄大都督那时颇不得意,除了自己带来的秘书长任大全,没谁听他的,所有公文都出不了大都督府。黄大都督便在海内外四处冶游,大骂军阀。这次从香港回来,兴致倒还不错,本不想和边义夫马上就吵架,可看到新洪大烟种成这等规模,实是忍不住了,找到省军司令部,问边义夫怎么把个禁烟局办成大烟专卖局了?黄大都督痛心疾首,用指节愤怒地敲着桌子说,"边义夫,我告诉你:本大都督正是看到了烟毒之害,看到了我堂堂中华四处烟榻,四处烟枪,才决意投身革命,推翻满清政府的。今天断不能容你大烟官卖,祸国殃民!"边义夫说,"我可以不搞大烟官卖,只不知这军政上的庞大开支你能给我么?你不是不知道,我军两个旅五千多人,一天得耗多少粮食!"黄大都督说,"这话我早和你说过,也和刘建时说过,本省是穷省,养不起那么多兵!要撤员裁兵,这才是解决问题的根本办法!"边义夫说,"好啊,大都督,你让刘建时把他省城的两个旅裁掉,把省城的花捐也拨付我军,我明日便下令禁烟!"黄大都督厉声道,"你们都要裁!"边义夫不同意,"大都督,你这话就没原则了,刘建时是反动军阀,我的军队是革命武装,岂能放在一起相提并论?"黄大都督道,"边义夫,你现在也堕落成新军阀了,我看和刘建时已经没什么两样了!"边义夫笑道,"我这新军阀可没像刘建时一样赶你,天天让你吃猪头肉,你大都督也得凭点革命的良心嘛!"

  黄大都督觉得受了污辱,"好,好,边义夫,你这新军阀的猪头肉我不吃了,你现在就给我牵驴去,我走,现在就走!此地不革命,仍有革命处!你不是不知道,东江省革命师长麻侃凡早就请了我!"边义夫心里也想让黄大都督走,让他到东江省去投革命师长麻侃凡,可嘴上却挽留,"大都督,你这又何必呢?我看你还是不要走,割了这茬大烟,我们的日子就好过多了,便可以准备搞垮刘建时了。"黄大都督气道,"我现在更想先搞垮你!你要本大都督留下也行,须得答应两条,其一,全面禁烟;其二,带头先裁军一个旅!"边义夫心中暗笑,这革命家真是荒唐,还以为自己真有多大价值似的!便道,"大都督,你这两条我目前都做不到,所以也就留不住你了。不过,你就是走了,我和我的弟兄仍是要革命的,我边某定当继承兄之革命精神,把这支四民主义的队伍维持下去。"

嗣后,黄大都督和任大全便被边义夫礼送出境去了邻省东江。礼送是真正的礼送,和刘建时那厮完全不同,营以上军官和各局会办以上的中高级干部全参加了礼送。没放枪,放了礼炮和鞭炮,还奏了军乐,唱了军歌《满江红》。黄大都督先还闹情绪,非要骑自己带来的那匹聋驴,以示其决不带走一片云彩。边义夫执意不许。黄大都督这才在"八千里路云和月"的歌唱声中上了八抬大轿。

不知天高地厚的胡子爷被礼送出境后,边义夫立即致信刘建时,通报相关情况。仍是用刘建时的口气写的,通俗易懂;风格也是刘建时的,满纸谎言:

刘兄如晤。黄大都督那厮终于被弟赶走了。刘兄你说得不错,这个姓黄的真是小人,一直在咱们弟兄之间挑拨离间。这次从香港旅游回来,给弟订了一船美国军火,定要弟讨刘兄你这个逆。弟如何能上这种无耻小人的当呢?弟宁愿不要军火,也不能打刘兄你呀!所以,弟这次真是火了,坚持要他走人,他就真走了,投了东江省的麻侃凡。不过,黄大都督仍对弟存有幻想,走之前留下一道令:指定弟为临时大都督,省军总司令的职也不让弟辞,让弟全省军政一把抓。弟的水平刘兄你是知道的,学历比兄高得也有限,也就是个前清秀才,不堪大用啊!再说刘兄你去年又被省城各界拥戴了个代理大都督,弟这临时大都督就更不好做了。所以,弟向刘兄你保证,决不就这临时大都督职,只盼刘兄你多关心我们。刘兄你放心,弟此次去信不是为了要钱,弟知道刘兄你活得也不易,极少的花捐养着极多的嘴。弟这里就更难了,黄大都督带着省上一群人吃了弟一年多的猪头肉,花费颇巨,粗算一下已有上万两银子了,刘兄你又一分钱不认,弟这亏就吃大发了。弟不问你要钱,就得要政策了,刘兄你看:本省日后能否不再购进云南和列强各国的大烟呢？刘兄你身为代理大都督，能不能带个头，吃一些新洪地产大烟呢？刘兄你知道，弟这里历史上就盛产大烟，禁烟局屡禁不绝，近年查获特多，总堆在仓库里也不是事，处理一些给你好不好？省内批发价只须十五两银子一箱，每箱比云南烟土便宜了五两银子。此次随信免费敬赠三箱新产大狗牌烟土，恭请刘兄你亲口尝一尝，方便时帮弟推荐宣传一下，好不好？拜托刘兄你了。

三十五

刘建时品尝了边义夫敬赠的大狗牌烟土后，赞不绝口，夸奖说，"不错，不错，不比云南大鸡牌差。"当即叫来省禁烟司李司长，指着烟土包装纸上的两句广告说，"李司长，你看看，你看看，边义夫这匪多会宣传呀？啊？'吃本省烟土，做爱省良民。'这话说得不错嘛，我看你们日后也别卖云南烟土了，都卖新洪地产烟土吧。这么做一举三得，第一爱了省，第二赚了钱，第三堵了边义夫的嘴——日他祖奶奶，这匪只要一来信就谈钱，都烦死老子了！"李司长说，"刘大人，这事好是好，就是价格上还得再谈谈，边匪要十五两银子一箱，咱不能就认十五两银子一箱呀。"刘建时笑道，"那是，价格得好好谈呢，老子来和他谈。这匪是破秀才出身，老子可是卖狗肉出身，在算账这方面吃不了亏的！"

便给边义夫回信：

边弟如晤。弟如此拥戴愚兄为督，实让愚兄欣慰也。虽说黄贼任命你做临时大都督既无民意支持又无法律依据，可边弟你的原则性仍值得愚兄赞许啊。现在，你赶走了黄贼，身边没有小人了,咱们兄弟就好处了。推销地产烟土一事,弟实是难为愚兄了。边弟你所赠的三箱大狗牌烟土,口味虽还过得去,但到底不如云南烟土和列强烟土。更何况本省官绅民众吃惯了云南烟土和列强烟土,对地产烟土极其抵制,三箱大狗至今未能全送出去。但是,弟为省为民的一片热情打动了愚兄。弟说得多好啊,'吃本省烟土,做爱省良民。'如果全省两千万民众吃着本省烟土做起良民,愚兄该多省心呀,也用不着日夜为他们操劳了!所以,愚兄便把省禁烟司、省财政司、省商贸司一帮干部找来训话,明确晓谕他们:新洪地产烟土口味再差也得好生去卖,卖不动就多做广告,多做宣传!云南和列强的烟土再好也不许卖,更不许宣传!谁敢再卖再宣传,就作为烟犯抓起来办掉!不过,这价格愚兄就不好再压制了,毕竟是民国了,事事处处要讲民意,各司干部们集体公议后一致认为:十五两银子一箱的批发价,省里万难接受,最多只能十两银子一箱,否则这帮司长便要总辞职。总辞职愚兄是决不能允许的,他们各司干部总辞职,省上这许多工作谁来做呀?谁来为本省两千万民众服务效力呀?愚兄和边弟你关系再好,也不能不顾本省两千万民众的利益呀!边弟你说是不是?盼复。

边义夫马上复了信:

刘兄如晤。真没想到处理地产烟土一事竟造成了一场政治风波,让刘兄你受累了。不过,省上官员如此评价本省地产烟土,弟是万万不能同意的。这些官员都是什么东西?愚蠢无知,基本上都是饭桶,故夫子曰:纵观天下之物,最无用者官员也!但是,刘兄你却是英明伟大的呀,你烟龄漫长,大烟吃了不下二十年,刘兄你说句掏心窝的话,弟这烟土质量到底如何?!应该承认,新洪大烟过去的质量是有问题,可弟为了把收缴的大烟完美地处理出去,专门责成禁烟科学技术研究所诸多学者专家进行攻关研究,把烟土质量提高了一大步,且首创大狗品牌。为何叫大狗?弟在此也向刘兄你挑明了说:一是为了和云南大鸡争市场,二是为了纪念刘兄你卖狗肉创业的光辉历史啊!刘兄你务必要向他们说明这两点,他们仍要总辞,便让他们去辞,不要怕他们要挟。如今这世上再也没有比官更好找的东西了,想当官的人比绿头苍蝇都多,你怕啥呀?!刘兄呀,你是太善良了,太为本省民众着想了,心里只有两千万民众,完全没有你自己。弟心中却不能没有你这个哥哥,弟是这样想的:烟土批发价仍是十五两银子一箱,弟私下给刘兄你抽二成的头,实际上就是十二两银子一箱了,刘兄你看好不好?盼复。

刘建时乐了,回信道:

边弟如晤。弟说得对极了,那帮官员真是饭桶,本省的事都坏在他们这帮饭桶手上了。对他们真不能太善良,人善被人欺,马善被人骑。昨天愚兄给他们开了一个很紧急的内部会议,转达了你信中强调的那两点,还发了大脾气。他们便怕了,同意专卖咱们的大狗牌烟土。弟你对愚兄的心意愚兄领了。说真的,全省两千多万干部群众中,也就边弟你体谅愚兄了。愚兄日子过得实是太窘迫了,愚兄我的情况你是知道的:一个正房,八个姨太太,外带二十一个孩子,一月吃喝花销就是一笔吓人的数目。更要命的是,进入民国后,提倡女权,愚兄府上也闹起了女权运动,各房姨太太都让我发月规,如今月规银已欠了八个月,我也不怕边弟你笑话,五个姨太太这几天又在搞女权运动,已罢了工,不准愚兄上床了。前年你来信劝我少吃劣质大烟,多保重身体,可愚兄经济上来不了,怎能不吃劣质大烟呢?现在好了,能在边弟你的大烟上抽点头了,我手头也就能活泛一些了。不过,省上贼人较多,抽头一事不宜声张,还得找到合理途径。边弟,我看这样吧,你的烟土十二两一箱批给我八太太的保民股份公司,让我八太太每箱十五两倒卖给省禁烟司,这一来,愚兄的二成抽头就完满实现了,贼人也说不出个啥。另外再顺便告诉你一件事:近日愚兄又要娶第十房太太了,这十太太边弟你是认识的,就是"怡情阁"的名妓赵芸芸。愚兄被九个太太闹得已很烦心,本不想再娶,手下那帮弟兄偏起哄,说是十个正是一个整数,咋办呢?弟兄们的好意不好逆拂,那么多人又都跑来送礼,不娶也得娶了。边弟,你可万万不要给哥哥我送礼啊,你一送礼咱们兄弟就生分了。哦,对了,弟上封信上说,夫子曰:纵观天下之物,最无用者官员也!夫子他老人家在哪曰的?盼告,让愚兄也长点学问。

边义夫便复信:

刘兄如晤。刘兄你真是勤奋好学,弟随口一说,刘兄你就记得这么真切,还专门和弟研讨,真令弟敬佩啊!弟依稀记得,这话夫子是在一条川上曰的,是哪条川就记不得了,反正不是咱西江之川,或许是四川吧?待弟查明了再来告诉你。学术问题先放到一边,还是说正事吧。烟土贸易一事就按兄的意思办,弟只认咱八嫂的保民股份公司,决不直接和省禁烟司打交道。第一批十车烟土已随信押往省城,请咱八嫂查收吧。说到兄又讨新欢,弟却以为似有些欠妥。刘兄你千万不要误会了,弟完全是为兄着想。刘兄你毕竟是五十多岁的人了,虽说老当益壮,雄风不减,也还要为省为民多多保重身体呀!再者,那赵芸芸据我所知,也早有所爱,此爱便是她表兄郭某。弟当年也曾答应过她,要赎她出来达成宝贵的爱情,只因这两年军政事务繁忙,未及赴省办理。兄如纳其为十妾,弟这善事也就做不成了。刘兄你许是不知这个内情,今日弟把内情告诉了兄,想兄之善良心肠浑然天成,必能成芸芸之美吧?如兄已成骑虎之势,必娶一个十太太回府,弟以为当以小云雀为佳,弟也知道,刘兄你是很喜欢小云雀的,是吧?盼复。

刘建时回信道:

边弟如晤。边弟你真是耳目闭塞,你八嫂就是小云雀呀!如今是省保民股份公司董事长兼总经理,还挂了个省议员的虚名。这省议员我不主张她挂,我九个太太四个做了省议员,她再一做,就是五个了,影响肯定不好,下面却硬选了上来,真是没办法!看来让民众真正懂得民主,还有相当长的路要走。这事先不谈了。赵芸芸一事弟有所不知,她那所爱郭犯玉山已被军法部门办掉了。该犯罪大恶极,恶毒攻击袁大总统,实属不杀不足以平民愤,于上月三号和一批烟犯同时处决。正是因为怜抚芸芸,兄才把她纳入房中的啊。边弟你是知道愚兄我的,我这辈子见多识广,啥女人没操过?稀罕这一个赵芸芸么?可她老哭呀,要死要活的都上过两次吊了,有一次竟是在愚兄房里。芸芸受了贼人蒙骗,有些误会愚兄了,硬说我是为了夺她才办了郭犯。边弟你说兄是这种人么?能这么枉法么?现在,咱哥们把话挑明了说:边弟,你是不是也看上她了?我知道上次进城时你操过她——别和我瞎扯什么宝贵爱情啊,我不懂,就是操!愚兄一直认为,人生在世也就两件事,吃得好操得好,那便一切都好。边弟你想必也还记得吧?你那回能操上她,又操得这么好,可是兄拉的皮条付的银子,还送了你五个上好的蒙古大绵羊的小肠做的香套套。一般朋友我是不送的,就送了你。你说我对你边弟怎样?够意思吧?这婊子咱哥俩都操过,好处也都知道,就像买你的烟土一样,亲自品尝过的。边弟,你开个价吧,能否在地产烟土的交易上再让愚兄多赚点活泛钱?谈得合适,兄就把这婊子转让给边弟你了,咱们弟兄断不能为一个小婊子伤了多年的和气,影响咱今后的烟土贸易,影响本省稳定发展的大局,你说对不对?

边义夫不知这是刘建时为烟土买卖讨价还价使出的又一个手段,想着当年的许诺,想着赵芸芸在那批军火上立下的大功,便上了当,每箱烟土的提成银子改为四两,刘建时才同意将赵芸芸转让出来。转让协议签订后,刘建时便邀边义夫到省城接人,顺便耍耍,说是哥俩多年没见,思念甚切,加之新近又获美国最新科学成果,一定要和边义夫分享。刘建时在信中透露,羊肠做套已不时兴,进口胶皮套最是要得。边义夫无意中看到省军卫队马夫排三等马夫钱中玉,立刻想到昔日那场血腥的鸿门宴,哪里肯应?心想,别说是美国胶皮套,就是美国洋美人等在那里他也不去。便谢绝了刘建时,道是工作极为繁忙,实在脱不开身,还是请刘兄派人把赵芸芸送过西江吧。刘建时便派赵侍卫长把赵芸芸送过了西江。

赵芸芸一过西江,便扑到边义夫怀里哭了,问边义夫为何直到现在才想起她?边义夫说,不是现在才想起的,是一直想着的,只因着省城为刘建时所占去不得,才拖到今天。边义夫告诉赵芸芸,自己有今天,当年那批日本军火起了很大作用,又说,"现在好了,你终是逃出了刘建时的手掌,爱做啥就做啥吧。"赵芸芸说,"奴妾还能做啥?郭二哥已被刘建时杀了,也只能做你的随营太太了。"说起自己二表哥,赵芸芸泪水又滚了出来,大骂刘建时不是东西。据赵芸芸说,黄大都督被礼送之后,省城这二年已变得腥风血雨,黑暗无际,二表哥仅因为要和她私奔,便被刘建时抓住杀了头。刘建时的花捐更收到了极端残忍的程度,民国三年时收起了民国十年的花捐,今年才民国四年,竟收起了民国十七年的花捐。一些上了岁数的姐妹问,到民国十七年奴妾们都成老太婆了,谁还要呀?这花捐又从何谈起呢?刘建时不管这些,仍是照收不误。边义夫便说,"刘建时那厮既然这么爱银子,那我就让他搂着银子进棺材吧,芸芸,你终会看到这一天的。"

赵芸芸就此成了边义夫的二姨太。后来,在边义夫如愿进入省城做了督军之后,赵芸芸也像刘建时的八姨太小云雀一样,被民意推选为省议员。边义夫却不让赵芸芸去做,明确告诉赵芸芸:"你是我的小妾,工作岗位就在我的床上,把我伺候好就算尽到责了!我不学刘建时祸省殃民的坏毛病,你也不许学他的那些太太们,有空要好好学习我的四民主义思想。"芸芸气了大半个秋天,并就此和边义夫产生了隔阂。有一阵子专在床上学习边义夫的《四民主义救国论》,背诵那"不扰民,不害民,专为民,专保民"的警句,让边义夫的性生活过得极不开心。

当然,民国四年秋刚被边义夫用银子换回来时,赵芸芸还是真心敬爱边义夫的。那日,赵芸芸不顾心灵的伤痛和旅途的劳顿,在八抬大轿里就把边义夫伺候得很好。边义夫因着昔日羊肠套子带来的心理阴影,一时不行,赵芸芸便把职业手段都使上了,愣是把边义夫的家伙刺激得活灵活现。事毕,边义夫搂着芸芸的细腰,交心交底说,

"小心肝,你知道么?在省城那夜,我若是把鸡巴里的子弹射将出来,或许就不会花这么大的代价换你了。"芸芸咯咯娇笑道,"这么说,我还得谢谢刘建时那上好的羊肠套子哩!"边义夫说,"可不是嘛!刘建时那厮不知这情节,还说我那次操得好哩,我也懒得说破它,说破它就长对手的志气了!"

第六章　帝制与"屁选"

三十六

民国四年"废两改元",银币统一,袁世凯先生的大头像历史性地铸到了银元上,举国国民由银元而识得了自己亲爱的大总统。各省有见识的高等国民便敬仰地瞅着银光灿灿的袁大总统的大头像发表议论:哎呀,我们袁大总统不是一般的总统啊,也不仅是中国的华盛顿啊,袁大总统有帝王之相啊,袁大总统得做皇帝才对呀!更有高等国民的代表杨度、孙毓筠、严复等六君子毅然决然发起筹安会,专职劝说袁大总统变更国体去做大皇帝。袁大总统是民国的总统,有民主意识,极端地尊重民意,便要召开国民大会投票解决国体问题。当年十月,令全国各省区选举国民代表,由当选之国民代表代表本省区国民进行国体投票。

省城顿时热闹起来,刘建时把持的选举会选出了以省议员小云雀为首的国民代表一百二十二人,当天便进行国体投票,投票结果令人欣慰:一百二十二名代表全部赞成君主立宪。此时,劝进风潮已遍满域内,刘建时自是不甘人后,又操纵国民代表们民主选举小云雀为本省国民总代表,择黄道吉日赴京晋见袁大总统,积极实施劝进。小云雀一时间出尽风头,以国民总代表的身份在省城频频抛头露面,还在省城《民意报》和《天意报》上同时发表演词,说是一定要代表本省两千一百万民众的意愿,恳请袁大总统早日登基,晋升为袁大皇帝。

边义夫见刘建时如此目中无人,变更国体这等大事竟不和他商量,且把自己的八姨太选作本省国民总代表,实是忍不住了,冒着不和刘建时继续进行烟土贸易的风险,在自己的省军总司令部里对新洪《共和报》记者发表了重要谈话,声言:本省西江以南之九百万民众绝不赞成君主立宪,仍是拥护共和政体,拥护袁大总统继续做大总统,甚至做终身大总统。边义夫身着戎装,庄严宣布,本省国体投票因无南方参加意见,南方势难承认,小云雀这总代表只代表她自己。以新洪为中心的南方十七县九百万军民已选举革命军人王三顺先生为本省国民总代表将克日赴京,面见袁大总统,澄清本省民意真相。

刘建时急眼了,用新购的美国电报机发来密电,告知边义夫:

弟言差矣。袁大总统决意要做大皇帝,谁拦得了?各省国代开会仅形式耳,争有何益?小云雀被举为本省总国代虽非我之本意,但民主民意须得到尊重。王三顺先生乃一介武夫,话都说不成个,如何能做总国代也?又如何担得起劝进之千钧重责也?且本省国代并未举他也!望弟维护本省安定大局,注意舆论导向。

边义夫也用刚添置的英吉利电报机回了一电:

兄怎知我袁大总统要做皇帝?岂非诬袁大总统搞假民主乎?大总统民主,兄民主乎?民王乎?王三顺虽系武夫,也是堂堂正正革命军人也!小云雀却乃花界出身,代表本省两千一百万民众进京面见袁大总统,本省光彩乎?兄光彩乎?

第六章 帝制与"屁选" // 177

刘建时再电边义夫：

不要再"乎"了，再呼我也不理你！可以告诉你：袁大总统想做皇帝之事是袁克定大公子告诉我的，这还会有假吗？所以，我就及时参加劝进了。如弟识相，不想和咱大总统捣乱到底，最后落个乱臣贼子的罪名，就请尽快参加劝进，将来共事新君，为咱中华帝国建功立业。小云雀总国代一事，请勿再议。该雀虽出身花界，却是名雀一只，名花一朵，十四岁开瓜从业，颇具献身精神，对本省经济和财政收入贡献很大。所以，省选举会议开会时，国代们都行使民主权利投了她的票，得票率为99%，《民意报》和《天意报》都做了客观报道。所以，你们南方就不要争这个总国代了，所以，仍盼弟注意舆论导向，以本省安定大局为重。

这一来，边义夫陷入了苦恼：刘建时这厮此次态度如此强硬，竟是得到内幕消息的！联想到两年前二次革命时各省讨袁军事的失败下场，便不敢再说什么拥护共和国体的话了，只对小云雀做总国代进京劝进的事大加挞伐：

大总统要当皇上，弟自当拥护也。然何人代表本省军民晋京劝进，仍关乎原则。众所周知，小云雀为兄之八姨太，省议会中兄之姨太太已达五人，兄之假民主真独裁，由此可见一斑。兄此次举出的总国代，敢言代表本省民意乎？兄可知耻乎？兄不许弟"乎"，弟仍是要呼，且大声疾呼，和弟旗下之省军两旅五团逾六千名拥护袁大总统之英勇将士同声齐呼：兄之无耻民主可以休矣！

刘建时嗅觉灵敏，在边义夫的电文中嗅出了威胁的意味，口气软了些：

弟既拥戴袁大总统做咱中华帝国大皇帝，总国代一事可以商量。前时因怕你们南方军民反对袁大总统称帝，起来捣乱，为兄不好和袁大公子交待，国体投票时便没征求弟和南方诸君的意见。现在小云雀总国代业已发表，覆水难收，弟看可否让小云雀做正代表，请贵方王三顺先生做副代表一起晋京从事劝进工作？

边义夫仍不同意：

南方争的不是总国代，而是民主和民意。何人做总国代进京劝进都可，唯小云雀不可。本省固穷，仍须顾全脸面，断不能因小云雀十四岁卖身，经年交纳花捐较多，就当然具有了总国代资格。兄不要脸，弟尚要脸。望兄三思。

刘建时三思之后，又来了一电，电文已很不客气了：

民主、民意乃你我共有之政治信念，你姓边的既屡言民主民意，如何又这般仇恨民主民意的结果呢？你如怀疑我刘建时操纵选举，就请小云雀女士和王三顺先生都作为总国代之候选人参加竞选，请你亲赴省上主持选举如何？我和省城军政各界静候你的大驾！如果你尊驾难移，拒不赴省，今后就请少放些民主屁！

第六章 帝制与"屁选" /// 179

边义夫接到这份电文气得跳了起来:这意味着战争!刘建时这厮忘了他边义夫手头有两个旅的革命武装,这厮忘了!当夜唤来秦师爷、王三顺、胡龙飞、查子成召开高层心腹的秘密军事会议。心腹们一到齐,边义夫便挥着电文叫了起来,"刘建时这老混蛋给我们下战书了!老混蛋真让老子到省城主持选举么?不,老混蛋要摆鸿门宴!老子不去真对不起他,都去,两个旅弟兄一起开过去!君主立宪我们也不拥护了,既拍不上新皇帝的马屁,我们仍要原先的总统!袁大头既做腻了这总统,就请他让让位,换别人做!我告诉你们,革命党方面又活动了,坚决反对帝制,准备军事讨袁。黄大都督日前从日本国东京给我捎了信来,要我们不要背叛民国。我看呀,天下又将大乱了,我们就趁乱兴兵,一举拿下省城,达成本省之统一!弟兄们,你们觉得怎么样?"

弟兄们都觉得不怎么样。查子成说,"边爷,为这小事何必呢?就让刘建时的小婊子去做那总国代嘛,咱想拍袁总统的马屁就直接去拍,你亲自带着我们弟兄去北京劝进不就得了?!"王三顺也说,"是哩,您就是为小的争上了这个总国代,我也不敢去见袁大总统。小的不会说话呀,咋劝进?只怕这马屁拍不响。要劝进得爷您亲自去呀!"边义夫气道,"你们真没有政治头脑!我是争那个总国代么?老子是气他刘建时目中无人,不把老子摆在眼里!这老混蛋把偌大个西江省当婊子玩了!"秦师爷道,"刘建时把本省当婊子玩,你也把本省当婊子玩么,赌气则万万不可!中国不能没有皇帝呀,神器无主,天下必乱。我们断不可因着刘建时的混账,便坏了变更国体新皇登基的大喜事。"边义夫想想也是,如今袁世凯气焰熏天,真让他讨袁,他既无勇气也无实力,他想讨的唯有刘建时。胡龙飞认为刘建时也讨不得,"总司令,现在北伐省城恐怕于我不利啊。刘建时和袁总统大公子袁克定为着帝制一事文来电往,关系密切,我们这时讨伐他,就不怕北京调兵讨我们？我们只能先咽下这口气，待时机成熟时再和老混蛋算账吧。"

边义夫这才泄了气，取消了马上开战的主张，改讨伐为继续电战，连夜发了一电给刘建时：

> 民主成屁，夫复何言？兄之混蛋盖世无双也。兄固混蛋，弟仍遵示，今派革命军人王三顺先生代弟前往省城参加屁选。愿兄主持屁选之时少说屁话，唯显民意。弟军务繁忙，正积极准备北伐讨贼事宜，此次"屁选"就不参加了。

刘建时接电大怒，回电铿锵简洁，只九个字：

> 边义夫，我日你祖奶奶！

边义夫接电大笑，"这厮被我气成疯狗了！"再复一电：

> 你我兄弟，弟之祖母也系兄之祖母也，兄如此乱伦丧德，不讲礼义廉耻，何颜以对世人乎？愿兄自重。王三顺先生即日赴省，请兄保证王三顺先生人身之绝对安全。如王三顺先生遭遇不测，弟定当率六千部众前往省城讨教。弟深知兄之无耻无信，故先把话说在前面：值此各界屁翁大肆屁选之际，请兄注意戒备，武装护屁，不要于出事后借口搪塞。

这封电报发出去后，刘建时再没回电。

电战激烈到开骂的程度，王三顺哪敢再去参加"屁选"？怕此一去总国代做不成，还要吃刘建时的暗算，便对边义夫说，"边爷，既是

'屁选',咱们何必去闻那些臭屁呢?刘建时这逆贼心狠手辣,可是啥事都做得出的!"边义夫要王三顺不要怕,鼓励说,"三顺,你放心去,你这次去省城,不是宣统三年运动钱管带,有我和两旅弟兄做你的后盾哩!我在电报里已和刘贼说清楚了,你老弟被西瓜皮滑倒我都找他老混蛋算账!"王三顺仍是怕,"边爷,我倒不怕踩到西瓜皮滑倒,只怕刘建时翻脸不认人,把我当成边爷您来办,打我的黑枪。"边义夫脸一拉,"那也得去,你不去,老混蛋还以为我怕他了呢!你不但要去,还要在省城多多宣传我的四民主义思想,你真吃黑枪送了命,我追认你为革命烈士!"王三顺不敢不应,只得应了,应下便想,自己只怕已在往烈士的道上奔了。

最后,边义夫又交待,"你这淫棍的德性我是知道的,我不反对你劳逸结合操几个婊子,可你眼睛也给我睁大点!进了省城别光盯着漂亮小婊子看,要有学习的心思,要跟省上的那些最善玩屁的资深屁翁学点手段,日后赶走刘建时,我们四民主义的队伍进了省城,掌握了革命政权,少不得也要造屁玩屁,我便派你去专办各类屁务。"对"屁选"的结果,边义夫有充分估计,"当然,既是刘建时主持'屁选',小云雀那小婊子必定当选,你是选不上的,一百二十二票中,你最多得个二三十票。然他娘的,就是得二十票三十票,你也得去给我争这个面子!得二十票算你完成了任务,得三十票你就算是胜利凯旋了!"王三顺笔直一个立正,"是,边爷,小的保证完成任务,此次参选确保二十票,力争三十票!"

三十七

王三顺带着几个随员一进省城聚宝门,便被一脸冰霜的赵侍卫长接到大帅府去见刘建时。时为傍晚,刘府院内泻满夕阳的灿烂光芒。四处卫兵林立,枪刺闪亮。时有三两身份不确的府内丽人现影于院中回廊。王三顺置身虎穴,淫心大收,眼光顾不得去瞅刘府丽人,只强作镇静,细数一路闪过的卫兵和枪刺。携一身灿烂进了会客厅堂,王三顺便见到了闻名已久的老混蛋刘建时。刘建时正狗一般蜷曲在红木烟榻上吸大烟。王三顺此行并不想壮烈牺牲,循着那"人在屋檐下不得不低头"的至理名言,向老混蛋敬了个军礼,怯怯地冲着老混蛋唤了声"刘师长"。刘建时像没听见,连眼皮都没抬,仍是自顾自地吞云吐雾。王三顺想着老混蛋早已被省上"民意"拥戴了一个大都督,北京袁大总统也是认了账的,便及时改了口,提高嗓门去叫"大都督"。刘建时这回总算听见了,懒懒地看了王三顺一眼,"唔,来了?"手上的烟枪向面前不远处一只矮小无比的马扎一指,"坐吧!"

王三顺小心坐下了,一坐下就发现,自己比倚坐在烟榻上的老混蛋矮了大半头。"刘大都督,我们边总司令向您老问好呢!"刘建时拿起茶壶呷了口茶,"什么边总司令啊?没听说过!我只知道边义夫是我手下的一名旅长,本来还小有前途,我已准备呈请袁大总统简任他一个新洪镇守使,他倒好,先是自封成省军总司令,以西江划界搞武装割据,现在更不得了,啊?公然反对起我来了!一口一个'屁选',王三顺先生,今日当着我的面,你倒说说看:我们这是'屁选'么?"

王三顺作出一副惊讶的样子,半仰着脸,看着高高在上的刘建时,"'屁选'?兄弟没听边总司令说过呀?大都督怕是误会了吧?"刘建时茶壶一顿,"误会一个屁!他这逆贼是想寻衅开战!日他祖奶奶,这逆贼真是气死我了,放着平安的日子不过,他想开战!我便怕他么?他手上有两个旅,我手上也有两个旅嘛!我都想过了,就把你王三顺先生像吊狗一样吊死,且看他如何带兵向我讨教!"王三顺吓白了脸,"哎,哎,大都督,您……您老肯定是误会了,肯定!边爷在兄弟面前可一直夸您呢,说您老讲信用,这二年的烟土贸易一直做得很好。还说您老义气,给他介绍过对象——边爷的二太太赵芸芸不是您……您老介绍的么?"

刘建时更气,"岂但是介绍对象啊?王先生,你不知道,我对他的好处多了去了!啥没想到他?连套鸡巴的科学方法都没瞒过他!他又是咋对我的?当面说好话,背后下毒手!这回又给我搞突然袭击,大有炸平省城之势!"

王三顺抹着一头冷汗,直赔笑脸,"大都督,边爷有时也会上小人的当,据兄弟所知,边爷身边也有小人哩。黄胡子就是小人,没少造过您的谣。"刘建时逼视着王三顺,"王先生,你是小人么?"王三顺笑得极其甜蜜,如同一只恭顺的猫,"大都督,您说呢?"刘建时很满意王三顺的恭顺,"我看你不像小人,"又进一步肯定了一下,"你王三顺先生不是小人!听说你要过来参加'屁选'——日他祖奶奶,都被边义夫气糊涂了——是民主选举,我就下了令:不但不杀,还要严格保护,主要街道的西瓜皮须尽量清扫,不得滑倒王先生。"王三顺做出深受感动的样子,"大都督,兄弟所以敢来省城参加此次民主选举,也是相信您老的伟大人格啊!"刘建时却又叹起了气,"但是,王先生,有一点我也须和你说明:省城军民对逆贼边义夫制造分裂,祸省殃民之滔天罪行极为仇恨,得知你们南方匪贼代表竟敢到省城和民主捣乱,从前日起已纷纷自发上街游行了。所以,王先生,你务必不要出门,就在迎宾馆好好待着,以免发生不幸事件。"

王三顺想着自己须得在此次"屁选"中确保二十票,力争三十票,便小心申请道,"大都督,作为总国代的候选人,兄弟也想和省城各界人士见一下面。"刘建时摇头道,"不可,不可,王先生,你若自由行动,后果就请自负。须知虽省城主要街道的西瓜皮已尽量清扫,但是否就全部扫尽了呀?不得而知。若是没有扫尽,若是西瓜皮下再埋有一两颗炸弹,事情就复杂了,本大都督岂能再负责你的安全呢!"王三顺听出了威胁的意味,灵机一动道,"大都督,兄弟难得来一趟省城,总得找地方耍上一耍,听说省城有个'怡情阁',最是有名……"

刘建时乐了,未待王三顺说完,便道,"这好说,我让赵侍卫长陪你去,只是嫖资得你老弟自理了。如今你们南方已经算不得欠发达地区了,经济高速增长,大卖烟土,银子也赚了不少,我就不代你付账了。"说罢,让赵侍卫长取出五个上好的蒙古大绵羊的小肠做成的香套套,递到王三顺手上,"王先生啊,你难得来省城一趟,我也没啥好东西送你,送你些套套吧,操婊子时用得着,套在鸡巴上很好的。"王三顺见那套套很眼熟,才想起早年从边义夫手里讨得的短枪枪套,不禁红了脸。刘建时不知就里,笑道,"王先生,脸红什么呀?如今操婊子也要讲科学的。戴上套子不得脏病,是很科学的一种办法,国际上很流行。"

当夜,王三顺便去"怡情阁"用那很科学的办法去操婊子。就是操婊子时,也没忘记工作,放着好些漂亮的婊子没点,只点了并不漂亮但却具有国代身份的资深婊子米阿凤。米阿凤受宠若惊,对南方指派的总国代候选人王三顺伺候得很好,让王三顺既享受了肉欲,又大开了眼界,直感叹省城的婊子胜过新洪的婊子。

米阿凤得了王三顺的赞扬,更把王三顺当作了难得的知音,工作益发努力,从床上到地下,又到烟榻上,变着不同的身段花样和王三顺耍,边耍边说,"你们男人只喜那没开瓜的小婊子,实则大错特错了,小婊子哪有奴妾这等手段?"王三顺说,"那是,今日受益匪浅。"米阿凤翻身骑到王三顺身上,"先生可知奴妾当年开瓜是何身价么?"王三顺说,"你的当年我不知,却知今日你是本省国代。"米阿凤更喜,"先生你也知道奴妾是国代?你既知奴妾是国代,就得多赏点私房了。"王三顺问,"为啥?"米阿凤道,"国代之逼虽非金底银边,却也是国代,代表国家哩!"王三顺笑,"如此说来,我今日操的是国家了?"米阿凤也笑,"虽说不是国家,也算地道国货,所以,得多赏银子嘛!"王

第六章　帝制与"屁选"　///185

三顺就势做起了拉票的工作,"阿凤,你只管放心,银子我少不了你的,只是明日总国代选举,你得投我一票。"米阿凤身子仍在动着,面呈难色道,"王先生,你不是不知道,这里是省城,不是你们南方,不瞒你说,奴妾已得了命令要投小云雀那贱货的票。"王三顺道,"既知小云雀是贱货,你那神圣的一票为何还要再投给她?为何不投给我呢?你投我的票,就是投边先生的票,投我们四民主义的票!"说到四民主义,身下来了劲,仿佛那鸡巴成了四民主义的物质代表,正直捣匪穴。

米阿凤娇喘着,央道,"先不谈政治了好不好?"王三顺却要谈,激情满怀地俯到米阿凤身上,发起一阵凶猛的进攻,"你说,你应也不应?"米阿凤被这番激烈进攻一举击溃,呻吟着道,"就……就依你吧,奴妾投……投四民主义一票。"米阿凤话一落音,王三顺也于政治的胜利中获得了生理上愉快的崩溃。

愉快过后,米阿凤由婊子而演变成了王三顺的政治同党,积极为王三顺出谋划策,道是她的一个多年老客——天理大学民主学教授郑启人博士亦系本省国代,亦可投四民主义一票。王三顺大为激动,就拉着米阿凤去了天理大学。

真是不幸,在天理大学校门口碰上了反南方的一股游行队伍,领导游行的是一位破马褂,打的旗号是"省城乞丐请愿团",所举标语计有:"变更国体,君主立宪!""打倒破坏帝制的乱臣贼子边义夫!""坚决拥戴小云雀女士为本省总国代晋京劝进!""吊死南方佬!"也不知咋的,王三顺和破马褂一照面,破马褂便认出了王三顺是南方代表。一声打,乞丐们涌了上来,把王三顺按倒在满是腐叶脏纸和西瓜皮的地上恶揍了一顿。这事实证明,省城西瓜皮并未扫尽。王三顺被揍得哭爹喊妈。米阿凤吓得嘶声尖叫,引来了巡街警察,乞丐请愿团才一哄而散。

鼻青脸肿见到郑启人教授,王三顺已了无拉票的心思,只托着青肿的脸直抽冷气。倒是郑启人教授怒了,拍着桌子斥道,"简直是黑暗透顶,无法无天!竟然敢在堂堂天理大学门口施暴!试问天理何在?兄弟游学列强十四国,俱未见过如此不堪之暴政情景!王三顺先生,你不要怕,兄弟虽不主张四民主义,可仍将投你这四民主义代表一票!也动员本省学界国代都投你一票!"王三顺连连称谢,回到迎宾馆便派了一个随从充作烟土贸易人员过江去向边义夫禀报。道是拉票工作大获成功,花界国代米阿凤小姐和学界国代郑启人先生已认清了刘建时反动面目,决意于"屁选"时代为运动,尤其是学界国代郑启人先生游学列强十四国,乃玩屁老手,著名屁翁。如郑大屁翁运动得当,或可和小云雀一争高低。因这形势的良好变化,王三顺提请边义夫注意舆论导向:一俟他当选了总国代,南方似应改称"屁选"为"民主选举"云云。对自己挨打的遭遇,王三顺也通过赵侍卫长向刘建时提出了最最强烈的抗议。刘建时深表遗憾,派了自己七太太深夜前来慰问,并表示明日将派大批军警保护民主投票,决不会再出现这种意外事件。

次日上午,民主投票在省议会如期举行。王三顺一到省议会就看见,会场内外四处站满了大兵,每个国代均有一个持枪大兵保护着投票,代表的安全再无问题。但选举结果却成了问题,一百二十二名代表投票,小云雀竟得了一百二十一票,王三顺仅得一票。这巨大的失败让王三顺先生深感震惊:这决不可能!王三顺为了南方军民的尊严,要求重新计票,指名请一身正气的著名屁翁郑启人教授来计。郑教授倒也不怯,支持王三顺的怀疑,奋勇计票。郑教授再计一遍,王三顺仍是一票。刘建时得知这一选举结果,十分欣慰,莅会对选举的圆满成功表示热烈祝贺,宣布说:"这是民主和民意的伟大胜利啊!上次民主选举,小云雀得票率为99%,此次得票率为99.18%,民主和民意又有了0.18%的进步。"

王三顺觉得别人不投他的票,米阿凤应投他的票,便扯过米阿凤问。米阿凤怯怯地说,"王先生,你别再问了,我没投你,我身后的那个兵用枪抵着我,要我投小云雀,我敢不投么?"答毕,再也不和王三顺啰嗦,冲着正做重要指示的刘建时飞着媚眼,热烈鼓掌。倒是郑启人教授像条汉子,于这无耻的掌声中公然挤过来,和王三顺紧紧握手,且高声说,"王先生,你得的这一票是光荣的一票,兄弟投你这一票,是英勇的一票!"王三顺感动得眼泪差点下来了,攥着郑启人教授白且软的手连连说,"谢谢,谢谢!"郑启人教授又压低声音,"王先生,兄弟投你这一票,可真是冒着生命危险的呀!"王三顺益发肃然起敬,"郑教授,您不愧是民主学教授,是本省脊梁啊!有您这样的脊梁,本省就有希望……"

脊梁又和别人应酬去了,转眼消失在人丛中。王三顺于脊梁消失之后才回过味来:他娘的不对呀,该脊梁真若是冒着生命危险投了他英勇无畏的一票,他起码应该得到两票,咋只得了一票呢?难不成他王三顺会糊里糊涂也投上小云雀一票么——操他妈妈的妈妈,这民主学教授真是玩屁高手啊!没投他的票,还敢厚着脸皮过来向他胡乱标榜一通!王三顺真是服了这著名屁翁玩屁的功力。

落选回到新洪,王三顺半边脸仍是肿着的,脸上神情与其说是沮丧毋宁说是愤怒。见了边义夫,王三顺就像见到了久未谋面的亲娘,嘴唇哆嗦了半天,一句话没说出,泪水先湿了衣衫。边义夫一句责备的话没说,只问,"三顺,长见识了吧?"王三顺噙着泪直点头,"长见识了,我可知道屁选是咋回事了!"边义夫问,"那日后咱们进了省城,让你办此类屁务,你会办了么?"王三顺擦干眼泪,"报告边爷,会办了!"边义夫笑了笑,"说说看,咋办呀?"王三顺道,"简单!把省军卫队派到会场,让他们选个爹他们也得给咱选!得票率99%都不行,得保证100%!"边义夫满意地拍了拍王三顺的肩头,"好,学到了这本事,你省城就没白去啊!"又感慨,"人生在世,就是要多看多学呀,向谁学呢?向一切人学嘛,包括你的对头!比如说那个屁翁教授,你不但不能恨他,还须和他交朋友,好好向他学习!我们能有今天这大好局面,就是不断向对头学习的结果嘛!"

边义夫便也学了刘建时,决定带秦师爷亲赴北京,面见袁大总统实施劝进。王三顺也想进京去耍,边义夫不许,说是对新洪这边不放心,让他和查子成一起盯紧胡龙飞。对胡龙飞,边义夫却又说,"胡旅长,我去北京,家里就全交给你了,由你临时主持工作,除了你我对谁也不放心。你要格外小心刘建时,防他进犯新洪。不要让这老混蛋知道我去了北京。电战以我的名义继续和他打,烟土生意也照常做。"胡龙飞只相信枪杆子,不相信政治伎俩,认为边义夫进京实无必要,便说,"总司令,咱管他什么大总统、大皇帝?只要有枪有地盘,他谁敢不认咱这支四民主义的队伍?您老与其把精力花在这上面,倒不如多卖点大烟了。"边义夫沉下脸,"胡旅长,你这是糊涂!跟我这么多年了,仍是糊涂!你看不出来么?刘建时派小云雀进京劝进意味深长,其一,表明他拥有控制西江省的能力和实力。其二,也算亲自拍上了袁大总统的马屁。既是如此,我便非去不可了!刘建时毕竟只是派自己的八姨太,我亲自去,分量就比刘建时重了许多!况且,我代表了南方!"胡龙飞心里并不服气,嘴上却也没再多说什么。

省城小云雀赴京的同一天,边义夫也带着秦师爷等随从由新洪悄然启程赴京,上演和小云雀争宠劝进的政治好戏。这桩政治好戏嗣后成了边义夫最难启口的政治隐痛之一,每当他在重要历史关头率部倒戈,且振振有辞地宣称自己一生追求光明和真理时,总有政治对手及时提起民国四年秋变更国体的闹剧,讥问边义夫:洪宪皇帝也是真理之一种么?边义夫便气短三分,王顾左右而言他了……

三十八

　　这场历史性的闹剧导致了边义夫历史性的失足。许多年后回忆起来,边义夫仍认为师爷秦时颂负有重大责任。进士出身的秦时颂实则就是本省的杨度、孙毓筠,过不惯没有皇上的日子。最初得知省上国民投票变更国体的消息,秦师爷激动得热泪盈眶,辗转难寐,半夜三更闯到边府,说是有言要进。边义夫当时和二太太赵芸芸性生活过得正热烈,推说身体不适已睡下了,要秦时颂明日请早。秦时颂次日一早又来了,口若悬河,唾液飞溅,大谈中国不可无皇上的道理。要边义夫顺应天下民心,不要在这件关乎国泰民安的大事上和刘建时唱对台戏。待得边义夫为刘建时的目中无人怒发冲冠,头昏脑涨高叫拥护共和时,秦时颂又会上会下劝谏多次,才让边义夫恢复冷静,做定了君主立宪派,也才由此失了足。

　　民国二十二年,边义夫参加反蒋战争惨遭失败,被迫出洋"考察"时,曾在英国伦敦和到访的世界通讯社女记者理查德·A.梅兰小姐说起过自己民国四年的真实心态。边义夫说,"中国的情况和英国的情况完全不同,英国可以在君主立宪的政体下变成民主国家,中国则不可。中国封建传统深厚,非革命不足以解决国是。最初听到袁氏变更国体要做皇帝的消息,本人第一个直觉就是反对。小姐须知,本人并非袁氏北洋嫡系,却是用大炮向清朝帝制发动过猛烈轰击的革命先锋,如何会打倒一个皇帝再拥护一个皇帝呢?本人当时拥护君主立宪,且卷入劝进之列,一来出于自我保护的目的,二来也是受了身边遗老军师秦时颂先生的影响。秦先生人品高尚,现在看来却是落伍于时代了。"理查德·A.梅兰小姐问,"那么,将军为何不做蔡锷第二,参加讨袁护国?将军对自己的政治操守和中国政治有何评价?"边义夫不提自己,只说,"中国人有何政治操守可言? 不谈也罢。至于中国政治么,本人有一个评价:一个满是蛆虫的粪坑而已,蛆虫,在英文里就是 MAGGOT! 从当年热衷做皇帝的袁世凯,到今日满口革命的蒋中正先生,全是粪坑里的 MAGGOT。中国的事情全坏在他们这帮大小蛆虫手上了! 所以,今日本人仍主张革命! 革谁的命呢?革蒋中正先生的命!"这番话震惊英伦三岛,欧洲许多报纸作了报道。《世界报》的通栏标题是:"中国政治是粪坑,中国政治家全是 MAG-GOT,革命将军边义夫声称革命到底,中国政局暗流激荡。"

如果说民国四年的袁世凯是只大蛆,边义夫连只小蛆都算不上,只能算个不起眼的蛆蛹。风尘仆仆到了北京,边义夫才知道,自己这代表着九百万民众的总司令是多么渺小,想瞻仰一下未来洪宪皇帝的丰采是多么艰难。据说大总统对简任级和相当于简任级官员的劝进按例必见,可秦师爷华彩飞扬的劝进札送进政事堂,政事堂的人却让边义夫等。边义夫只好等,头两天还挺激动,整日戎装在身,随时准备应召见驾。可左等右等,总也不得总统接见的确信,才懈怠起来,白日睡觉,夜里去八大胡同冶游嫖妓。八大胡同和省城三堂子街的"怡情阁"极其相似,竟也是决定国是的枢密所在。国会议员、内阁各部总长、次长们或长袍马褂,或西装革履,于灯红酒绿之中穿梭来往,看得边义夫目瞪口呆。边义夫头几夜去耍,心里还小有惭愧,以为自己心灵不美,后屡见此景方才释然。秦师爷则是愤怒,认定这是民国的罪孽,道这国家大员如此公开狎妓,为史所罕见。因此,秦师爷更寄厚望于未来之洪宪帝制,企盼袁大皇帝早日登基,荡涤此等流弊。

也正是在八大胡同风流地,边义夫有幸识得了陆军部次长徐更生。那日,边义夫和已吃过三回花酒的相好叶枝枝正要下棋,对过房里的红妓蕊蕊来唤,道是陆军部徐次长吵着要打麻将,一只桌子缺条腿,问这边能否过去一位添上这条腿?边义夫一听是次长,且是陆军部次长,当下乐了,不下棋了,把自己当条腿献将上去。到蕊蕊房里一看,果然是三缺一。东风口坐着陆军部次长徐更生,南风口坐着外交部一位白司长。蕊蕊在西风口坐下了,边义夫便坐了北风口,跟过来的叶枝枝立在边义夫身后看牌。洗牌时,蕊蕊交待边义夫说,"边总司令,你是徐次长的上家,要当心徐次长吃你的牌,徐次长这人嘴可馋着哩。"徐次长看了蕊蕊一眼,"你的嘴就不馋么?吃着碗里还看着锅里。"白司长便笑,"徐次长,也不知你说的是哪张嘴?是上边呢还是下边?"蕊蕊听出了这话里的戏谑,用水葱似的手去掐白司长。白司长一躲,躲到了叶枝枝怀里。叶枝枝娇嗔地推了白司长一把,"白胖子,好好打牌,我们总司令还准备赢你们一点军饷呢!"边义夫满脸谦卑,"不敢,不敢,枝枝,你休要乱说!"叶枝枝和徐次长、白司长熟得很,才不怕呢,偏又说,"你不赢他们几个,我这边还有啥指望?你给我好好赢。徐次长和白司长都是大财主,身后有中华民国陆军部和外交部两个部顶着哩!"

外交部的白司长看来对君主立宪有所不满,叹息道,"中华民国快变成中华帝国了,老袁登了基,兄弟这司长也不知还能干下去不?"徐次长说,"国事莫谈,白胖子,咱们打牌就是打牌,北风。"白司长顺手打了张牌,"东风。糟糕,怎么又上了只风头?"继续说,"徐次长,你莫看老袁小袁面前那么闹哄,外交上很被动哩,昨日英、俄、法、意、日五国联合发出了劝告书,皆劝我国缓行帝制,维持共和。我看老袁是被小袁害喽。"边义夫本想问一句:这小袁是不是袁克定?未及开口,上家蕊蕊已打出了一只白皮,边义夫碰上,甩出一张九万。徐次长果然嘴馋,吃进了九万,抛出一张南风,"白胖子,你是我国外交部的一位司长,别总看列强脸色,咱中国的事中国人自会做主!各省国代拥护帝制,帝制就行得通,就说这位边总司令吧,好像也是来向总统劝进的吧?"边义夫忙道,"是,是,徐次长。"徐次长便又说,"所以,白胖子,你不可反动,你反动下去,日后这司长也许真就做不成了。哦,一万?蕊蕊,你真是坏,为何不报牌?我真是白疼你了。碰上。边先生啊,你怎么是总司令呀?我国陆军部可没有这个职衔呀!"边义夫本能地要起立报告,一想是在牌桌上,才又坐稳了,"徐次长,兄弟早两年曾呈文向陆军部报告过,刘建时师长排挤兄弟,指使手下逆贼发动兵变……"这时,又轮到出牌,边义夫想着徐次长已摊倒了两副万字牌,必是做万无疑,便将手上一副好万拆了献给徐次长,嘴上却说,"五万,徐次长这次不一定吃得上吧!徐次长,您可不知道,刘建时实是欺人太甚……"徐次长放倒了六万和四万,一脸自得,"偏吃上了,还是好吃呢,夹五万。"白司长说,"徐次长,你不好夹的,你堂堂陆军部次长,大男人一个,如何夹得?用啥去夹?蕊蕊和枝枝可以夹,你不可以的。"众人哄笑。蕊蕊和枝枝边笑边骂,"白胖子,你不得好死!让你这种死胖子办外交,我国外交断无希望,还得继续割地赔款。"

　　四圈下来,死胖子没割地赔款,倒是边义夫不断地割地赔款,让枝枝回房拿了两次钱。徐次长因着边义夫在上家伺候得很好,赢得最多,对边义夫便有了同情,对刘建时则产生了恶感。徐次长知心地对边义夫说,"刘建时这人品质不好,口碑也不好,在袁大总统手下当标统时就被人骂,我们部里的同仁皆是知道的。段祺瑞总长对刘建时有个评价,叫做:抓着枪杆子,霸着小女子,搂着好银子,国难时艰俱不知,是个'三子将军'。你们省被他搞得很是不堪啊,许多民众竟食土为生。所以,刘建时每次来我们陆军部吵吵嚷嚷要剿你们新洪这帮叛匪,本次长和段总长都是不许可的。不过,边先生啊,你也有许多不是啊:你和你们两个旅的弟兄受了这么多委屈,为何不来找我啊?为何不来找我们段总长啊?要找,要运动,不找不运动,你有理也没理。这次碰上我,也算缘分,抽个空,我引你去见见总长,把你们西江省的事彻底解决一下,好不好?不要和刘建时再这么闹下去了。闹下去大家脸面上都不好看。刘建时品质虽然恶劣,却不是贼,你边义夫呢,自然也不是匪喽,是匪就不会来向袁大总统劝进了,你们都是总统和总长的部下将领,都要好好拥戴总统和总长,为国家民族效力!"边义夫对徐次长的教训慨然受之,唯唯诺诺,更得徐次长好感。这夜八圈麻将打下来,边义夫输掉了一万三千多块袁头大洋,却赢得了徐次长引见段祺瑞总长的难得机遇。

由徐次长引着拜见段祺瑞先生,是民国四年十一月十二号晚上的事。那个晚上对边义夫来说是永难忘怀的,就是日后为了追求真理而背叛段祺瑞先生,边义夫也从未在人格上指责过自己的这位恩公。是在府学胡同段公馆见的恩公,见面时,段祺瑞先生心情很好。此前段先生和一位日本棋手下围棋,赢了那位日本棋手半个子。段先生贵为中华民国陆军部总长,却一点架子没有。边义夫半个屁股坐在椅子上,看着段祺瑞先生不怒而威的面孔和花白的鬓发,恍然中有了一种找到父爱的感觉。段先生也真像个慈爱的父亲哩,笑称边义夫为"小边将军"。

徐次长介绍说,"总长,这位小边将军很能打仗呢,带兵也有一套,提倡为官者爱兵,为兵者爱民,不扰民,不害民,专为民,专保民。他手下两旅弟兄秋毫无犯,和刘建时那两个旅实有天壤之别,所以,刘建时骂他是匪,我从没相信过。"段先生笑着说,"知道,知道,小边将军怎么会是匪呢?是民国元年第一批陆军少将嘛!光复新洪时亲手开过三炮嘛,是有名的三炮将军嘛!"边义夫应声站起来,笔直一个立正敬礼,"报告段总长,那三炮不是卑职亲手开的,却是卑职下令开的,当时……"段先生挥挥手,"坐,坐,坐下谈,你们部下见我一面不容易,我见你们一面也不容易,今天就和我好好谈谈。听说你治军很严,还阉了不少人,是不是呀?"边义夫又起立,恭敬回道,"报告总长,是三个弟兄违法乱纪轮奸妇女,不严惩无法向民众交待!刘建时就趁机造谣,诬卑职乱阉人!"

段先生收敛了笑容,"阉人总是不好,阉一个也是不好的。军纪国法都没有阉人这一条嘛!这事流传很广,都传到内阁来了,传到陆军部来了,所以,徐次长一说起你,我就想起了阉人的事,就想看看你这阉人将军是什么样子。你小边将军白白净净嘛,不是凶神恶煞的样子嘛!"说到这里,段先生停顿了一下,"当然,你这种治军精神还是好的,老百姓讲究棒头之下出孝子,我们军队呢,我看也少不了厉治之下出精兵。国家军队不实行厉治是不行的,尤其是我们现在的军队,军装一脱就是土匪!有些地方的军队实在是很不像话的,穿着军装和土匪也没什么两样!国家这么穷,民众这么穷,还要拿钱养这些土匪,每念及此,我就痛心不已啊!"边义夫心灵手巧,趁着总长先生痛心不已之际,及时给了冤家对头刘建时一记冷枪,"是的,是的,段总长,您说得太对了!我省刘建时的军队就是这样啊,被民众骂做匪!省城抢劫强奸事件层出不穷,几近地狱,都搞得天怒人怨了!"段祺瑞叹气说,"这刘建时啊,也算得北洋老人了,可北洋军人的优秀精神也太欠缺了些……哦,我怎么听说最近他一直忙着卖大烟,是不是啊?"

边义夫吓了一跳:刘建时卖大烟,他哪里脱得了干系?追根溯源,还不要查到他头上?不得不替刘建时打起掩护,"也许卖了点大烟,段总长,您可能也知道,现在地方上军费吃紧,倒卖大烟的也并不是刘建时一家。"段祺瑞问,"你小边将军卖不卖大烟呀?"边义夫紧张地想了想,"我们禁烟局也处理过一些收缴上来的大烟。"段祺瑞点了点头,"你倒还老实。不过,日后不许再卖了,一两也不许卖了!国家军队贩卖大烟,成何体统!"接下去,又说了些别的,全是段先生说,边义夫听。段先生说,国家正在走向中兴,你们年轻人前途无量;段先生说,他这个陆军总长没有门户之见,只有是非之分;段先生说,国家要倚重军人,军人要体谅国家……段先生说来说去,一次也未说到帝制,更未问及劝进的事。后来,日本国大使到访,边义夫才依依不舍地向段祺瑞先生告了别。

离开府学胡同,和徐次长同车前往八大胡同时,边义夫由衷地向徐次长感慨说,"徐次长,咱段总长太伟大了,那么平易亲切。看到段总长,兄弟禁不住便想起了家父,兄弟命苦,家父英年早逝……"徐次长便也感慨地接了上来,"边老弟,段总长可是我们中国现代陆军之父啊!连袁大总统都惧段总长三分呢!北洋三杰中,我们段总长德望是最高的!也最当得起伟大这两个字!"

又是十日之后,徐次长找到了边义夫,说是段总长对边义夫印象甚佳,已和袁大总统谈定,拟彻底解决西江省的问题,要点有三:一、无合法依据之省军总司令请边义夫不要再当了,当年大都督黄会仁的任命不算数的。二、由中央负责恢复边义夫的合法地位,鉴于新洪的实际情况,设新洪护军使署,由中央直辖,以后和省城刘建时不再存有隶属关系。三、不管新洪有多少兵将,中央只承认一个混成旅建制,边义夫军衔则提一级,由少将晋升中将。徐次长微笑着问边义夫是否满意?边义夫岂止是满意?简直是大喜过望,几乎不敢相信这是真的。段先生乃北洋巨头,自己既非北洋嫡系,又非段先生故旧门生,和段先生仅仅见了一面,竟得了段先生如此器重!直属中央的护军使,差不多就是省级军政长官了,更别说军衔又上了一级。边义夫愣愣地看着徐次长,好半天没说出一句话来。

徐次长又说,"总长对弟寄予厚望,令我转告弟,值此多事之秋,没大事就不要在北京多待了,也不必面见袁大总统和小袁公子了,南方数省密谋叛乱,大总统和段总长都很忙,小袁公子门前是非太多,弟宜速回新洪开署就任护军使之职。弟之简任状即日将由大总统明令发表。"边义夫从这番话里听出了段先生真诚的关爱和呵护,眼里一下子噙满了泪水,"徐次长,请您转告总长,就说兄弟对总长的训导和提携永志不忘,愿生生世世做总长的鹰犬!兄弟和旗下之两旅弟兄从今以后只知有段,不知其他。"徐次长说,"做总长的鹰犬,就是做国家的鹰犬。只知有段不知其他的话心里可以有,嘴上不要说。"边义夫连连点头,"徐次长,兄弟知道,兄弟知道!"徐次长最后又交待,"和刘建时的关系也要注意,不得再寻衅冲突。我和段总长说了,你们就以西江划界,江南是你的防区,江北是刘建时的防区,你们双方要友好协作,不要拆台。总长说了,谁拆对方的台,就是拆他的台!"边义夫又是连连点头,"徐次长,您请总长放心,即便刘建时不顾大局,兄弟也会顾这大局的!总长是兄弟的恩公,总长的训示就是圣旨!"

边义夫想着徐次长此次帮忙甚大,自己马上要走了,便让秦师爷拿出一张一万银元的庄票,接过来双手呈上,"徐次长,此次进京,兄弟原为劝进,并没想到会得此恩宠,兄弟识得次长,实是三生有幸,这点茶水钱不成敬意了。"徐次长没接庄票,"弟不必客气,弟日后只要为段总长多效力,为国家多效力,比送我十万元都好!总长常说,只有文官不爱财,武官不怕死,中国的事才可办得好一些。钱弟收起来吧,我是用不着的。"竟然有送钱都不要的京官!这又是一个意外。边义夫有些窘迫地看着徐次长,再次想到了蛰伏于府学胡同的段先生,暗想:也许只有段先生手下才有这等忠心事国不谋钱财的官员,也许日后之袁氏中国会变作段氏中国,也许命中注定他边义夫要成为段氏中国的长城哩。

边义夫和秦师爷回到新洪,已是十二月初了,袁大总统操纵的国体投票已竣事。各省区一千九百九十三位代表,代表着全国四万万国民,全部赞成君主立宪,竟连一张拥护共和国体的选票都没有,就是说四万万国民全赞成帝制。这种官办民主制造出的高度集中,开创了本世纪选举史上最辉煌最成功的范例。《政府公报》和报纸上劝进书、劝进电也在不断登载,包括由秦师爷力撰边义夫具名的那份华彩劝札亦在其中。发表的劝札上,边义夫的名前已赫然书着简任中将护军使的头衔。这让边义夫十分满意,自认为在这场关乎帝制拥戴问题的政战上,没输给刘建时,倒是得了极大的实惠。举国民意既如此一致地渴望帝制,代行立法院便顺理成章推戴袁大总统为袁大皇帝,袁大皇帝尚未登基,先册封副总统黎元洪为武义亲王,申令清室优待条件永不变更。边义夫看着不断到来的许多《政府公报》,心里总在想:段祺瑞先生能久居人下么?哪一天也能做大皇帝呢?段先生还有没有做大皇帝的机会呢?段先生要做了大皇帝,他才真正从心里拥戴哩!

第七章　省城兵变

三十九

中国的事情实难揣摩。十几天前还举国赞成帝制,十几天后就风云突变了。北京城内袁世凯皇帝的登基大典正紧张筹备时,云南率先独立。蔡锷、唐继尧通电全国,拒不承认帝制,组织护国军誓师讨袁,两广继起响应,各省纷纷独立,护国军大兴。南中国上空战云密布,一时间,枪炮声此起彼伏。列强各国劝告无效,集体抵制,包括暗中支持袁氏的日本在内,俱不承认袁氏已造就于世的洪宪帝国。民国四年短暂而阴冷的冬天过后,袁皇帝被迫撤销了承认帝制案,又从天上回到地下,成了民国总统。南方各省却不给袁总统面子,仍坚持讨伐,护国军的队伍非但未遣散,反日益坐大,公开宣言要罢免袁氏总统之职,南北武装对峙的局面就此形成。袁总统抑或是袁皇帝气病交加,次年,亦即民国五年六月六日一命呜呼。副总统黎元洪继任为大总统。黎元洪一上台便宣布遵守民国元年孙文政府的临时约法,恢复被袁世凯强力解散的国会,下令和南方各省护国军停战,厉言申令惩办杨度、孙毓筠、梁士诒等帝制罪犯,国内政局才稍有缓和。

这时,边义夫已意识到了自己的历史性失足,在《政府公报》上看到新总统惩办帝制罪犯的申令,连惊带愧出了一身热汗,对恰在身边议事的秦时颂连连抱怨说,"师爷害我,师爷害我呀!"秦师爷先还不知发生了啥事,待看罢申令,才知道倡导帝制成了政治犯罪,当即嘴角抽搐，泪水长流，其痛苦之状令边义夫目之心碎。边义夫想到秦时颂拥护帝制乃信仰作祟，出于善良的目的，并无一己私心，况且和小云雀争宠劝进的决断又是自己做出的，不好多怪秦时颂，也就放弃了对帝制罪犯秦时颂的追究。

"——然他娘的哟，"边义夫在护军使署倒刘秘密会议上说，"刘建时是货真价实的帝制罪犯！是本省的帝制罪犯！该犯与袁贼文来电往，勾结甚密，尤其令本护军使难以容忍的是，该犯竟盗用本省两千一百万国民之名，盗用本护军使的名义去投票拥护帝制！在座的弟兄都知道，本护军使立场严正，和刘犯进行过极其坚决的斗争，王三顺就斗得好嘛，代表我九百万军民投了共和一票嘛！本护军使也在新洪《共和报》上发表过拥护共和的演词嘛！所以，我们要密切注意舆论导向，让刘建时那厮去担当本省帝制劝进的罪名。至于本护军使具名发表的那份劝进札，要绝对采取不予承认的主义，那是本省帝制罪犯刘建时搞的鬼！该犯连全省国民的名义都敢盗用，盗用一下本护军使的名义也顺理成章嘛！去年，本护军使奉命赴京拜见段总长时，就向段总长禀报过：帝制绝不可行，段总长很赞赏兄弟这话，夸兄弟大事不糊涂哩！段总长现在不但是陆军总长，又兼署内阁总理了，我们更要去追随，去拥戴！至于省城这位罪犯督军，我们要坚决搞垮他！段总理人格伟大，心地仁慈，不准我们擅造战端，我们就用别的办法去倒他！"

其时，黎元洪下令各省实行督军制，刘建时刚刚被新总统特任为本省督军，边义夫对此极为不满，已准备全方位施展手段颠覆省城刘氏政权了，"刘建时这个督军很坏呀，本省这么穷，袁贼登基之时，他竟孝敬了新洋五万元的拥戴费！本护军使有确凿的证据。弟兄们要通过各种渠道把这件事透露到省城去，要把数字说大一点，可以说这位刘督军送了袁贼五十万！这老狗经常欠下面的饷，一欠就是半年一年,却一把送了袁贼五十万,他的兵能不索饷么?能不兵变么?胡旅长前几天不是说省城二旅有兵变征兆么?"边义夫兴致勃勃布置着,"那就尽快促成省城的兵变嘛,不但是二旅,一旅也要去运动运动,争取把省城搞成一个臭猪圈。还要到省城各界秘密发动,请愿,游行,罢工、罢课、罢市,啥好闹就闹啥。花界要特别注意了,刘建时不是把花捐收到民国二十年了么?收的这些花捐哪去了?现在知道了吧?都孝敬袁贼了!一把就是五十万啊,祸省殃民啊!本省民众还在吃土,这帝制罪犯给袁贼一送就是五十万,请花界受害姐妹们打出'惩办本省帝制罪犯刘建时'的口号请愿嘛!让她们请诛刘贼以谢天下嘛!"

说到动情处,边义夫眼泪汪汪,连他似乎都相信了自己信口说出的关乎"五十万"的胡话。手下弟兄便顺竿子爬,一个个嚷得比边义夫还凶。这个说刘贼给袁大公子送过金佛爷,那个说刘犯要为袁贼造行宫。说得最生动的是受过屁选挫折的王三顺。王三顺拍着桌子,拧着大头,展现着一脸真实生动的义愤,大嚷大叫道,"诸位,诸位,你们听我说:最可恶的是,这个帝制罪犯抢了本省许多民女要往贼宫里送啊,袁贼一死,没来得及送过去,全让刘犯作践了!这贼是十恶不赦呀!边爷,咱不能不管呀!咱是四民主义的队伍,是专爱民、专保民的队伍,省城民众处于水火倒悬之中,咱得把省城民众从水火里解救出来呀!"边义夫神采奕奕,频频点头,"要解救,一定要解救的!三顺同志一说,本护军使想起来了,还有一个工作也要尽快做起来:请省城各界民众多向我们呼吁!驱刘的口号让省城民众代我们喊出来嘛!我们呢,背地里努力主持这场倒刘运动,表面上要保持中立,要不动声色,这样将来就好向北京段总理、徐次长他们交待了。"

暗中主持这场驱刘运动时,边义夫已开始了从地方军阀向未来高等政客的实质转变。高等政客们台上握手台下踢脚的那一套,边义夫已在孜孜不倦地努力学习了。因而,驱刘运动在私下搞得最紧张的时候,恰也是边义夫和刘建时表面关系最好的时候。双方恶语相向,互揭疮疤的激烈电战停止了,和平的罂粟花盛开着,地产烟土的贸易规模进一步扩大,刘边两地经济高速增长,大狗牌烟土畅销西江两岸。省城刘建时的一旅、二旅和新洪边义夫的三旅、四旅来往频繁,相互观操,还比赛过几场篮球。高层来往也实现了:六月中旬,刘建时在自己卫队密切保护下,陪同前来西江省巡视的徐次长率先访问了新洪,受到了边义夫和新洪护军使署袍泽弟兄的热情款待。徐次长对此表示满意,再次代表段先生要求一老一少二位将军捐弃前嫌,携手并进,共创西江省和中华民国美好明天。刘建时也做出姿态,当着徐次长的面邀请边义夫于方便的时候对省城进行友好访问。

八月初,边义夫携二太太赵芸芸并几十号文武应刘建时之邀,对省城进行了为期五天的友好访问。刘建时为表示携手共进的诚意,破格接待,亲率府上新老十位太太倾巢出城,予以欢迎,并在督军府大摆宴席,为边义夫接风洗尘。刘建时在欢迎演词中称边义夫为边少帅,赞少帅年轻有为,以四民主义建设新洪,新洪并西江南方广大地区大有希望,要和边少帅建立战略伙伴关系。边义夫对建立战略伙伴关系的友好建议大为赞赏,一口答应,并在热情洋溢的答词中称刘建时为刘老帅,夸老帅老骥伏枥,志在千里,省城并西江北方之广大地区前程远大,不可限量。对最为痛恶的本省帝制女罪犯小云雀,边义夫恭称为八嫂。在保民股份公司参观时,即诚恳建议八嫂将每箱地产烟土的抽头再多提一些,不要让省禁烟司赚得太多。边义夫慷慨许诺说,新洪方面可以借口通货膨胀,以计划性提价的名义为之掩护。小云雀大为高兴,直说边弟知人冷暖。边义夫投之以桃,刘建时便报之以李,送了边义夫十盒美国最科学的胶皮套套,请边义夫带回去好生享用,还建议边义夫在其控股的刘吴记橡胶制套工厂投资一二,共谋发财与发展。

刘建时指着自己年方十六的十太太吴飞飞,颇为自得地向边义夫介绍,"边少帅呀,这便是刘吴记橡胶制套工厂的董事长兼总经理吴飞飞小姐,你十嫂。刚被一致补选了省议会议员,也算是最年轻的议员了。年轻么,头脑就灵活,仿造美国胶皮套很有些办法,生产销售形势都还是不错的。你边少帅投个五千元、一万元,当年就能收回成本。"边义夫敷衍道,"刘老帅,你是知道的,新洪是穷地方,兄弟是穷护军使,哪有钱投资呀!"吴飞飞便小妓般媚笑着,用那奶味未脱的声音无遮无拦地说,"边少帅,那你可以帮我推销呀!你当着新洪护军使,手下有那么多兵,得多少鸡巴呀?少说也有五六千根吧?不套起来可不得了呀!得生出多少野孩子呀?我可是有切身体会的——"白嫩的小手指了指刘建时,毫无尊重的意思,"去年这老东西在省立第三小学瞄上了我,硬把我搂到他的花车里,只戳了我一次就戳大了我的肚子,让我在学堂里生了个死胎。学也上不成了,只能做他十太太,做省议员。"边义夫哭笑不得,婉拒道,"我的小嫂子,你可能不清楚,我的弟兄虽有鸡巴,却不敢乱戳,我有军纪哩。"吴飞飞又拍手大叫,"我知道,我知道!我家老东西说过你的好事,你尽割人家当兵的鸡巴,说是有一次割了三百多根,当场撑死了二十多条狗,是不是?"刘建时厉声阻拦,"飞飞,你真是太不像话了!当面造我的谣!我何时说过啊?!"吴飞飞毕竟只有十六岁,不懂政治,仍是大叫大嚷,"刘建时,你别赖!你就说过,就说过!是在九太太和我和你,咱们三人同床干那事时说的!我记得清哩……"边义夫实是隐忍不住,哑然失笑起来。刘建时恼火透顶,抬手给了吴飞飞一个大耳光,这才让自己的十太太住了嘴。

在省城访问期间,边义夫还秘密会见了省军第一旅旅长陈德海、第二旅旅长周洪图,对可能的兵变有了进一步了解。据这二位旅长说，刘建时的昏聩已到了令人难以置信的程度。从旅团营长到士兵的军饷全欠了近一年，弟兄们已是两年不识肉滋味了，最近闹了一下，才发了些臭烘烘的猪大肠给弟兄们改善生活。二位旅长去诉苦，求刘建时多少给点钱，刘建时却说，省城的婊子就这么多，花捐都收到民国二十年了，老子有啥办法？！边义夫深表同情，建议他们将此事禀报陆军部促成解决，并当场奉赠二位旅长每人大洋一千元，聊解无米之炊。

两位旅长隐去后，省城天理大学教授，著名屁翁郑启人先生又影子般闪到边义夫面前，对吴飞飞当选省议会议员，并在省议会大肆兜售胶皮套一事极表愤怒，"边护军使，这是何等之荒唐啊！兄弟游学列强十四国，俱未见过如此荒唐之景致啊！十六岁还带一身奶味的小学生竟做了省议员，竟和兄弟这游历过列强十四国的著名大学教授同堂议政，竟还是一致民主补选上去的！竟在堂堂省议会之庄严所在卖那专套生殖器官的套子，竟说是优惠服务于省议员，以免梅毒传播！议会斯文扫尽，本省斯文扫尽呀！边护军使，您不但要护军，也要护民护省啊，本省断不能再容刘建时这帝制罪犯蹂躏下去了！去年，兄弟曾和护军使派来的代表王三顺先生联合一致，向帝制罪犯刘建时发起过极为严峻的斗争，想必护军使是知道的吧？"边义夫点头道，"兄弟知道，都知道！三顺同志回到新洪禀报过，说是您郑教授极其正直无畏哩！兄弟以为，以教授之正直无畏，应做议长才对！"郑启人眼镜片后的两只小眼睛一下子奇亮无比，"边护军使，您对省城政治之洞察入木三分，您过去说得对呀，省城是屁选，屁选之下安有好卵？兄弟又如何选得上议长呢？兄弟就是游学列强二十四国也是无用的！刘建时这帝制罪犯只用奴才不用人才啊！"边义夫心想，你这屁翁就是好卵了？你他妈算哪一国的卵人才？嘴上却好言安慰，"快了，快了，待兄弟应你们省城各界民众的吁请进了省城，必得实行真正的民主！凭郑教授游学列强十四国的资格，当选议长当有绝对把握！现在教授一定要继续斗争，为民主而斗争，要把驱刘的口号英勇地喊出来！要向北京黎大总统发电，向段总理多多发电，请诛本省帝制罪犯刘建时以谢省民！"

结束友好访问，边义夫对访问成果进行了深刻的总结和解剖，对王三顺、胡龙飞、查子成、秦时颂等军内高级领导干部说："刘建时这帝制罪犯死到临头了，却还亡我之心不死！该犯大造老子的谣言，竟然造到他小老婆十太太的床上去了！该犯荒淫无耻，竟然又娶了个十六岁的小太太！竟然是个小学生！竟然经常和几个太太同床淫乱——弟兄们不要去羡慕，尤其是王三顺要注意了。王三顺，你不要冲着我笑，你是个淫棍，你要注意，我警告你，你不要去乱羡慕。你的鸡巴要敢违反四民主义真谛四处乱戳，我边义夫认识你，四民主义的军纪不认识你——从这次友好访问的情况来看，省城正大踏步地向臭猪圈方向前进。刘建时只爱银子和女子，不爱兵，不爱民，已是天怒人怨。天理大学那位屁翁教授主动找了我，想当省议长，我就嘱他好好去闹民主，去发动驱刘运动，吁请我们开进省城！周洪图、陈德海这些军官要想拿到刘建时的欠饷，就得早日发动兵变！"边义夫愉快地挥着手，"弟兄们，都准备到省城臭猪圈里牵猪去吧！"

四十

省城的民主运动发端于郑启人教授的长篇雄文《从帝制闹剧看独裁本质，兼及兄弟对本省时局的几点浅见》。雄文刊载于八月十六日的《天意报》，矛头直指督军刘建时，暗喻刘建时乃本省帝制罪犯。郑文隐晦，称刘建时为"某老汉"，道这"某老汉"玩本省议会，本省民众，本省军队于股掌之间，操纵选举，强奸民意，依附袁贼。郑启人在文中以知情者的口吻透露说：本省经济早已崩溃，财政年负一年，军队欠饷,百姓吃土,该老汉却将敲骨吸髓榨取的五十万大洋献给袁贼,以做晋身之阶。因此,郑启人表达了自己的"浅见":本省再也不能让该老汉如此蹂躏下去了,各界民众应奋起自救,发出愤怒的吼声,让该老汉带着他的姨太太们从本省滚出去,还省政于议会,还军饷于官兵,还食粮于民众。

雄文一发,省城震动,天理大学和省城各校园率先沸腾,当日下午即有学界师生逾三千人走上街头,响应郑启人教授的英勇号召,发出了愤怒的吼声:"杀帝制罪犯刘建时以谢省民!""还吾民脂膏血汗,决死追讨本省五十万元!"当日晚,即有花界妓女也拥到督军府门前群访,打出的标语同样和五十万元有关:"请退花捐五十万!""督军富裕姐妹穷,恳请缓征民国二十年后之所有花捐!"

刘建时被这突然而至的"民主运动"弄得晕头转向,直到天黑透了,才想起戒严。当夜十二时在督军府召开戒严大会,刘建时拍着桌子公然大骂,"日他祖奶奶!谁说老子给袁世凯送了五十万?啊?天理大学的郑启人是动乱黑手,是造谣,是唯恐天下不乱!日他祖奶奶,老子有这五十万不会留着自己花?不会再娶几房姨太太?这个动乱黑手要抓,要杀!《天意报》要封掉!"当夜,《天意报》报馆被暴力捣毁,主编主笔以上之文员全被逮捕。有的是在报馆抓到的,有的是在家里抓到的。天理大学被包围,军警和学生发生肢体冲突,学生死了三人,受伤一百余人。始作俑者郑启人教授却没抓到。郑启人教授在军警包围天理大学之前,已在边义夫的安排下安然逃到新洪禁烟局驻省城办事处,由该处情报人员武装保护,连夜送往新洪。过了西江,得知学生们死伤惨重,郑启人教授欣慰地笑了,深刻指出,"民主是需要付出代价的,是必须流血的,现在终于流血了!"

流血事件就此不断,省城陷入腥风血雨中。九月二十四日,《天意报》主编段双轮以煽动叛乱罪被处绞刑,另有主笔、社董六人被处五至十年徒刑不等。绞决段主编时,天理大学再度爆发骚乱,两千多号学生强行冲出校门,为段主编并死难学生举行追悼大游行。刘建时要军警"格杀勿论",军警因欠饷问题迟迟不得解决,公然抗命,拒绝再度开枪。情急之下,刘建时派赵侍卫长带着省军卫队前去镇压,结果,又有二十一位学生倒在血泊中。目睹此等惨景,二旅旅长周洪图再也按捺不住了,派亲信随从便装过江去向边义夫讨主张。边义夫的主张和周洪图不谋而合,决不能再向学生、民众开枪,要顺应民心民意,伺机兵变,武力驱逐帝制罪犯刘建时。这一来,民主运动开始向兵变方向发展,趋势不可逆转。

然而,想不到的是,这兵变发生得却太突然,也太出乎大家意料之外了。不说刘建时、边义夫没想到,就连处心积虑准备实施兵变的周洪图也没想到。起因竟是在烟土上!因着省城民主运动的日益高涨,九月二十七日,刘建时不得不从保民公司拿出一批库存烟土,充做军饷发给两旅弟兄。烟土发到各连后,各连没法处理,又都纷纷卖给了小云雀的保民股份公司。发烟土时,是按二十四块袁大头一箱算的饷,保民公司往回收时,对折给现钱,只十二块袁大头一箱。周旅的三团没生什么事,四团团长左聋子却在九月二十七日上午十二时许气冲冲找到旅部来了,问周洪图,"周旅长,这一箱烟土合多少大头呀?"周洪图说,"合二十四块呀,你嚷啥?"左聋子仍是嚷,声音又大了许多,耳朵也凑到了周洪图面前,"周旅长,你再说一遍,合多少大洋一箱?兄弟耳朵聋,没听清!"周洪图明知左聋子装聋,却也不好点破,又大声重复了一遍,"二十四块大洋一箱!"左聋子这回算是听见了,眼皮一翻,"那小云雀的保民公司咋按十二块收呢?它咋不二十四块往回收?"周洪图心里也有气,"左团长,这你别问我,有能耐你找刘督军去!你不是不知道,小云雀是刘督军的八姨太!能把这些烟土发下来,还是我和一旅陈旅长说破了嘴皮子才求得的!"左聋子没再说啥,骂了句脏话,转身走了。周洪图以为这事就算过去了。不曾想,过了没一小时,大约过午一点,城南方向响起了排枪声,一阵紧似一阵。城南并无二旅的驻军,周洪图心中一喜,以为是第一旅弟兄起事了,正要派人去找陈德海打听。底下的报告来了,说是左聋子反了,带着四团的弟兄占领了保民公司,开枪打死打伤十几个人,连保民公司董事长兼总经理小云雀也被流弹击伤了屁股。这边报告未毕,那边督军府赵侍卫长带着刘建时的手令过来了,要周洪图会同一旅陈德海即刻剿灭左聋子团的叛兵。周洪图沉思片刻,既没说剿,也没说不剿,只说要和陈德海一起先见刘建时。

到督军府见刘建时正好两点,一旅旅长陈德海已先到了,正红着眼圈和刘建时说着什么。刘建时一副怒不可遏的样子,挥着那杆部下们见惯了的银烟枪,在会客厅里老狼似的走来走去,又喊又叫。一见周洪图,刘建时便大睁着灯笼般的眼劈头问道,"周旅长,你是不是也反了?你看看你手下的兵,叫兵吗?全是匪!连我八姨太的保民公司都敢抢!你狗日的咋不去给老子剿?还跑来找我干啥!陈德海不听我的,你也不听我的吗?!"周洪图这才知道,一旅旅长陈德海已拒绝了刘建时的命令,提到喉咙口的心才放下了。

这时,陈德海仍跟在刘建时身后,好言好语地劝,"刘督军,您老人家得爱兵啊!没有兵,您老人家就是掠到再多的银子也靠不住呀!您又不是不知道,现在城里在闹民主,咱们不能再逼弟兄们走绝路了……"刘建时根本听不下去,甩起手上的银烟枪,恶狠狠打到陈德海的脑门上,陈德海脑门上当即鲜血爆涌,"陈德海,我日你祖奶奶,你狗日的还不给我住嘴!"陈德海捂着血淋淋的额头,坚持说到底,"刘督军,兄弟这队伍已经不好带了,兄弟就是把队伍拉上去,弟兄们也不会打左聋子的四团,会掉转枪口打咱们这些当官的!刘督军,今天你非选择不可了:究竟是要兵,还是要银子,要女子?要兵,你就得杀了你八姨太小云雀平息众怒,小云雀的保民公司实是太黑了呀!"刘建时一听要杀自己最会捞钱的八姨太,火气更大,气汹汹地又举起了烟枪。

周洪图实是看不下去了,上前架住了刘建时的手,冲着陈德海吼道,"陈旅长,你还说啥呀?现在是讨论问题的时候么?刘督军既让咱打,咱就去打,别再多说了!快走快走!"刘建时马上叫,"对,就是一个字:打!老子既要女子,也要兵!周旅长、陈旅长,你们去向弟兄们传老子的话,打得好,灭了左聋子的叛兵,每人赏二两地产大狗!"陈旅长直到那一刻还没起心兵变,又劝刘建时,"刘督军,都到这份上了,您还赏地产烟土?就不能赏点现大洋?"刘建时挥了挥手上的烟枪,"地产烟土不也是现大洋么?卖不出去的全让保民公司收回就是!"

出了督军府大门,钻进陈德海的汽车里,周洪图马上对陈德海说,"刘建时这老东西已经疯了,我们再和他说啥也没用。陈旅长,现在我们只有一条路可走:包围督军府,逮捕刘建时!"陈德海怔了一下,"周旅长,这就是说,你我两旅弟兄一起参加兵变?"周洪图点头道,"这叫官逼民反,不反也得反了!"担心陈德海害怕,又补充了一句,"也不能算反,就是武装索饷嘛,去年东江省军队也和麻督军闹过的。"陈德海还是怕,"这一来,中央不要怪罪么?事后向陆军部咋交待呀?万一定咱个叛乱罪就坏了。"周洪图早已打定了主意,"我们稳当点,不杀刘建时,也不自作主张,电请新洪护军使边义夫率部入城收拾局面!边义夫不是寻常角色,和陆军部徐次长、内阁段总理都有关系,看那意思也想做这督军——不想做督军,他一人送我们一千大洋干啥?文来电往和咱套近乎干啥?咱就拥戴边义夫来做督军!我看边义夫比刘建时高明,起码知道爱惜部下,爱惜为他卖命的弟兄。至于咋处置刘建时,我们就让边义夫说话,日后有麻烦也算他的!我们既不当这个督军,就不担这个责任!"陈德海想想,也实无更好的办法了,便同意了周洪图的主张,只强调说,"局面得想法控制住,决不能让弟兄们在省城乱来,千万别把咱这两旅官军变成了一群土匪,省城现在已经乱得像猪圈了。"

周洪图说,"那是,我们要和弟兄们说清楚,这是索饷,一定不得骚扰无辜百姓!还有就是,我们现在要支持民主运动和请愿活动了,让各界放开手脚好好闹下去!他们闹才真正叫官逼民反呢!"陈德海捂着仍在流血的额头,应道,"是的,这话我早就想说了:刘建时简直是屠夫!就冲着他打死这么多学生,就不配再做这个督军了。"周洪图接了一句,"就冲着甩你这一烟枪,你我也不能再拥戴他做这督军了!"两个旅的兵变在短短五分钟里就这样由两个旅长匆匆决定了。

九月二十七日下午三点左右,省城的大混乱开始了。两个旅的武装弟兄从各自的兵营中潮水般冲上大街,像突然从地下冒出的蝗虫,一时间铺天盖地。全城各处同时响起了惊天动地的脚步声,不少地方响起了密集的枪声。虽说周洪图和陈德海都反复交待不准骚扰百姓,可穷疯了的弟兄哪管这一套?几乎是跑到哪里抢到哪里,见一个店面抢一个店面,说是自己给自己发饷。带不走的饷——那些笨重物件,便用枪弹去射,用刺刀去捅。整个省城在枪击声、脚步声、马蹄声、叫骂声、哭号声等等的磅礴交响中,势不可当地迅速向臭猪圈方向前进。占领了保民公司的左聋子最是无耻,一见城中大乱,当街武力征用了各式轿子,并那东洋车、脚踏车、平板车,甚至婴孩车去装运保民公司的库存烟土。运罢,一把火烧了保民公司。保民公司并非孤立存在,两边皆是店面,俱也烧了起来,半条街烈焰翻滚,浓烟如云。周洪图、陈德海一看不妙,派出执法队开枪镇压,当街枪毙十三名劫犯,才于五时前后初步止住这场极大的混乱。

六时许,死灰复燃的《天意报》和《民意报》同时发出号外,声称省城发生革命，周、陈二旅长顺应民主潮流，在民心、民意的拥戴下，已武装捕获祸省殃民之帝制罪犯刘建时。七时许，压抑已久的民主获得了总爆发，全城各界大游行开始。民主斗士郑启人先生尚在新洪避难，来不及赶回来参加革命，天理大学便推出新洪籍学生沈人杰为领袖，率学界两万学子提灯游行，并向周洪图、陈德海递交了《学界求诛刘建时，敦促边义夫护军使赴省城为督》的请愿书。是夜，出现在督军府门前的游行、请愿团体多达百余，连省议会也组织了议员团参加请愿，强烈要求将小云雀、吴飞飞等刘建时的六位太太议员逐出神圣的省议会。督军府门前的庙前大街被堵得水泄不通，四处流火四处灯，景象极是壮观。

　　成了俘虏的刘建时仍是虎死不倒架。挥着烟枪冲着周洪图和陈德海一口一个"日你祖奶奶"，一口一个"叛逆"，大骂不休。几次骂得兴起，还试图对陈德海额头再敲上一枪。周洪图怕烟枪伤人，让自己的卫兵硬夺了下来。刘建时便不顾身份地耍起了无赖，倒地大哭，声言不活了，要吞烟自杀。周洪图也不客气，当场取了大狗牌烟泡两颗，请刘建时吞将下去。刘建时接过大狗牌烟泡不去吞，却往地下踩，边踩边骂，"老子偏不死，老子得让你们这些叛逆去死！日你们祖奶奶，边义夫这杂种都不敢给老子来这一手，你们竟敢兵变！"陈德海不承认这是兵变，说是索饷。刘建时便又看到了一线希望，说，"要钱老子真是没有，烟土保民公司倒还有不少，全是上等大狗，品质一点不比云南大鸡差！刘吴记橡胶制套厂还有些没销出去的胶皮套，质量也是说得过去的，你们都可以拿去卖，卖了的钱全算你们的！"周洪图讥讽说，"算了，你留着吧！大狗这么好，我等岂能夺爱？尤其那套鸡巴的胶皮套子，你更用得着，你太太多嘛！"刘建时还以为这是场可以讨价还价的谈判，又和周洪图、陈德海商量，"周旅长，陈旅长，你们看这样好不好？你们别闹了，我让你们一人在保民公司入点股，跟老子一起发点小财!"陈德海叹息说,"刘督军,兄弟真不知道你是咋想的,你听府门外民众的吼叫声,本省各界要杀你这个罪犯以谢省民,你还和我们来这一套! 就是我们放过你,门外的各界民众也放不过你!"刘建时这才怕了,"你们要杀我? 你们敢杀我? 我是你们的老长官了!"周洪图笑道,"所以,我们不杀你,只代表弟兄们问你讨欠饷,杀不杀你由边义夫来定! 我们已发电给边义夫了,请他来省上做主。边护军使做主杀你,我们不拦;边护军使做主放你,我们放行。"刘建时又耍起了无赖,倒地大哭,"我日你们祖奶奶,你们引狼入室! 你们借刀杀人……"

四十一

接到周洪图、陈德海具名的邀请电,边义夫兴奋难抑,在避难斗士郑启人和王三顺、胡龙飞等人的热情怂恿下,当夜便想应邀率部开赴省城,去救省城民众于水深火热。师爷秦时颂及时阻拦了,不冷不热地问边义夫,"周、陈二位旅长来了邀请电,省城各界的邀请电也来了么? 人家各界绅民派代表来新洪请你了么?"边义夫不知这话是啥意思,看着秦时颂,努力寻求答案。秦时颂并不直接说出答案,把晦涩的长脸一拉,以陆军部徐次长抑或是内阁段总理的口气责问道,"边护军使啊,周、陈二位旅长为啥要邀请你进省城啊? 兵变之前,你知不知晓啊? 想做督军就搞叛乱吗?"边义夫怔了一下,马上会意了,"对,对,要少安勿躁! 少安勿躁! 举大事须得心定神定。我知道的。"秦时颂呵呵笑了,"这就对了,时下须得以静制动。你静下来等两天,这督军的位置也跑不了。周、陈二位现在已势成骑虎,他们如想做这督军,也能做得上这督军的话,断不会来电邀你去主持军政的。你现在不去,一则显示你和这场兵变没关系,内阁和陆军部就不能加罪;二则也向本省各界民众表示,你并非一个想抢地盘的军阀;

三则可借周、陈之手除掉刘建时——你现在去了,拿刘建时如何办?杀还是放?杀他又如何向上交待?"边义夫心悦诚服,连连点头,"对,对,秦师爷,我看还有一个好处哩,就是吊周、陈二位旅长和省城各界的胃口,吊得他们急了,我这救星才当得稳,日后对周、陈这二位旅长也好指挥。"于是,当即回电周、陈,对"索饷事件"的不幸发生,表示充分的理解和同情,嘱其维持城内秩序,保持社会安定。对自己是否应邀赴省城一事只字未提。同时,急电陆军部徐次长,声称刘建时大肆搜刮民财,枪杀数十名无辜学生,在省城激发大规模动乱,大批难民蜂拥逃过西江,翻船落入江中溺毙者甚众,情势极端严重,请示善后办法。

然而,对邻省野心甚大的督军麻侃凡,边义夫却不敢掉以轻心,当夜命令四旅胡龙飞的西江守军在西江南岸向上游东江省方向戒备;命令王三顺任三旅代旅长,率三旅挺进西江,组织前敌司令部,以郑启人教授为向导和内线,做好随时过江接收省城的准备。不料,就在这时,麻侃凡的电报到了,电称:

> 惊悉贵省省城发生兵变,腥风骤起,血雨飘飞,生灵涂炭,在此间做客之贵省大都督黄会仁先生极是焦虑,泣请我东江省军前往救援。事关国泰民安,且虑贵省乱祸蔓延我省,弟拟征得陆军部同意后,就近派兵一旅前往平乱安民,恐贵部生发误会,先予周知。

边义夫看罢电报就急眼了,怪秦时颂误他,又要连夜进军省城。秦时颂仍是坚决地阻拦,"不可!万万不可!边先生,刚才你还说要心静神静,如何又静不下来了?你想想:不经徐次长和段总理同意,麻侃凡敢把一个旅派到我们省城来么?而徐次长和段总理又如何会

第七章 省城兵变 ///213

同意麻督军的队伍开到我们省来呢?麻侃凡、黄会仁均非北洋旧人,亦非段之嫡系,且和南方孙文藕断丝连,徐次长、段总理岂会让他们插手我西江省事务?中央要派也只能派你,你是西江本省军队,新洪护军使署又是中央直辖,你急个什么呢?!"边义夫虽觉得秦时颂说得有道理,心里还是百爪挠心,就如同对着一块好肉,别人的眼睛已盯上了,自己却要强忍着不吃,感情上实是做不到,只得苦笑,"秦师爷,你说的道理都不错,可我静不下来呀!"秦师爷拿出围棋,"和我下棋吧!"边义夫不想下,又拿起麻侃凡的电报,说了起来,"秦师爷,你看看,这麻督军意思很明确呀,两点:其一,想进省城,趁机把他的势力扩大到我省;其二,把我当作了他的对手,所以才先礼后兵,叫我不要误会。"秦师爷已摆好棋盘,"所以,咱们下棋。我原来还想,你边先生该咋去对陆军部禀说这进军省城的正大理由,现在不要你来说了,麻督军已代你向陆军部说了。陆军部接到麻督军的电文,就会疑到麻督军、黄会仁和兵变的关系,就更不会让麻督军进我们省城了。来,边先生,咱们就一边下棋,一边等着陆军部的电令和省城各界代表来请吧。"

嗣后的局势发展证明,秦时颂说准了。只要和皇帝无关的事,这位进士爷的判断总是很准。次日上午,省城方面来了三批代表,第一批是省议会议员团,第二批是省城各界绅耆代表团,第三批是陈德海亲自带队的兵变军人恳请团。

三批代表光临时,边义夫都让秦时颂和手下弟兄接待,声称自己太忙,须得处理急待处理的要务。议员团赶到时,边义夫的要务是教训新洪禁烟局总办毕洪恩,令其进一步严厉禁烟,将收缴到的烟土当众焚毁。边义夫态度激烈,声音很大,在会客室等候的议员们全听到了,议员们想着刘建时以烟害民祸军,心里无不赞叹边义夫官格人格之双重伟大。绅耆代表团莅临时,边义夫办的要务是布置发还当年的讨逆公债,谆谆告诫军需局长,民为国本,举凡军人均要爱惜民财、民力,要将债款一一亲自送到债权人门上,并致护军使署表彰状和自己的照片一帧,以示感谢。绅耆们都受了感动,以为民为国及那民财、民力便是边义夫的四民主义,纷纷不约而同地信仰了四民主义。

陈德海兵变军人恳请团赶到时,边义夫办的要务是批发民国五年十月的军饷,一箱箱大洋被一位位弟兄热汗淋淋地从庶务处地库扛出去,装到车上拖走了。陈德海问发洋的庶务处长,这发的是哪个月的饷?庶务处长说,"十月份的嘛,我们新洪护军使署从没拖过弟兄们一天的饷!我们边护军使又没养十个太太,几十个孩子!在桃花山最困难的时候,边护军使把家里九百两银子全拿出来劳军,连自己的马都杀给弟兄们吃了!"陈德海听罢,泪水直流,仰天长啸,"刘建时,你这帝制罪犯不垮台没有天理啊!"

忙罢这些"要务",边义夫才笑呵呵地集体接见了省城这三批求他去做督军的代表们。这真是人生最幸福的时刻,这么多人求你去做官!你不去就是不给人家面子,就是不顾民众死活!真是没办法呀,真是!边义夫压抑着心中的极度愉快,冲着众代表摊手苦笑,"兄弟是中央简任官员,不能随意行动。对本省各界这番盛情,兄弟心领了,兄弟感动了,兄弟向诸位,也向本省两千一百万善良而伟大的省民鞠躬致敬了。然他……的哟,兄弟尊重民意,尊重诸位,也要尊重中央啊!诸位知道,兄弟是当今内阁段总理的学生,是陆军部徐次长的朋友,段总理和徐次长没命令,兄弟岂能自说自话随你们到省城去呀?"

陈德海和代表们便七嘴八舌说:各界已给中央发了诸多吁请电文,都是要请护军使北上省城主持军政的,中央必已知晓。边义夫仍是摇头不止,"可兄弟没接到中央赴省的电令啊!"陈德海急了,"边护军使,您若再迟迟不动身,兄弟就怕东江督军麻侃凡兵临省城啊!麻督军一直想插手我省事务啊！一直想让原大都督黄会仁来当他的傀儡督军啊！"这话触到了边义夫的痒处，边义夫不推了，脸一拉，毫不含糊地道，"那我问你：你和周旅长手中的枪是吃素的么？能看着麻侃凡的客军进入本省省城么？能看着黄会仁这卖省求荣的贼人替麻侃凡做伪督军么？连省人治省的基本道理都不懂？你也要卖省求荣呀？"陈德海直抹头上的冷汗，"麻督军的队伍真过来了，我和周旅长当然要坚决打！可边护军使，您想必也知道，我们这是什么队伍呀，欠饷欠了一年多，谁还愿卖命啊！"边义夫挥了挥手，"只要你们武装护省，军饷赏金本护军使俱可如数拨付！陈旅长，你回去告诉省城的弟兄们，本护军使决不会亏待任何一位爱省保境的弟兄……"

也是巧，就说到这里，陆军部徐次长亲自具名的电令到了，边义夫接过来看了看，便要电报兵当着陈德海和众代表的面念，电报兵便念了：

新洪护军使边：绝密。十万急。尔电收悉。省城非民变而乃兵祸，背景离奇，恐与东江麻某、黄某有关，待查。尔部近在隔江，何以如此不察此等情势？有负段总理厚望矣。现令尔火速率部进驻省城，即行兼署督军职，厉查兵祸，平乱安民。段总理昨谕：刘建时昏聩贪婪，酿发兵变，革职查办。兵变祸首陈、周二人，尔可先行相机处置，俟内情澄清后再做决断。总理、总长、国家皆寄厚望予尔也。

电令念罢，代表们一片雀跃欢呼。护军使署大客厅势同沸粥。许多议员、绅耆泪水直流。兵变祸首陈德海却白了脸，呆呆地立在边义夫面前，神色茫然。边义夫满面笑容，双手高举，频频向欢呼的代表们挥手致意，待得沸粥复如止水，方才宣布道："中央既有明令，各界如此厚爱,兄弟无话可说,兄弟是军人,军人以服从命令为天职,即刻率部赴省,救民于水火!"代表们又是一阵更加热烈的欢呼。

边义夫注意到兵变祸首陈德海神色很是不安,便又拉过陈德海,安慰说,"陈旅长,你不要怕,也不要胡乱去想,中央尚不知索饷实情,麻侃凡别有用心,肯定又向中央进了不少谗言,中央对你和周旅长许是有些误解。好在是兄弟相机处置,这就好办了,兄弟保你和周旅长平安无事!兄弟就是拼着得罪中央,得罪段总理和徐次长,也得为你和周旅长争个公道!刘建时是找死啊!此贼不死,省无宁日!你们是顺应民心干了件大好事呀!"陈德海大为感动,膝头一软,当着众多代表的面就要往地下跪,"边督军,兄弟和周旅长日后就靠您了!"边义夫奋力搀起陈德海,"陈旅长,起来,不要这样,你和周旅长靠兄弟,兄弟靠谁?不还得靠你们各位袍泽么?兄弟爱护你们这些袍泽,你们要爱护手下的士兵,而我们的士兵呢?则要爱国爱省爱民!如斯则国可强也,省可富也,民可乐也。"这话不但打动了陈德海,也打动了在场的每一位省城代表。一位仁义将军和一支仁义之师的巍然形象,在未进省城以前便兀然耸立于省城代表们的面前。

四十二

边义夫的队伍是唱着雄壮的《满江红》,打着"不扰民,不害民,专为民,专保民"的丈二红旗进的省城,时为民国五年九月二十九日上午。那日,劫后之省城万人空巷,欢迎边军的省城民众多达十万,从聚宝门经共和大道一直迤逦至庙前街督军府门前。边义夫一身戎装,骑在一匹枣红马上,不时地揭下军帽向大街两旁的民众摇动致意。为边义夫牵马扶蹬的,恰是那三等马夫钱中玉。途经三堂子街"怡情阁"大门前,一些认识钱中玉的姐妹便惊奇,见那当年常吵嚷着剿匪的钱旅长也穿着四民主义的军裤,且为其欲剿之匪边义夫牵马扶蹬，便喳喳议论起来，道是这新来的边督军厉害无比，法力无边，什么妖魔鬼怪都能降服。还有几个或识得或不识得新督军的姐妹，向马上的新督军飞着爱意无比的吻，娇叫着，要新督军得空来耍。边义夫全当没看见，也没听见，只把手上的军帽笼统地冲着"怡情阁"门前一挥，便把目光转向了别处，很神圣的样子。三等马夫钱中玉小心地提醒说，"边督军，姐妹们在唤您呢！"边义夫脸上笑着，脚下使狠，在钱中玉头上踢了一脚，又把手中的军帽扬向了"怡情阁"对面的肉饼店，冲着肉饼店老板继续表演自己的神圣。

　　进了督军府，见了一脸沮丧且老迈不堪的前督军刘建时，边义夫的心情益发愉快，极是和气地上前问候道，"刘老帅别来无恙乎？"刘建时"呜呜"哭了起来，眼泪鼻涕都下来了，拉住边义夫的手，就像抓住了一根救命稻草，"边少帅，别提了，别提了，我这儿有恙啊！日他祖奶奶，他们兵变呀，把我关在这里两天了，连大烟都不许我抽！"边义夫马上问身边的一旅旅长周洪图，"周旅长，你们怎么不许老帅抽烟呀？就是明天杀头，今日也得让老帅抽个够嘛！你们是老帅的老部下了，又不是不知道，你们老帅除了女子、银子，也就好这一口嘛！"周洪图解释说，"边督军，不是兄弟不许这老狗抽，是这老狗太凶恶，甩着烟枪乱打人，连陈旅长都被打了。"边义夫不听，命令道，"去，给老帅把烟枪拿来，让老帅抽，烟也拿好的，拿特制大狗！你看看，老帅现在有多可怜，又是眼泪又是鼻涕的，如何与我谈公事？"周洪图觉得也是，便没再多言，出门去拿烟了。

　　周洪图去拿烟时，刘建时可怜巴巴地看着边义夫，"边少帅，你不是要杀我吧？"边义夫说，"刘老帅，你是中央特任的军政长官，兄弟岂能随意杀你？段总长只说对你革职查办。"刘建时道，"这我知道，我认了，我还是怕有人要杀我呀！周洪图这逆贼说了，我一出督军府的大门，就会被人撕碎。"边义夫像安慰一个吃了惊吓的孩子，"不怕，不怕,总是有我在嘛!"刘建时这才放了些心,"边少帅,那老哥和你十个嫂子就拜托兄弟你了,老哥也老了,就是手下这些逆贼不兵变,老哥也不想干下去了。不是老哥现在讨好你,兵变前几天,我还想向中央荐你为本省督军哩!不信你去问你八嫂小云雀。"边义夫笑道,"兄弟相信,你刘老帅的为人,咱省干部群众谁不知道?"这时,烟枪和大烟都拿来了,边义夫让刘建时好生抽着,自己带着随员和周洪图、陈德海到了门外商谈机要。

周洪图一到门外便说,"边督军,这老狗得杀掉,除恶务尽,免得他日后卷土重来和我们捣乱。老狗已经说了,要回东江省老家归隐养老。边督军,你想呀,麻侃凡能不利用这条老狗?老麻利用黄会仁,能不利用刘建时?"陈德海也赞同说,"是的,边督军,恐怕要杀呢,此贼民愤太大。"边义夫沉吟着,有意无意地把目光投向了师爷秦时颂。秦时颂说,"边先生,刘建时按说应该除掉,只是须中央说话才好。"边义夫暗想,中央岂会明令处决一位下野的省级军政大员?沉默片刻,决定道,"还是让刘建时这厮回东江省老家归隐去吧,手中无军,谅此人也掀不起几多涟漪,不过是另一个黄会仁而已。我们就权当放生了一条老狗吧。"周洪图仍坚持,"边督军,兄弟只怕这老狗进山之后就会变成狼啊。"边义夫笑道,"那我宁可日后打狼,决不今日打狗。"

率着周洪图、陈德海、秦时颂等人再回厅堂,刘建时已过足烟瘾,仿佛换了一个人似的,精神好多了,见边义夫等人进来,忙坐正了说,"抽了这几口,爽利多了。"边义夫在刘建时对面坐下,也让周洪图等人坐下,对刘建时说,"老帅爽利就好,我们的公事就好谈了。"刘建时说,"也没啥要谈的,你少帅来了,老哥我带着十个太太走人就是。"边义夫和气地笑道,"你老帅一走了之,兄弟我咋办呀?本省地皮被你老帅刮掉三尺有余,兄弟如何去填?"刘建时听出了这和气话里的不善,"边少帅,你这是什么意思?"边义夫面上的笑容收敛了,指着周洪图、陈德海两位旅长道,"他们弟兄此次喧闹原为索饷,老帅既卖烟土,又收花捐,还办了刘吴记橡胶制套工厂,卖与议员,挣下了金山银山,就好意思让兄弟这四民主义的穷督军替你还账?"刘建时惊问,"边老弟,你的意思是不是让我还清两个旅的军饷?"边义夫点了点头,明确道,"对,省城两个旅五千三百号弟兄欠饷一年零一个月,每月饷金一万三千四百元,共计十七万四千二百元,这是一笔账,你老帅说啥也得给兄弟留下来,让兄弟替你清掉,免得日后弟兄们和兄弟纠缠不清。还有一笔账,就是省城花捐。你老帅可真有手段,也真做得出来,今儿个才民国五年啊,你的花捐已预收到了民国二十年,兄弟这支四民主义队伍以后吃什么?兄弟现在统一了本省,手下队伍四个旅十个团逾一万两千之众,难道都去吃观音土不成?你老帅也是带兵的人,就忍心么?好,就算你老帅忍心,兄弟也不忍心嘛!所以,六十二万花捐,你老帅也得给兄弟留下。"刘建时失声大叫起来,"你莫诓我,就是砸锅卖铁我也没八十万!"边义夫笑道,"真没有,兄弟也不能逼老帅你砸锅卖铁,你先不要叫嘛。"刘建时这才又松了口气,光着脚从烟榻上扑下来,紧紧攥着边义夫的手,"边老弟,我知道你心善,老哥我代表你十个嫂嫂谢你了!"

边义夫却把自己的手从刘建时的手中抽开,冲着门外一声喝,"传财政司李司长!"省财政司李司长进来了。边义夫问李司长,"刘建时将军在比国银行和本省银行存款有多少?"李司长禀报道,"回边督军的话,计有美元、比元、英镑等外币多种,合我国现洋二十二万五千元,本省银行、钱庄另有存款五十万,昨日已按边督军的电令分别予以冻结、没收。"又解释了一下,"本省银行、钱庄之存款是没收;银行只可冻结。取款须刘建时签字具名。"边义夫说,"好,现在就请咱老帅签字吧!"刘建时像傻了一般,呆呆看着边义夫,下意识地接过李司长递上来的笔签了字,签过方觉得不对,把笔一摔,去抢李司长手上的文件夹。李司长闪身躲过,刘建时便倒地大哭。边义夫于刘建时悲绝的哭声中大声宣布,"老帅,这些存款只有七十二万五千,尚欠七万五千,刘吴记橡胶制套工厂兄弟只好没收抵账了。老帅如仍要此厂,就请于十日内凑足七万五千送省财政司。"

刘建时面对着自己个体经济的总崩溃,不管不顾地绝望大骂,"边义夫,我日你祖奶奶,周、陈二逆还只是要饷,你狗日的是要我的命啊!这七十多万是老子一生的积蓄啊,是老子和十个太太的养命钱啊!"就地抱住边义夫的腿,"边少帅,你不能都拿走,我给你老弟一多半,给你四十万,是给你,不是给他们……"陈德海走上前去,讥笑道,"刘建时,如果边督军也像你老狗这样贪财,今日也不会这样站在你面前了!边督军为了招兵可以毁家,困难的时候连自己的马都杀了给弟兄们吃,你呢?恨不能喝士兵的血!"刘建时就地打着滚,"陈德海,我日你祖奶奶,你们合伙坑我!你们合伙坑我呀!你们杀了我!你们杀了我吧……"

边义夫看到刘建时这等无赖模样,心中不禁泛起一阵厌恶与心酸。想着当年找这厮求助讨伐钱中玉,这厮大谈鸡巴套子和科学的关系,想着这厮当年终是做过不太坚定的"主和派"的,今日却落到这步田地,不禁动了恻隐之心,深深叹了口气,对刘建时说,"老帅呀,你快起来吧!又哭又滚,像什么样子?你不怕丢脸,兄弟还怕丢脸呢!这样吧,看在过去的情分上,兄弟也退让一步,欠的那七万五千就不向你讨要了,刘吴记厂还是你和你十太太吴飞飞的,你要办下去便办下去,不愿办了,盘出去变现也随你。"说罢,再不愿和刘建时啰嗦,命令周洪图派人保护着刘建时回乡,去安度幸福的晚年。刘建时仍是躺在地上不起来,且哭骂不止。边义夫厌烦地挥了挥手,周洪图会意地让两个卫兵强架着刘建时出了门。

第七章 省城兵变 ///221

立在门口,看着刘建时哭骂着离去的凄苍背影,边义夫心中感叹不已。刘建时说到底不过是个贪财而愚蠢的乡间老叟而已。让人惊奇的是,就这么一个愚不可及的乡间老叟,宣统三年竟会率一协新军光复省城!竟会以血腥手段统治西江省达五年之久!中国军政之不堪,由此可见一斑。现在,这个乡间老叟终于完了,嗣后,该叟只有在悲凉的回忆中才会想起自己曾经是个很有钱的督军。从今以后该叟既没有钱,也不是督军了。念想及此,边义夫不禁警醒起来,在心里悄悄告诫自己:汲取该叟的教训,宁可不要钱,不能不要兵。宁可没有钱,不能没有兵。对一个处在动荡国度的将军来说,再也没有比兵更重要的资本了!有兵就有钱,就有权,就有一切。因此,当王三顺建议边义夫对刘建时的欠饷不予认账时,边义夫睬都没睬,而是大张旗鼓把从刘建时那掠得的十七万欠饷一分不差地全发了下去,且在发还欠饷的大会上演讲了四民主义。一旅、二旅的五千三百多号新弟兄,就此认识了一个如父兄般的伟大将军。

四十三

三日后的一个风雨之夜,乡间老叟刘建时先生包了一条东江省的商船,装上自己大大小小十个太太、二十三个孩子并若干金银细软,沿江而下,悄然无声地去了东江省省城。该叟走得极突然,也极蹊跷,此前既没和边义夫打声招呼辞个行,也没让周洪图、陈德海两位旅长得知,连价值不菲的刘吴记橡胶制套工厂都未及甩卖,说走就走了。按边义夫的设想,该叟走是一定要走的,却不会走这么快,起码要处理掉刘吴记橡胶制套工厂,此叟如此贪财,断不会扔下这一注好银子不要就走。刘建时竟然没要就走了,这就让边义夫警觉起来,认定这其中必有文章。深入一查才知道,果真有文章。接刘建时的船是东江省督军麻侃凡派来的,船上水手役工皆为麻侃凡部武装弟兄,船上竟装有火炮、机枪。过老虎山炮台时,拒绝停船受检,还向炮台开了几炮。据守卫老虎山炮台的弟兄禀报说,那夜风雨很大,东江贼船速度颇快,炮台还击贼船时,贼船已远离了大炮射程。

师爷秦时颂闻知,顿足叹息说,智者千虑,仍有一失!秦时颂告知边义夫:他极担心老狗变狼,已嘱查子成劫杀该叟,本想于刘建时公开离去时趁乱动手,却不料,麻侃凡竟走到了前面!秦时颂断言:"该叟此去东江,且得麻侃凡如此重视,我西江省就此多事了。"边义夫默默无言,沉思良久,才下令各部进入全面戒备,以防不测。秦时颂又提醒,"不仅军事,政治上也要防一手才好。如今,前大都督黄会仁、前督军刘建时都聚集东江,麻侃凡拥兵逾万,滑头无比,做北京的官,唱南方的调,谁都无奈他何。北京政局趋稳,麻某会要挟北京方面剿你这个匪;南方得势,麻某便会举南方旗号讨你这个贼。黄会仁正是麻某对南的幌子,刘建时便是麻某对北的招牌了。"边义夫心里烦乱,脸上却绝无表露,"秦师爷,你的分析不无道理,可也正因为这样,北京才不会相信麻侃凡的鬼话!我就不信段总长、徐次长会让这滑头督军剿我!"秦时颂仍是说,"边先生,还是早防着点好。"边义夫闷闷道,"那是当然!老子现在就整军备武,准备啥时候再打一仗就是!可政治上的事却是防不胜防的,解决政治问题,最后还是靠枪杆子,靠打仗,枪杆子里面出政权啊!秦师爷,我这话你要记住,这是绝对真理!"

政治上的事果然防不胜防。谁也没想到,麻侃凡竟会在新洪地产烟土上大做文章,连续十几个电报发给北京陆军部,矛头直指边义夫,称西江省城兵变为一场骇人听闻的国内鸦片战争。东江省的《国是日报》《民众真理报》和军事月刊《枪杆子》等报刊连续发表时评,"九论"西江之国内鸦片战争。前大都督黄会仁出于革命义愤,撰写了长篇署名文章,证实边义夫为这场国内鸦片战争的罪魁祸首。黄会仁指出:边义夫乃无法无天的祸国军阀,啸聚桃花山为匪时即广种大烟,俟篡取新洪军政大权后,更将禁烟局改为大烟专卖局,任用劣迹斑斑的前清知府毕洪恩为其大烟专卖局总办,大肆向江北倾销大烟,乃至酿发此次兵变。

刘建时也在东江省督军府召开各界人士谈话会,泣诉西江省城兵变内幕,说是新洪地产大烟源源北上,换走了江北和省城滚滚白银,害得西江省城民无食,军无饷。尤为可恨的是,军中败类周洪图、陈德海两位旅长,无视他严厉无比的禁烟令,暗中和边匪勾结,大喝士兵血,以烟土充饷,事后又嫁祸于他。刘建时苍老的脸上满是泪水,仰天长啸,"诸位父老同胞,兄弟要问:如今这世界还有公道么?天理何在呀?兄弟和黄会仁先生宣统三年共举义旗,光复西江全境,始肇民国省政,今日何以落到这等不堪的田地?竟无家可归,都住在贵省之西江会馆,时常衣食无着?"东江各界人士听后无不为之唏嘘。主持谈话会的麻侃凡便抹泪怒吼,"刘督军,你要向中央讨公道,向总统总理讨公道!兄弟誓作你的后盾!"

刘建时却也不争气,说着说着,烟瘾上来了,哈欠连绵,涕泪俱流,使生动感人的演讲失却了应有的条理。嗣后,更扯得离了题,竟从鸦片战争扯到了西江会馆的住宿条件,道是西江会馆实不是人待的地方,蚊蝇太多,热水常断……

麻侃凡有些着急,几次暗示,要刘建时不要激动,还起身向听众解释,说刘建时的烟瘾征兆为激动所致。来此的东江听众虽经精心挑选,仍不免混入个别坏人。便有人问,"刘督军厉行禁烟,自己如何烟瘾这么大?"又问,"据说刘督军大小太太讨了十房,其中五个太太荣任省议会议员,某议员太太也和烟商大肆勾结,专卖大烟给西江省禁烟司,刘督军又如何解释?"刘建时火了,本性暴露无遗,跳起来拍桌大骂,"我日你祖奶奶,你听哪个狗日的说的?你告诉我!"全场愕然。刘建时又把脸转向麻侃凡,"麻督军,这人是奸细,边匪的奸细,兄弟吁请你马上把他抓起来!"麻侃凡狼狈极了,狠狠看了刘建时一眼,拉着黄会仁离去。刘建时这才意识到自己闯了祸,可仍硬撑着,冲着会场大吼大叫,"兄弟可以告诉你们,兄弟迟早还要回西江做督军的!兄弟现在天天给陆军部打电报!"

这些不祥的信息传到西江省城,边义夫焦虑起来,天天等待陆军部徐次长的态度,徐次长那边却一直没有态度。边义夫便派师爷秦时颂赴京去见徐次长探听虚实,徐次长拒不见面。直到秦时颂灰心丧气要走了,徐次长才派了手下一个科长来见秦时颂,只带了一句很不礼貌的话,"请姓边的赶快把屁股上的臭屎擦干净!"边义夫便准备草纸去擦臭烘烘的屁股,内部频频开会,新老部下一起活动,搞了多种应对方案,等着应付来自北京和东江的双重压力和可能的打击。

这一来,新洪禁烟局总办毕洪恩就活到了头。十月底的一个下午,毕洪恩在新洪禁烟局禁烟科学技术研究所的精品烟土攻关会上突然被王三顺带来的弟兄捉了,用囚车押赴省城。毕洪恩惊疑不已,不免产生思想问题:自己这几年辛辛苦苦,任劳任怨,领着弟兄们种大烟,卖烟土,把新洪的地方财政和经济都搞上去了,把边义夫的官兵养肥了,也把边义夫送到省督军的宝座上了,不说功劳了,总不会是犯罪吧?便于囚车行往省城的途中请教王三顺,"三爷,老奴实是不清楚,你们为啥抓我?难不成老奴又得罪边督军了?"王三顺吸了口香喷喷的大烟,摇了摇大头,"老毕,你没得罪我边爷,你得罪中央了。"毕洪恩益发奇怪,"兄弟和中央从无过往,如何会得罪中央?"王三顺又吸了口大烟,"不错,不愧是新狗,就是比老大狗好,这口味又进步了。老毕,你不知道,你种大烟卖烟土的事让黄会仁、麻侃凡告到中央去了,说九月的省城兵变就因着你这大烟挑起的,是场国内鸦片战争哩!"毕洪恩惊道,"这不都是边督军让老奴干的么?边督军就

第七章 省城兵变 //225

不站出来说个话?"王三顺眼皮一翻,"老毕,你真没头脑,还算当过知府的老同志,竟是如此不懂道理!这账我边爷咋会认呢?我边爷认了,你的脑袋保住了,我边爷就得丢乌纱帽啊!"理直气壮地用烟枪指着毕洪恩的鼻子,"你老毕说说看,是你的脑袋重要呢,还是我边爷的乌纱帽重要呢?别人不知道,你老毕知道的,为做上这督军,我边爷吃过多少苦,受了多少罪!现在我边爷又领导着一支四民主义队伍,为民众不吃土而奋斗,这次于公于私你都得做些牺牲嘛!"

毕洪恩老泪纵横,"三爷,你别说了,老奴知道了,啥都知道了!这叫卸磨杀驴,古已有之,老奴懂。"王三顺这才有了些满意,"这就对了嘛,你虽说双手沾满我革命武装同志鲜血,可反正过来也有些年头了,也算是我边爷四民主义的老人了,你得有点信仰!你老实听话,日后没准还能追认个烈士,硬和我边爷捣乱,那就要轻如鸿毛了。"说罢,吹出一口烟,像似吹着一根鸿毛。毕洪恩好半天没说话,也许是在考虑去做四民主义烈士,还是去做鸿毛?王三顺烟瘾过足,烟枪一扔,也不无遗憾,"老毕,你这一死,我还真舍不得,以后大烟的质量必得下降!"毕洪恩已没心思再关心日后大烟的质量,满脸泪水央求道,"三爷,你能捎个话给边督军么?让老奴最后见他一面?"王三顺脸一拉,"看看,又不懂事了吧?你不想想,我边爷当着一省督军,军政事务多么繁忙,现在天天开会布置禁烟工作——这回真得禁一阵子烟了,给你老毕擦屁股哩,哪有空见你?!"

不料,军政事务繁忙的边义夫却主动见了毕洪恩,还请毕洪恩吃了饭。毕洪恩怕边义夫于酒菜之中下毒,呆坐着,看着一桌丰富的菜肴不敢动箸。边义夫窥透了毕洪恩的心思,叹着气说,"老前辈,我边某不会耍这种小花招,你今天放心吃饭,我还有话要和你说。"毕洪恩这才吃了点菜,吃在嘴里也无甚滋味。边义夫吃得也了无滋味,咀嚼菜肴如似咀嚼劣质烟土,话也说得苦涩,"毕老前辈,明人不说暗话,你这回是逃不过了。不是兄弟要杀你,是东江省督军麻侃凡和卖省求荣的省贼黄会仁、刘建时要杀你啊。他们屡电中央,还在东江的报刊上发了九篇社评,大造反动舆论,已经搞得兄弟和我西江方面极为被动了。兄弟派秦师爷去徐次长那里为你求情活动,徐次长连见都不愿见啊。"

毕洪恩不太相信,目中含泪,讷讷说道,"其实,你只怕也要杀我吧?只怕早就想杀了吧?边督军,你这个人我今天才算看清楚了,你是有恩必报、有仇必复的。王三顺无德无能,是个淫棍色鬼,只因为有恩于你,你便重用;秦时颂满脑袋勤王复辟,没有一点革命精神,可和你无仇,你也用作心腹;老奴因着那场鸿门宴,就是给你做狗,你也会杀。"顿了一下,又说,"而且,你这人阴狠,不直接杀,是利用完后再杀。在囚车上,老奴就想,如果办烟土的是王三顺,你杀也不杀呢?"边义夫郑重反问,"老前辈,你说呢?"毕洪恩苦苦一笑,"可能你也会杀。"边义夫点了点头,"你说得不错,我会杀,做事要有原则。"又补充了一句,"王三顺也不会怨我。"毕洪恩推断道,"所以,你很聪明,当初不让王三顺做总办,却让老奴去做。杀王三顺,你下不了手,杀老奴你下得了手,而且心里不愧,毕竟霞姑奶奶和许多弟兄死在了老奴手上。"边义夫摇了摇头,"老前辈,这你就想错了。当初用你不用王三顺,兄弟确是想发挥你的长处。至于你说的鸿门宴,"边义夫极是真诚地看着毕洪恩,"不但不招我恨,偏是成全了我,让我感激呀!"毕洪恩眼睛瞪大了,"边督军,你莫不是开玩笑吧?"边义夫仍是那么真诚,"你不想想,霞姑和李二爷他们不死,我算啥?不就是个空头司令么?啥事轮得上我说话?更要紧的是,那些血让我明白了我是谁,我要干啥,所以兄弟才在心里暗暗谢你呀!话说透了,你还不信么?"毕洪恩呆了半天,才点了头。

边义夫又推心置腹道,"所以,今天被迫下令杀你,兄弟心里既有愧又难过,连着几天睡不着。兄弟知道,没有你老前辈这几年的烟土买卖,就没有兄弟的今天。你老前辈是有大恩大义于我边义夫的。忘记了这,兄弟还能算得个人么?也正因为这样,兄弟今天才请你来,和你说些心里话:兄弟有仇未必复——况且我们并没有仇,有恩则必会报,你老走后,家中妻妾老小皆由兄弟奉养,让老前辈九泉之下亦可放心。"毕洪恩一下子泪水暴涌,"边老弟,那老哥就谢谢你了!今日,老哥不把你当一省督军,只当自家老弟,老弟,你说吧,死前你还想让老哥顶起什么罪名?"边义夫泪水盈眶,举起酒杯,"老大哥,先不说这些,兄弟先敬你一杯,感谢你让兄弟有力量打赢这场鸦片战争,统一西江全省!"毕洪恩将酒一饮而尽,极是悲壮地道,"边老弟,快说正事吧!人生自古谁无死,留取丹心照汗青!"边义夫也悲壮起来,似乎即将赴死的是他,"对,留取丹心照汗青!待得兄弟平了东江抓住麻侃凡和黄会仁、刘建时这些贼人,定当献三贼首级于老大哥墓前!老大哥,那兄弟就直说了,兄弟对烟土一案将公开审讯,你老大哥一定要死死咬住刘建时不放,就说:你是在兄弟完全不知的情况下,和刘建时暗中勾结,卖起烟土的,是刘建时让你干的!"毕洪恩想了想,建议说,"何不再咬上东江的那位麻督军呢?只说麻某也曾提供过罂粟种,参与其事,还投了资年年分红!"边义夫喜道,"最好!这倒是兄弟没想到的,证据便由兄弟去造吧……"

这日夜里,一个即将赴死的死刑烟犯和一个处刑长官于公而忘私的大义凛然中实现了灵与肉的碰撞、交融,待得依依离别之际,竟动情地拥抱,双双痛哭失声,大有碰撞、相融恨晚之感。

毕洪恩赋诗言志道:

> 人生梦一场,慷慨赴死囚。不惧刀斧刃,唯将大义求。

边义夫就其韵奉和曰：

人生名利场，参破难为囚。生死不足惜，忠义贯千秋。

嗣后，死刑烟犯毕洪恩被军法处的同志带到狱中休息，儒帅边义夫先生就着残余的诗情酒意，又做了一首仍是关乎忠义的《满江红》，才于十分的政治满足中，叫上老资格的革命同志王三顺，一起去三堂子街"怡情阁"检查花界姐妹的卖笑工作去了。

四十四

十一月，秋风渐紧时，徐次长带着陆军部军法司金司长和两个科长并三个一等科员，一行七人前来查处西江省城兵变。边义夫做贼心虚，自是不敢怠慢，一身戎装，亲率手下逾四百名军政官员到省城火车站列队迎接。还在月台上举行了盛大的欢迎式，如同迎接列强某国的国家元首。徐次长显然没想到会有这么大的排场，僵硬着脸走出专列车厢，一下子呆住了。就在徐次长发呆时，月台上军乐大作，欢呼声顿起。徐次长僵硬的脸上便有了笑容，徐次长便和蔼地于军乐欢呼声中和边义夫及以下之四百名西江省军政官员一一亲切握手。西江省军政官员对段中央极其拥戴，对徐次长十万分的敬重，握手都很热烈，很有力。于是徐次长两只倒霉的手便被西江军政官员四百多双手握红握肿，握成了红烧猪蹄。

然而，一到庙前街督军府，徐次长脸上的和蔼笑容便摘下了，似乎随手装进了军装口袋里。边义夫想把这和蔼笑容从徐次长的军装口袋里重新发掘出来，赔着笑脸禀报索饷事件的调查情况。徐次长不想听，很不耐烦地挥了挥手，让军法司金司长把麻侃凡、刘建时、黄会仁三巨贼发往陆军部的一大堆控告电文摊摆在桌上，打起了严厉无比的官腔:"边督军啊,你看看,给我好好看看,这都是怎么一回事啊?你边督军是我中华民国的军政大员,还是鸦片贩子啊?你知道不知道国家的禁烟令啊?"说到这里,徐次长官威十足地用力拍了下桌子,拍罢,因着猪蹄事实造就的极端疼痛,抽起了冷气。边义夫于徐次长抽冷气的空当,赔着小心解释说,"徐次长,鸦片贩子不是兄弟,却是刘建时,和东江省督军麻侃凡啊!"徐次长颇为吃惊,抚着红肿的手背,继续抽着冷气,"你……你倒说说看,这都是怎么一回事呀?把事情说清楚,以便中央决断!"

边义夫刚要说话,军法司金司长却扬起了戴着白手套的手,"慢!边督军,我先请你看样东西——"身边的一位一等科员当即拿出一包新洪地产大狗牌烟土。金司长将烟土接到手上,指着包装纸上两行著名的广告词,"边督军,你很会做广告嘛,'吸本省大烟,做爱省良民',这叫不叫大烟官卖呀?据说自从你们新洪出了这大狗烟土,云南大鸡都没市场了!"边义夫当即反问,"金司长,你咋断定这上面两句话就是兄弟说的?兄弟提请司长先生注意一个事实:本省烟土泛滥时,兄弟连护军使都不是,如何敢这么狂妄?这话分明是刘建时的口气,他要公卖大烟,要逼着全省军民吸地产大烟嘛,所以就闹得大狗满地走嘛!"金司长火了,"就算如此,大狗烟总产在你新洪吧?你们不去种,不去卖,它能长腿满地走么?!"边义夫胸有成竹地说,"这正是兄弟要向徐次长和金司长禀报的呀!"

这时,徐次长和金司长态度已显然不同了,口吻中透出了庇护的意思,"边督军,那你就向金司长说个清楚明白吧!"边义夫娓娓禀报起来,道是刘建时如何暗中和新洪禁烟局总办毕洪恩勾结,如何通过自己八太太小云雀的保民股份公司大烟专卖,东江省的麻侃凡并那卖省贼人黄会仁又如何为了搞乱西江,破坏西江的安定团结,而秘密支持毕洪恩种烟销烟。说到后来,边义夫痛心疾首,"……虽说罪在刘、麻、黄三主犯,可毕洪恩这禁烟局总办却是兄弟任用的,兄弟用人失察,对此须得承担相当责任。"徐次长问,"这位禁烟局总办现在何处啊?"边义夫回禀道,"兄弟已将此人判了死刑。"金司长"哼"了一声,"这种事我见得多了,人一杀掉,你想如何说便如何说了,反正死无对证了!"边义夫带着明显的讥讽,看了金司长一眼,"金司长,兄弟只说判了死刑,并没说已经执行了死刑啊,既然司长大人这么信不过兄弟,那么就请大人亲自去审好了!"

这倒让金司长没有想到,金司长一时间有些难堪。边义夫却不依不饶,冲着徐次长又叫,"徐次长,兄弟实在弄不明白金司长是什么意思?金司长究竟是来查处兵变,还是来发兄弟的难?"徐次长劝道,"边督军,你不要误会,金司长也是好意,事情弄清楚,对你也不无好处嘛,黎总统、段总理就不会再误解你了嘛!边督军,你要知道,这件事影响很坏呀,黎总统就把你误做土匪了嘛,当着段总理的面说,国家断不能拿钱养这种专卖鸦片烟的土匪强盗。"边义夫眼圈红了,"徐次长,那就请您和金司长此次彻查一下,看看究竟谁才是真正的土匪强盗,谁才是真正的鸦片贩子,查清以后,还兄弟一个清白!"徐次长看了金司长一眼,"边督军既是这么说了,你们就去提审那个姓毕的禁烟局总办吧!"

徐次长到底是徐次长,当着金司长的面打官腔,金司长带着人一走,又成了自家兄弟,开口便问,"老弟,你屁股上的臭屎是不是真擦干净了?金司长不会审出意外吧?"边义夫保证道,"不会,兄弟该安排的全安排了。"徐次长点了点头,透露说,"这次又是段先生保了你呀!刘建时真是发了昏,北洋团体精神一点不要了,竟跑到麻侃凡那里去胡说八道!麻侃凡是什么东西?孙文的党徒,一直和国家持有二心,时局一有动荡,姓麻的就和国家捣乱,现在还在拥护南方护国军,段先生岂能不防他?段先生私下和兄弟说了,原话是这样的,'就算这小边将军是一坨屎,现在国家也要用他。'"成了一坨屎的边义夫仍是感动,"徐次长,我就知道段先生会保我,你会保我。"想起金司长的混账,不禁愤愤然,"可金司长是咋回事?这人咋不和中央保持一致?该不是也和国家持有二心吧?"

徐次长道,"姓金的倒不是二心问题,却是和哪个中央保持一致的问题。实话说吧,他那中央姓黎不姓段。"边义夫不解,"这还有区别么?"徐次长道,"区别大了。现在总统和总理不对付,正闹府院之争。府就是总统府喽,院嘛是国务院,就形成了两个中央。金司长便是黎总统的黄陂乡党,所以他那黎中央不是我们段中央,所以便要对你使些小坏的。"边义夫明白了,"怪不得呢!"徐次长进一步透露,"有些情况你们不清楚,老袁死时留下过话,道是可继任总统者有三个人,黄陂一个,黄陂就是黎元洪,老黎是湖北黄陂人,我们便叫他黄陂;徐世昌一个,还有一个就是咱段先生。徐世昌不说了,这人并无做总统的势力。倒是咱段先生,极受拥戴,陆军部、参谋总部、京师步军统领衙门和北京警备司令部都要段先生去做总统。段先生人格伟大呀,为了北洋团体的团结统一,压着我们部下不许发动,徐世昌又使坏,自己不能做总统,便也不让段先生做,提了黎黄陂的名,结果又让黎黄陂坐享其成了。姓黎的坐享其成倒也算了,偏还要和段先生捣乱,实是让人生气!"边义夫这才知道,前阵子段先生差点儿成了总统!便扼腕叹息,"段先生人格虽是伟大,却也太可惜了!"徐次长深有同感,"谁说不是呢?得知段先生的决断,我们在京弟兄都落泪了。"这才又回到了正题,"边老弟,这次你不要怕,只要你屁股擦过了,我看也没什么大不了的。"边义夫连连致谢,"徐次长,那就多谢您了!"徐次长不介意地笑了笑,"谢什么?我还是那句话,这是段先生器重你,你只要多为段先生,多为国家效力就算谢过我了。"

具体谈到兵变处理,徐次长指出,事情闹得这么大,要开杀戒了。

不但毕洪恩要杀,在保民公司率兵纵火的团长左聋子要杀,具体参加纵火抢劫的下级官兵也要杀几个。一把火烧掉一条街,抢了这么多店面,不杀几个不足以平民愤,对黎黄陂和段先生都没法交待。周陈两个旅长虽说是索饷,却也不该率部叛乱,要军法审判。边义夫先还不断点头,可听到要对周洪图、陈德海进行军法审判,头点不下去了,求道,"徐次长,周陈二位旅长能否不军法审判?说他们叛乱也是冤枉,兄弟想代他们向您和段先生求个情,让他们在兄弟手下戴罪立功。"徐次长想了想,"这两个旅长好指挥么?他们对刘建时都敢来这一手,日后就不怕他们对你来这一手?边老弟,我今日治他们,正是为你好!"边义夫道,"次长,您真有些错怪他们了,兄弟在你面前不敢胡说,他们实是被刘建时逼得无路可走才闹了起来,兄弟不是刘建时,既没有这么贪也没有这么蠢,他们断不会和兄弟闹的。"徐次长笑道,"好,那我就依你,将来他们和你闹,你别找我!"边义夫也笑,"好,好,徐次长,兄弟不找你就是了。"顿一下,又说,"忙了大半天,您也累了,兄弟陪您去'怡情阁'找两个姐妹打八圈如何?"徐次长摆摆手,"不要去'怡情阁'了,那地方我知道,去年刘建时陪我去过,太杂乱,兄弟这次的身份是中央查处大员,查案期间公然到那种地方去打牌影响不好,你叫上几个入眼的小姐妹,找个清静地方吧。哦,对了,打牌就是打牌,不许让人故意输给我哦!"

嗣后,兵变一案查处顺利。毕洪恩先生尽管一生反动,最终还是在边义夫伟大人格的感召下"唯将大义求",做了四民主义的好烈士。毕犯供认出的内情和举报出的东江省三大同案巨犯,让金司长不敢相信,可军内军外的调查表明,还就是这么回事呢!此案确是由刘建时、麻侃凡、黄会仁一手制造的。金司长虽说仍是疑惑,可因着人证物证俱在,加上先回了北京的徐次长又一再催着结案,也不好再拖下去,便按边义夫的心愿,杀了烟犯毕洪恩和左聋子及五个纵火抢劫的变兵了事。周洪图、陈德海则由陆军部明文申令边义夫严加管束，戴罪立功。

事情搞到这一步，已是皆大欢喜了，不料，第二旅旅长周洪图却又节外生枝，斗胆瞒着边义夫，以那李代桃僵之法，把明令处决的兵变要犯左聋子救下了。本来已结案返京的金司长于踏上火车的前一分钟得知密报，又赶来找边义夫，查究此事。边义夫委实吃了一惊，当即叫来周洪图询问。周洪图不认账，要求金司长拿出事实根据。金司长一时拿不出证据，便发狠道，"好，老子不走了，就查下去，一查到底！我还就不信老子这一个多月会白忙活！"边义夫那时真不知道左聋子被救的事，只从金司长话里听出要钱的意思。因着徐次长不要钱，边义夫便没敢给北京的查处大员们明着送钱。现在，金司长从火车站跑回来要钱了，那就得给了。边义夫就让周洪图取了五千元的庄票给金司长。金司长嫌少，摸捏着庄票笑问，"边督帅，用五千元买一个兵变要犯也太便宜了吧？"边义夫因着内心的雄壮，一点不惧，"金司长，你这话说错了！兄弟送你五千元盘缠，是兄弟的情义，是想交你这么个北京的朋友，与左聋子无关。你若不信兵变要犯左聋子已被处决，那就请你住在这里继续查下去好了！"金司长这才老实了，拉着边义夫的手说，"好，边督帅，你这朋友兄弟交定了，你这么爱惜部下，兄弟服你！"

再次把金司长送走，周洪图带着大难不死的左聋子来见边义夫了。边义夫以为自己看到了鬼，惊问道，"怎么回事？周旅长，这人不是杀了么？"左聋子扑通跪下了，"边督爷，周旅长说，是您老救了我！"边义夫怒不可遏，挥起手，劈面给了周洪图一个耳光，"你他妈找死啊？还不给我省点事？！"周洪图笔直地立着，任边义夫发威怒吼，不争不辩。边义夫觉得事既如此，再骂也是无益，便要左聋子起来，领一百块大洋回家躲避。左聋子不起，也不走，说，"边督爷，小的这条命是你给的,小的今生今世就伺候你了!"当着周洪图的面,边义夫不愿贪天之功为己有,指着周洪图不快地说,"救你的不是本督军,是你们周旅长。"左聋子仰脸瞅着边义夫,"边督爷,周旅长和小的说了,就是你救了小的!周旅长还说了,他和陈旅长也是你救下的!你不救下周旅长,小的也完了。"

边义夫想想也是,真按徐次长最初的主张,把周洪图和陈德海送交军法司,面前这位左团长现在只怕已变成了鬼。况且为了这人没变鬼,自己还送了五千元给金司长。这才当之无愧地认可了救命恩人的功劳,问周洪图,"周旅长,左聋子不愿走,团长又不能再当了,咋办呀?"周洪图知道边义夫火气已消,不会再骂了,舒了口气说,"左团长这条命既是你五千元从金司长手上买下的,要听你发落才是。边督军,你可能对左团长还不太了解,左团长当年和兄弟一起出来当兵,为人忠义,很能打仗,不因着恼人的狗脾气,只怕也当上旅长了。"边义夫不无欣赏地看着左聋子,脸上渐渐泛出了笑意,"你他妈狗脾气不小呀,闹出了这么一场大乱子!"左聋子也跪在地上笑,"边督爷,小的不给你闹乱子,小的以后专给你挡枪子!"边义夫心里一热,拉起了左聋子,"起来,起来,我问你:你咋叫左聋子?耳朵真聋么?"左聋子点了点头,"有点聋,也不碍事,侍卫您老没问题。"周洪图介绍说,"左团长一点也不聋,过去是对刘建时装聋,刘建时不带钱响的命令他一概听不见,只要哪里有大洋铜子落地的声音,他马上就听见了,耳朵比谁都好!边督军,你不必担心他的耳朵。"边义夫呵呵笑了起来,笑罢,拍了拍左聋子的肩头,"好吧,我就用你做我的侍卫副官吧,再兼个侍卫队长!在我身边,谁也不敢怎么你的。"左聋子乐了,咧着大嘴,又跪下谢恩。

边义夫心情变得很好,指着左聋子,向周洪图说了点历史,"周旅长,我告诉你:也是绝了,本督军用过的三个侍卫副官一个个都是难找的宝贝！头一个是王三顺,淫棍,见了女人走不动路！第二个是查子成,吃货,敢吃活人！第三个,就是他了,聋子,不带钱响的命令听不见！"周洪图奉承说,"王三顺不让你调教出来了？现在做了第三旅代旅长。查子成不也是副旅长了？"又感慨地对左聋子说,"左团长,咱们这辈子都跟边督军好好奔前程吧,你家伙可别在我们边督军面前装聋生事了！"左聋子连连称是,大表忠心。边义夫为了试试左聋子的听力,故意背着左聋子从身后摔下两块大洋。左聋子马上听到了,头一昂,两眼雪亮,尖锐地叫道,"钱,钱！一块大洋,一块是铜子,声音不一样！"边义夫以为自己扔的就是两块大洋,先还不信,待周洪图把钱拾起来递到自己手上一看才发现,真的就是一块大洋,一个铜板,便和周洪图一起大笑不止。

第八章 咆哮总统

四十五

兵变事件查处完,边义夫的西江省督军的位置才算坐稳了。虽说东江省的麻侃凡和其豢养的卖省贼子刘建时、黄会仁仍然反动,时有叫嚣,坐在北京中南海西花厅的段祺瑞先生不发话,这些人吵破天也没用。眼睛不瞎的人都看得很清楚,这时的中华民国,黎中央的势力远不及段中央。这期间,在徐次长的主导下,西江省的军政格局又作了些调整:全省达成了统一,直属中央的新洪护军使署便撤销了,另设新洪镇守使署,江南虞城也设了个镇守使署。两个镇守使人选又让边义夫好动了一番脑筋,最终选定了第四旅旅长胡龙飞和第一旅旅长陈德海。

陈德海没话说,为人胆小怕事,又背着兵变黑锅,带着麾下第一旅到新洪做镇守使,绝无反叛问题。况且,新洪又是他的老地盘,有点风吹草动,消息就传过来了。对胡龙飞的任用却让边义夫颇费了些踌躇:不给胡龙飞这厮一块地盘说不过去,胡龙飞是革命老同志,劳苦功高,能力很强;可正因为能力很强,便让边义夫不敢放心。按边义夫的心愿,派王三顺或查子成去做虞城镇守使才好,可这两个忠臣实是扶不上墙。王三顺若做了镇守使,只怕会把办公室设到婊子窝里去,查子成这吃货没肉吃的时候,没准敢吃活人。秦时颂得知他的顾虑后,出了个高明的主意:不让胡龙飞这厮带自己的老弟兄,而让他带周洪图的第二旅去虞城做镇守使。倘或胡龙飞不干,便证明该厮异心已生,就提拔该厮一个有职无权的副师长,摆在身边监视着,控制使用。边义夫采纳了自己师爷的建议,找胡龙飞谈,理由堂皇,说是省城刘建时原来的两个旅都要调开,以缓解军民关系。请他带着周洪图的第二旅去虞城做镇守使,不愿干就留在省城做副师长,协助自己主持全面工作。胡龙飞深知边义夫的军事思想,懂得明升暗降的道理,愣都没打便同意去虞城。还笑着对边义夫说,你升周洪图去做副师长,协助你主持全面工作吧!边义夫便去升周洪图,说是周旅长主持此次兵变功劳最大,得提一提。

这一来皆大欢喜:省城只留下了一个周洪图,边义夫了却了心头的隐忧,再不担心谁给他来场兵变。陈德海和胡龙飞独立门户,得了地盘,自无话说。尤其是陈德海,对边义夫感激涕零,四处宣扬边义夫任人唯贤,不搞帮派,人格伟大。周洪图没得地盘却升了官,一人之下万人之上,加上自己的亲信团长左聋子又得了边义夫的重用,也挺满意。水涨船自高,前两任侍卫副官王三顺和查子成都得了实缺:边义夫既已堂堂正正做了师长,第三旅旅长就不兼了,王三顺由代旅长而旅长。胡龙飞带走了周洪图的二旅,周洪图又升了副师长,查子成便由副旅级团长而一举升了旅长。这些安排徐次长全认了账,没多久,陆军部的电令就下来了。有些美中不足的是,原想增加两个旅建制,中央绝不准许,只认西江省一师二旅的原建制。边义夫便觉得这次论功行赏最吃亏的不是部下,倒是自己了,他实际拥有四个旅十个团,却仍然只能做师长,不免有些遗憾。徐次长便来电批评说,"老弟呀,你就别遗憾了,中央没让你把搞兵变的两个旅遣散就不错了,现在的趋势不是要扩军,而是要裁兵,你们地方上兵这么多,中央岂能放心?"

风头既过,大烟还得卖,不卖日子过不得,加之做了一省最高领导,也得想办法造福省民。为了让省民少吃点观音土,不抓大烟土就不行。边义夫便亲自出任省禁烟联合会会长,让亲信王三顺兼了个省禁烟司司长,好好去卖大烟,保住财政增长,繁荣全省经济。万没想到,对王三顺的这一重用,竟又惹得狗东西大闹情绪。任命宣布后,王三顺连影子也不见了,第三旅旅部没有,省禁烟司也没见他去上班,几千箱收缴上来的云南大鸡和收购上来的新洪地产烟土山一般码在那里,没人去处理。边义夫让新任的侍卫副官左聋子亲自带人去找,找遍省城,找了一整天也没找到。左聋子猜测说,"边督帅,咱这位王三爷该不会叛省投敌吧?"边义夫说,"这厮不会叛省投敌,许是投了婊子,左副官,你再给我去'怡情阁'找,一个房一个房搜!"这一搜,就把王三顺从婊子的被窝里搜到了。

  边义夫真是火透了,冲着王三顺一口一个"王三爷"地叫,问"王三爷","你这叫啥毛病?啊?老子每次提干部,你都找事!不提你你有意见,提你你还是闹情绪!你现在不得了了,成了爷了!王三爷,你说吧,这回又是因啥?"王三顺照例满脸泪水,照例重温经典,轻车熟道地说起了当年,"边爷,您老高官尽做,骏马尽骑了,你用不着小的拉着两个小姐随你投桃花山了,小的我也活到头了……"边义夫怒道,"难怪朱元璋一当皇帝先杀老弟兄,现在老子也知道了,像你这种货就是欠杀!老子真想一枪毙了你!"王三顺不哭了,正经问边义夫,"边爷,你还真要杀我了?"边义夫见王三顺不像开玩笑,也认真了,"三顺,你胡说些啥?平白无故我为啥要杀你?"王三顺泪水又下来了,极是委屈地说,"那你咋让小的去兼省禁烟司司长?等中央一查,你让小的我做毕洪恩啊?"边义夫这才想到壮烈牺牲的毕洪恩,恍然悟到,是毕洪恩的死吓坏了王三顺,便呵呵大笑起来。王三顺在主子的笑声中看到了光明,"边爷,你笑啥?小的说得不对呀?"边义夫道,"当然不对!你这淫棍,想到哪去了?此一时,彼一时了!我敢当禁烟会会长,你就不敢当禁烟司司长吗?没理想没抱负吗?真白跟了老子这么多年!王司长,快把你的洋笔、洋本都掏出来,记下我说的话!"

对主子的命令,王三顺不敢怠慢,忙掏出欧罗巴的本子和美国派克笔,趴在桌前,做出一副准备记录的样子。边义夫这才说起了主仆二人齐抓共管的大烟专卖工作:"王司长啊,今天你来的倒也是个时候,正好我省禁烟会和你省禁烟司可以联署办上一次公!我明白地告诉你,本省的大烟还得继续卖,只是得换着法儿卖了。咋个卖法呢?以禁带卖,明禁暗卖。我省烟民有多少?不是一个小数目啊,你我都吸大烟,我们这支队伍也是有名的双枪队嘛!如果新洪以后不种大烟了,咱们不卖大烟了,让广大烟民吸啥?吸云南大鸡和列强大烟吗?不爱国爱省呀?不关心民众疾苦呀?当官做老爷呀?所以要继续好好卖大烟!大狗已是著名品牌,要注意发挥品牌效益,搞系列产品。比如,黄狗、黑狗、蓝狗、绿狗……"

王三顺插话道,"会长,只是毕洪恩这一死,系列开发颇有难度。据我禁烟司掌握的情况,十二种颜色的大狗在毕总办手上已成功开发了六种,其他六种因人去物非,怕是很难承继了。所以我想,可以换个思路,比如,另行开发公狗、母狗、狮子狗系列……"边义夫立即夸赞,"哎,王司长,你也学会动脑筋了嘛!这思路就不错!让禁烟科学研究所的同志们群策群力好好去攻关。当然,不能像过去那么大肆宣传了,更不能做广告!咱大狗包装纸上的广告词也得改,别'吸本省大烟,做爱省良民'了,这样改一下吧:'吸烟有害健康,大狗也不例外!'风声紧时,我们也当街烧它几箱,抓几个不晓事理的贼人当烟犯毙一毙!"王三顺全听明白了,和主子的联署办公一完,就欢乐地跑到省禁烟司卖大烟去了。

民主建设也很重要,边义夫责成一心想当议长的民主专家郑启人教授重组省议会，专办民主事务。特别提出，要将帝制罪犯刘建时的六个太太议员予以坚决的清除，把应该补选进省议会的各界杰出先进的优秀代表全补选进来。请郑启人教授找些具有革命精神的资深议员好生议上一议，先拿个名单出来。

郑启人教授没几日便拿出了补选名单，头一个便是边义夫的二太太赵芸芸，第二个是边家大小姐边济香，第三个是边母李太夫人。边义夫看了名单很满意，认同了教授先生对民主问题的深刻理解——该厮如此孝敬长官，其操办的民主便可放心。然而，进一步的考察还是必要的，边义夫便故意绷着脸，拖着漫长的鼻音问，"郑教授啊，本督军家眷一下子补上三个，这，合乎民主么？"郑启人教授扶了扶鼻梁上的眼镜，极是认真地答道，"边督帅，这完全合乎民主！兄弟游学列强十四国，对民主有专门的研究。民主须有代表性，督帅军政事务繁忙，难以对本省议会进行训导，便由二太太代表了。督帅的女公子边济香小姐代表青少年，青少年是本省的希望啊。而督帅的母亲大人就更不必说了，代表本省伟大的母亲哩。"边义夫听了郑启人的回答，认定该厮完全具备了奴才的资格，遂结束考察，提起笔审批民主，将二太太赵芸芸和大小姐边济香的名字画掉，明确告诉郑启人，"你郑教授民主，本督军却要来点小小的独裁，这两个人不要考虑。至于家母，本督军倒可以毫不客气地说，比你们哪个议员都要高明些，没有家母的教育训导，就没有本督军今天的成功！如果说谁还敢和本督军闹点真民主，恐怕也只有她老人家了！我只担心你郑教授请不动她做省议员呀！"郑启人忙说，"兄弟亲赴您新洪老家去请！"边义夫笑道，"不怕挨骂，你就去试试吧！"

游学过列强十四国的郑启人教授以为自己脸大，不会挨骂，兴致勃勃去了趟新洪桃花集，结果，还真挨了骂。李太夫人骂教授斯文丧尽，游学过列强十四国，洋进士赐了好几个，还授了洋翰林，竟去给破秀才边义夫当狗,还民主!李太夫人尖锐指出,"民若是能做主,还要那么多官干啥?官是啥?官是民王!边义夫那螽贼做着全省最大的官,是最大的民王,他那狗屁民主我不信!"郑启人见李太夫人的见识这般不同凡响,益发想把李太夫人请到省城——是真心想请,让这刁蛮毒辣的老太太往省议会一坐,也就等于大清朝廷有了个慈禧太后,日后对付起边督帅来就可得心应手了。李太夫人像似看出了郑启人的心思,当即指出,"郑翰林,我不上边义夫那贼的当,也不钻你这狗的套,你们就贼喊捉贼,狗去咬狗吧!打从进了你们民国,我就没碰到一件舒心的事!我骂边义夫是老娘训子,和你们狗咬狗没啥关系!郑翰林,你请回吧,我这马上还要去喂驴呢!"李太夫人起身去喂驴时,郑启人悻悻告辞走了。李太夫人却又想了起来,在驴棚门口立下了,回过头来嚷,"哦,对了,郑翰林,麻烦你个事:回到省城,和你们边督军说,都做一省民王了,少卖点造孽的大烟,好歹也得给我们小民百姓办点积德的事!让他把新洪到省上的官道修一修,别等我哪日上省见他时崴了我家驴腿!"

郑启人回到省城后,马上向边义夫禀报了李老太后修官道的懿旨,特别指出:官道之破烂已危及到了老太后毛驴之驴腿。边义夫欣然表示,老太后难得下一道懿旨,困难再大也得办。当月便由省财政司拨洋五千五百元,省禁烟司拨洋一万五千元,专事启动省城至新洪的官道维修工程。还本着四民主义的原则下了一道命令,从省城第四旅和新洪第一旅各调了五百名官兵,会同征招来的工匠并省乞丐协会八千乞丐大军共同修路。开工之日,边义夫亲自到场,发表了造福省民的重要演讲,省城《天意报》《民意报》和新洪《共和报》及时掌握正确的舆论导向,都全文刊登了边义夫的这篇演说词,且发表了边义夫挥锹铲土的作秀照片。

西江省各界民众纷纷为之感动,都道边义夫这新督军和刘建时那旧督军就是不同,一个坑民害民,一个为民爱民。新当选的省议会议长郑启人教授更发表长篇文章为边义夫鼓吹,称边义夫为"三民督军":民主督军,民心督军,民福督军。郑教授和舆论这么一忽悠,边义夫路就修得更带劲了。忙军政卖大烟之余,时常会在左聋子卫队的精心保卫下,跑到官道工地上去巡视,和修路乞丐促膝谈心,情景感人至深。民国六年新春佳节来临之际,边义夫在省议会团拜会上公然宣布:从民国六年到民国九年,要在三年之内将省内官道全修一遍……

然而,这一近乎伟大的建设计划却因着北京政局的突然变化搁浅了。

民国六年四月间,本来就隔膜甚深的黎黄陂先生和段合肥先生,因着欧战参战问题彻底闹翻了,总统府和国务院的矛盾骤然尖锐起来。四月十八日,北京陆军部发来一道电令,要边义夫尽快赶赴北京,参加拟定于月内召开的全国军事会议。而偏在这时候,东江麻侃凡又蠢动不已,在虞城两省边境地区不断挑起事端。据虞城镇守使胡龙飞汇报:麻部犯境滋扰部队一律便装,兵匪难辨。在这种情势下,边义夫实是不想去北京开这不明不白的军事会议。因此,当《天意报》《民意报》记者就欧战参战问题征询他的高见时,边义夫绝无好气地回答:"欧战战于欧罗巴,是列强之间的破事,于我中华民国何干?我们去凑什么热闹?请大家睁开眼睛好好看一看,中国现在究竟是个什么样子!本督军认为,中国的财力打不起这种欧战,中国老百姓也不愿打这场欧战!现在我们须得做些实实在在的事情,诸如本省的官道修建,诸如虞城的剿匪!虞城地区近来匪患猖獗,背景十分复杂……"这番谈话一登出来,北京徐次长亲自具名的电报马上来了,很短,只两句话,"边义夫,闭住你的臭嘴,即刻进京。段先生主张我国参加欧战。"

边义夫这才知道自己没能和段中央保持一致,一下子慌了,忙又把《天意报》《民意报》记者召来,臭骂了他们一顿,要他们对舆论导向的失误担起严重的责任,自己重新发表了谈话。在重新发表的谈话里,边义夫的态度来了一百八十度大转弯,声言:欧战中国必得积极参加。中国民众,尤其是西江民众参战呼声很高,中国民众,尤其是西江民众都想抓住这一历史赐给的绝好机遇,站在日本、美国等优秀列强一边,和德国、奥国这种并不优秀的列强好好打一仗,一洗百年国耻!诸如修路,诸如剿匪这等小事情,均得往后放一放……

四十六

虽说迅速改正了错误,纠正了舆论导向,到了北京,仍是挨了徐次长的一通臭骂。徐次长亲自到前门火车站接了边义夫一行,还代表段先生举行了简朴的欢迎式。在军乐奏鸣的欢迎式上,徐次长笑呵呵的,一坐到小汽车里,脸便拉了下来,无情地斥道,"边督帅,你怎么这么糊涂呀?北京的情况一无所知,就敢在西江胡说八道,乱放臭屁!你知道不知道?为了欧战问题,段先生和内阁已搁了一次车,才逼着黎黄陂在对德国的绝交书上盖了印。绝交之后必得宣战嘛,姓黎的又不干了,段先生迫于无奈,才要开这个全国军事会议,就是想让你们各省督帅们给姓黎的施加一些压力和影响,逼他在对德国的宣战书上盖印。你倒好,公然对抗段先生,口口声声去反对,和黎黄陂唱一个调,蠢不蠢啊?!"

边义夫直到这时对参战内情仍是稀里糊涂,可头脑里有一点是很清楚的,那就是:自己是段先生的人,段先生说什么都得支持,就算段先生说天下煤球白如雪,自己也得跟着去说;黎黄陂说什么都须反对,即便黎黄陂说月亮是圆的,自己都不能认账。于是,便对徐次长表示说,"徐次长,兄弟以前确是糊涂,不知道是段先生要打这欧战,现在既知道了,一切就按段先生的主张去做,不行就把这狗总统捉起来,用枪逼着他去盖印!"边义夫以为自己这话说得猖狂,决无实施的可能。却不料,徐次长竟认可了这话,拍了拍他的大腿说,"对嘛,你们这些督帅就得去好好逼上一逼!他这个总统一贯敬酒不吃吃罚酒,就喜欢人家用枪逼他!宣统三年,他不就是让人家用枪逼着,才做了湖北军政府都督的嘛……"

车到国务院所在的中南海西花厅,便又见到了恩公段先生。段先生看起来老了许多,一脸憔悴,正和几个前来拜见的各省督军说着什么。在边义夫后来的印象中,那天在座的好像有安徽督军倪嗣冲,直隶督军曹锟,山西督军阎锡山。段先生见边义夫进了门,简单地和边义夫打了个招呼,让边义夫坐下,自己又对着满座高朋继续说了下去,"……我和内阁认为,美国放弃中立,德国便无战胜之可能,如果我国今日不对德宣战,则战后便无资格参加世界和会,那么,被德国强占之青岛无异于俎上肉,是拿不回来的。所以,我国必得参战。我国参战,分了三个步骤,抗议,绝交,宣战。抗议之后须绝交,绝交之后须参战,一经发动,不可废止。如今,前两步走完,宣战则成了问题。总统受人挑唆,横加反对,国会那边也喋喋不休,把一个很简单的事情搞得十分复杂。所以,我就请了各位来京会商此事。有人说,外交上的事你们军人不懂,担心此风一开,日后国事不可收拾。我的看法是,国家兴亡匹夫有责,何况诸位督帅都是国家干城,在系乎国家兴亡之大事上,如何可以一言不发呢?诸位这次一定要说话。"

在座的督军们马上叫了起来,个个表示参战的意思。叫得最凶的是来自段先生老家的安徽督军倪嗣冲,倪嗣冲冲到段先生面前说,"段总理,这没啥说的,参战!马上参战!越早越好!国家军事大事,我们带兵的将军不说话,谁还有资格说话?!谁反对参战就是卖国贼,老子崩了他!"边义夫也跟着叫嚷,激动之下,脸涨得猪肝一般,眼

第八章 咆哮总统 //245

中且有泪水溢出,当场创作了一番动人的谎言,"段总理,举国百姓强烈要求参战啊!我省民众近来一直在向督军府请愿群访,要和德国、奥国这些坏列强殊死决战!不少民众情绪激烈,写了血书。中央再不决定宣战,就是不尊重民意啊,只怕要闹出乱子哩!"段先生十分满意,尤其对边义夫的话颇为重视,肃然看着边义夫说,"边督帅,关于你们省民意的情况,你不但要在军事会议上说,在内阁会议上说,更要到国会去说,让那些只知狎妓的议员老爷们知晓民意不可欺的道理!"边义夫益发激动,恨不得马上为段先生死上一回,"总理,卑职还要到东厂胡同去找姓黎的,当面问问这混账总统:他知不知道各省民意?是不是想当卖国贼!"段先生表示赞同,"好嘛,有些话就要说在当面,你边督帅完全可以到公府和总统谈上一谈嘛,且看总统如何对应……"

民国六年四月的那个春风拂面的夜晚,边义夫走出中南海时,没来由地想到了自己当年在桃花山下发表的窃国宣言,觉得黎元洪总统像个即将被绑架的肉票。又想到,段先生有大恩于他,自己今天总算找到了一个报答的机会。想着想着,就咧嘴笑了,回到住处,仍是笑个不停。秦时颂问,"边先生笑啥呢?"边义夫矜持道,"天将降大任于斯人也。明日本督军要去东厂胡同找黎总统,叫总统快快下令去向德国宣战!"秦时颂吓了一大跳,呆呆地看着边义夫,像听了什么胡话,"你说啥?你去让黎总统下令?你?"边义夫颇为自得,"不是我会是你么?就是我。我得去和姓黎的好好谈上一谈,告诉总统,不宣战是不可以的!就是用枪逼着,我也得让他盖印!"这回,连郑启人也怕了,郑启人此时正喝着香浓的咖啡,忙放下手上的咖啡杯,急急走过来道,"边督帅,您这次既让兄弟跟您到北京行走,兄弟就斗胆劝你一句:这里可是北京啊,是中华民国首都,不是咱西江省城,不能由着督帅您的意思来呀!"边义夫见这土进士和洋进士都这般说,脸上的得意消解了不少,心里一时也有点吃不准了:对呀,人家老黎先生毕竟是一国总统啊,自己虽说有些枪杆子,却也不好当真用枪杆子抵着老黎的脑袋让他在宣战国书上盖印的,自己在段先生和徐次长面前像似把话说得太满了……

边义夫便惶惑起来,遂和秦时颂、郑启人两位谋士商量起应付的良策:既不能得罪段先生和徐次长,也不能把总统老黎先生逼得太狠,日后没个退路。

国产进士秦时颂因系国产的缘故,最讲究君臣父子,不承认北京事实上存在的两个中央。道那总统为君,以下为臣,不但边义夫是臣,连权可倾国的段先生也是臣。过去是君让臣死,臣不得不死,现在虽说是民国了,也不能这么犯上作乱。边义夫气白了脸,大骂秦时颂迂腐,不识天下大势,道这天下已是段氏天下,只有和段中央保持一致,才会有个较好的前途。秦时颂便搬出历史上奸相乱政的经典故事说与边义夫听,指出:凡乱政之奸相,可得逞于一时,总归无甚好的下场。说罢,还红着眼圈感叹不已,道是再没想到这中华民国会闹到这种不堪入目的地步,又把中国不可无皇帝的老话重提了一回。边义夫越听越烦,一声断喝,"老秦,你别说了,再说下去,我就不认你这个师爷了,就把你当本省帝制罪犯抓起来,和你老账新账一起算!我知道,你这人很反动,且是一贯反动的!"

喝罢,再不理睬反动的帝制罪犯秦时颂,把威严的后背抛给秦时颂,面向洋进士郑启人虚心讨教,"郑教授,你游学过列强十四国,见多识广,识得天下大势,你且说说高见!"见多识广的郑启人先生眼见着土进士秦时颂转眼间便由督府师爷沦落为帝制罪犯,而且变得"一贯反动",自是不愿随之"反动",支支吾吾不谈高见,只赔着一脸生动的笑容说,"边督帅,兄弟咋着也不能比您老高明啊,您老觉得如何好便如何办嘛!"边义夫正因为不知咋办,才要和这两个谋士商量,见郑启人这般滑头,又不高兴了,脸拉得老长,"郑教授,你知道的,我这人很民主,要你说,你就得大胆地说!说错了我也不会怪你!可你和我耍滑头是不可以的!"郑启人教授这才硬着头皮说了,道是尽管如今已是民国,民众当家做主,可以地方督军身份要挟总统仍有欠妥当,在当今各国民主政治中均无此等事情发生。因此也很难找到经典事例作为参考对照。"——当然,"郑启人教授怕边义夫不高兴,赶紧微笑着补充,"中国有中国的国情,中国也有中国的特色,或许您边督帅和进京的督帅们把总统府围上一围,也能成功地开创中国民主政治之一代先风。兄弟这可不是讥讽啊,兄弟这么说,是基于以下考虑:在民主国家,你们这些督帅也有一份神圣的民主权利,不能因着做了督帅就成了弱势群体。你们完全可以也应该向总统表示个人意愿,这似也符合通行世界的民主原则。"

边义夫便受了启发,暗想:对嘛,自己不但是一省督帅,也还是中华民国一位武装国民嘛,完全应该行使一下国民的民主权利嘛。不能因为做了督帅,有了武装,就真弄成了弱势群体。他就是去找老黎扯一扯宣战盖印的事也没啥大不了的。再说了,谁不知道老黎是被革命党从床底下拖出来的总统?老黎同志比他这三炮将军出身的督军高强不到哪里去。虽说老黎同志算武昌首义的参加者,可老黎首义时一炮没开,他边义夫虽说是"后义",却在新洪认真地开了三炮,他没必要太高看这位总统先生。太高看了这位总统,民主精神必得有相当的流失。

于是,第二日,边义夫便从徐次长那要了一辆车,带着强烈的民主精神,在左聋子一行的保卫下,驱车前往黎元洪官邸所在的东厂胡同。车到胡同口,总统卫队的一位官佐带着十几个士兵把边义夫的车拦住了,说要见总统须得事先约定,问边义夫约了没有?边义夫不好说是来行使民主权利,和总统讨论欧战参战问题,只说是来参加全国军事会议，拜见总统。总统卫队的官佐便去禀报，让边义夫等着。等了大约有半个多钟点，官佐回来了，说是总统国事繁忙，正和美国大使谈话，今天抽不出时间了，请边义夫明日下午到中南海怀仁堂见。边义夫心里不悦，却也不好说什么，毕竟自己没和总统约好，只得掉转车头打道回府。

次日下午，及早赶到中南海怀仁堂，总统正在接见一帮议员，侍卫仍让边义夫等。这一等竟是三个多钟头，害得边义夫犯了烟瘾，涕泪交流，百爪搔心，躲到汽车里去抽大烟。大烟抽完，再精神抖擞去见总统时，总统却已和那帮混账议员一起离开了怀仁堂，说是回了东厂胡同总统官邸。边义夫气得恨不能一枪毙了回话的那个怀仁堂守门侍卫。一不做二不休，边义夫也驱车追到东厂胡同。照例被拦，照例问约好没有？边义夫怒不可遏叫了起来，"约过了，你们去问总统本人好了！"值班官佐问过总统，最终放行。弱势群体的代表——武装国民边义夫先生这才在黎元洪官邸见到了可恶而又欠杀的现任中华民国的总统先生。

中华民国的总统先生心情显然也不好，一副怏怏不乐的样子。总统见边义夫进门，根本没起身，只在椅子上欠了欠身子，算是给予了边义夫傲慢的欢迎。边义夫穿着一身中将军装，虽说来闹民主，虽说心里有气，仍是笔直立正，向总统敬了礼。总统对枪杆子奉献的敬意毫不理会。待得边义夫坐下后，才将鄙夷的目光投将过来，"你就是那个一直要见我的督军吗？"边义夫道，"是的，总统，卑职前来参加全国军事会议，既然到了北京，总要拜见总统的。"总统冷冷道，"拜我干什么？你们去拜段合肥嘛！是他找你们来的嘛！"边义夫知道，黎元洪说的段合肥便是段先生，段先生是合肥人。边义夫也不客气，"是的，总统，国家面临参战大计，举国民众强烈要求我国参加欧战，我们带兵军人不能不表示意见，因为战端既开，仗便要由我们去打的。"黎元洪带着明显的讥讽问,"谁告诉你我国要参加欧战呀?啊?国会尚未议及,本大总统尚未决断,你们这些地方督军全跑到北京来了,想干什么?是不是要逼宫呀?成何体统呀?!"越说越气,黎元洪的声音严厉起来,"你们知道不知道段祺瑞想干什么?他瞒着本大总统,通过交通银行曹汝霖向日本借了五百万日元买军火!他在日本寺内内阁的支持下,以组建中国参战军的名义扩大实力,准备向南方护国军开战,武力统一全国!本大总统竭力维持时局,维持和平,身心交瘁,他段祺瑞却没有一天忘掉武力统一!"

边义夫这才知道,参战竟还有这种玄机,可觉得武力统一中国也没错,南方孙文要武力统一北方,北京段先生要武力统一南方,谁都想统一。于是便道,"南方各省的护国军不听中央号令,就该把他们统掉,统一总是好事!南北对立的僵局总要解决的!"黎元洪绷着脸,"但要和平解决,和平统一,不是武力解决,武力统一!我劝你们都不要上段祺瑞的当!况且,外交上的事情你们这些地方军人也不懂!"边义夫不愿被总统牵着鼻子走,抛开国内统一和外交上的问题都不去谈,又谈起了全国民众强烈要求参战的问题,虽是信口开河的胡说,却说得极是动情,像真的一般。黎元洪根本不信,神情也颇不耐烦,"……民众,民众,请你们也听听南方民众怎么说!南方民众呼声均是反对参战!孙文和南方各省的督军们,南方护国军,还有广州、武汉各地民意机关纷纷致电国会和公府,众口一词,全都反对参战!"边义夫辩道,"总统说的是南方,兄弟说的是西江!兄弟是西江省督军,兄弟所在的西江省民众全是支持参战的!写血书的都有……"

黎元洪怔了一下,注意地看着边义夫,一脸的不屑,"西江省?你就是西江督军边义夫?那个大土匪出身的鸦片贩子?"边义夫觉得受了很大的污辱,禁不住大吼起来,"总统,我是督军,不是鸦片贩子,也不是土匪出身,我一天土匪也没做过,更甭说什么大土匪!"黎元洪打量边义夫的眼光透着明白无误的厌恶和轻蔑,像打量一堆垃圾,打量过后,一句话也没再多说,站了起来,冷冷说了句,"送客!"边义夫被这透骨透心的蔑视气疯了,更嚣张地咆哮大叫道,"黎黄陂,你不要给我端这总统的臭架子!当今国人谁不知道你的底细?谁不知道你是从床底下拖出来的总统?!宣统三年,我边义夫带着两千民军炮轰新洪时,你在哪里?你他妈的在床底下筛糠呢!"黎元洪气得浑身直抖,指着边义夫咻咻大骂,"土匪,土匪,无法无天的大土匪……"总统的侍卫们听得客厅里情况不对,一时间全都跑了进来,硬把咆哮总统的"大土匪"架走了。黎元洪余愤未消,冲着已被拖到客厅门口的边义夫又嚷,"你们……你们全是土匪强盗!绑票都绑到国家头上来了!"边义夫也不示弱,于几个卫兵的绑架中,强行扭过倔强不屈的头颅,"黎黄陂,你是一个卖国贼!我倒要看看你这卖国贼总统还能当几天……"

边义夫前去咆哮总统时,左聋子带着两个卫兵守在胡同口等,原以为要等很长时间,没想到才十几分钟,边义夫便被总统侍卫们架了出来。左聋子亲眼看到自己敬爱的长官小鸡般架在几个高大粗壮的侍卫手中,两脚完全离了地,身上中将军装的纽扣也崩裂了两枚,可怜而又狼狈。左聋子一下子怒火中烧,和手下两个弟兄把枪一拔,和总统侍卫们当街形成了武装对峙,只等边义夫一声令下。

然而,边义夫却没敢继续纠缠。到了胡同口,被四月带着凉意的晚风一吹,边义夫昏热的头脑清醒了不少,自知攻打总统官邸还不是时候,在这里和武器精良的总统侍卫们对峙下去也无几多美丽的下场。于是,手一挥,带着左聋子和那两个随行的弟兄上了车。钻进车里,左聋子一边帮边义夫整理扭皱了的军装,一边关切地问,"边爷,他狗日的总统训你了?"边义夫余怒未消,"训我?黎黄陂他敢!是我训他!这卖国总统,被我训得无话可说,就给我动粗!这说明啥?这说明他手上没有真理嘛!"左聋子赞同道,"是的,边爷,真理都在您老手上哩!这谁不知道呀?!"咂了下嘴,又不无遗憾地说,"边爷,若是把咱四个旅的弟兄全拉到北京来,把这里一围,你的真理准胜利!"边义夫拍拍左聋子的肩头,"是的,也许会有这一天的!也许!"

四十七

对总统的这一场咆哮,让边义夫在督军团里大大出了名。第二日,在国务院见面时,老帅曹锟便夸边少帅干得好,大长了督军团的志气,大灭了黎黄陂的威风。曹老帅还送了边义夫一张一笔写出的"虎"字,要边义夫生龙活虎,和总统好生斗下去,直到把总统变成饭桶,把总统公府变成猪圈。说这话时,曹锟还没有想到不久的将来自己也会买个总统玩玩,对边义夫咆哮现任总统黎元洪抱着欣赏的态度。边义夫那时也没想到布贩子出身的曹锟六年后会坐上中华民国总统的宝座,对曹先生赐予的一笔虎没当回事,在北京时就随手丢到了一边。应该说,在民国六年春夏之交的北京,北洋军界从整体上说还是团结的,以段先生为首的皖系和以曹锟、吴佩孚为首的直系的分野尚未形成,段祺瑞先生不仅是皖系的首领,而且是整个督军团乃至整个北洋军界的首领,未来为直系鼎定天下的玉帅吴佩孚还未冒出水面,关外那位大帅张作霖先生还没有抗衡中央的实力和野心。四月二十九日,当参加全国军事会议的督军团督军们在一致赞成对德奥宣战的大白布上共同签名时,谁能想到嗣后他们之间会打得那么难分难解?!这团结已是最后的辉煌了,当时却没有多少人意识到这一点,边义夫更无如此远见。

团结一致的督军们坚定支持段先生,肆无忌惮地和总统作战,和国会作战,各种手段都用上了:组织公民请愿团包围国会,殴打议员;当街拦截总统车队,吓得总统逃离公府;最后,督军团竟威逼总统立即解散国会。这一搞,连段先生也看不下去了,斥责督军团某些督军简直是流氓。一贯软弱的总统,这一回态度十分强硬,因着国会的支持,誓不屈服、庄严提出了"三不主义":不违法,不盖印,不怕死。后来竟不顾死活地免了段先生内阁总理兼陆军总长的职务。段先生岂会买账?仗着背后枪杆子的支持,抱着总理和总长印信去天津休假……

两个中央公开对抗,北京城里乱成了一锅粥,权力中心出现了此前从未有过的真空。远在徐州的辫帅张勋发现了可趁之机,打着调解府院之争的旗号,应黎元洪之邀,率五千辫子兵由徐州北上,进驻北京。辫帅进京后,不去东厂胡同见总统,却跑到皇宫去朝拜宣统小皇上。调解府院之争的事也不提了,马上解散国会,继而,宣布复辟,改民国六年为宣统九年,把小皇上又扶上了龙座。一时间,久违了的龙旗在北京街头四处招展。黎总统见大势已去,只好逃到日本大使馆避难。段先生的机会便又来了,通电宣布决不背叛民国,指认辫帅张勋为逆贼,当天在天津马厂誓师讨逆。五日之后便在廊坊把张勋先生的五千辫子兵打得屁滚尿流,也把大清王朝最后一个勤王忠臣张勋先生打进了荷国大使馆。北京转眼间又成了段先生的天下。段先生再造民国,功德圆满,可段先生人格伟大依旧,并不居功,把黎总统从日本使馆恭请出来,让他老人家继续当总统。黎总统因着引狼入室,险些葬送民国,羞愧不堪,加之尝够了被枪杆子咆哮折磨的滋味,通电辞去了大总统一职。继任大总统是副总统冯国璋,冯国璋先生就职十余天,便依着段先生的强硬主张,对德奥宣了战。段先生到底赢了,尽管赢得是那么艰难。

这番国家级最高档次的政治好戏看得边义夫眼花缭乱。眼花缭乱之后,便是认真而严肃的思索,把这参与过的和未参与过的重大政治事件梳理了一下,这才发现段先生是多么顽强,多么英明,又是多么勇于对国是负责啊！事情发端于欧战参战与否，先生的参战理由十分充分：为了夺回青岛，在未来之世界和会上为中国争得战胜国的发言地位，即便按总统之说，是以参战为名，行武力统一之实，也是为了国家，绝不是为了先生自己。先生忠心事国，却步履艰难，最困难的时候内阁开会竟见不到各部总长，满目全是他们这些脏话满口的督军。可这空头总理先生照当不误，仍是谈笑自如，傲视公府。国会反对，段先生亲赴国会说服议员，在议员的叫骂声中，仍是那么镇定如磐。据边义夫所知，对督军团的许多做法，诸如包围国会，拦截总统，先生事前并不知道，局面闹得不可收拾了，段先生自担责任，毫无推诿。后来就更妙了，巧用辫帅，破了北京对峙的僵局，既搞垮了总统，又再造了民国，其伟大实是天下无二。总统和先生不可比较，论起军国政治，老黎同志逊色远矣，说是"黎菩萨"，实则是呆菩萨、泥菩萨……

经过这番过细的梳理，边义夫学问见长，自认为日后对付麻侃凡并那卖省贼人刘建时、黄会仁时，又多了不少宝贵的政治斗争经验。

随边义夫同来北京的土洋两进士，心境却和边义夫截然不同。土进士秦时颂失落得很，大清忠臣张勋先生勤王复辟，五千壮士杀入北京，在北京闹得如此轰轰烈烈，竟然不到十天便烟消云散！中国有了这般忠臣良将，竟然还是没能有个皇上，由此可见，中国已毫无希望，只能让那革命复革命闹得天下大乱，而且越来越乱了。洋进士郑启人教授见到国会议员竟吃包围，吃殴打，惊悸万分，算是比较深入地了解了中国特色的民主和列强各国民主的明显差异，便为这差异的现实存在而哀鸣不休。却还不敢公开就"哀"，就"鸣"，怕得罪主子边义夫，回到西江省城省议会的议长不好做下去。因此，每当边义夫眉飞色舞地述说他们督军团的同志们如何对付国会参众两院的倒霉议员时，郑启人便违心地夸赞他们这些督帅们干得高明，不断刷新着当今世界的民主纪录。现在,好戏收了场,终于可以回去了,土洋二进士如释重负,都有了一种刑满释放,获得新生的感觉。

四十八

回去的时候,又是徐次长来送行。徐次长对未来的时局并不看好,认定段祺瑞先生和新任总统冯国璋冯河间先生处不好,"原因是——"徐次长带着深刻的预见指出,"冯河间这人太滑头,久居南京,自成一统,从来不肯为国家负责任。以我们段先生为国为民勇于负责的伟大性格,他们之间发生龃龉也是迟早的事。"边义夫心知肚明,"照这么说,我国宣战以后,这北京的事还没算完呀?"徐次长呵呵大笑,"老弟,你不想想,怎么会完呢?你方唱罢我登场,哪里完得了呀!"边义夫想想也是,以段先生之伟大,以段先生身后枪杆子之众多,遍观域内何人还能居他之上?便推断说,"徐次长,以兄弟之见,段先生若是做了总统,北京的事就算完了。"徐次长笑着摇头,"那也完不了,我们段先生真当了总统,别人也要和他捣乱的。你们这些拥戴段先生的督帅们还是得经常到北京来,为段先生办事,替段先生说话!"这话说得何等明白?北京的总统、总理都是靠枪杆子拥戴出来的,没有他们这些督帅们的枪杆子,谁的宝座也坐不牢。

边义夫这才恍然悟到,自己和段先生也是一种互利互惠的商业贸易关系,难怪段先生这么护着他了,就算他是一坨屎都得用他。又想,像他这样的屎还有多少?怕是不少吧,一坨坨堆将起来,必定山也似的壮观。这么说来,日后京城还真得常来走一走呢,替段先生和段中央分点忧,多办些"咆哮总统"这类国家大事,尽尽为屎者的责任,也顺便替西江干部群众谋点实际的好处。既知道这是屎堆上的贸易了,他就得适当要一要价了,以后不能段先生说啥价就是啥价。他和西江方面可以给段先生和段中央特别的优惠,却不能不还价的,老不还价吃亏不说,也会让段先生瞧不起,长期下去,不是一坨屎也弄成一坨屎了。对了,对了,还有一条不可忽视,也很重要的哩,就是要谦虚谨慎。要谦虚地跟着段先生和各路督帅们多学点欺骗百姓的好手段,谨慎地掌握和运用拥兵自重的真本领!

这么一想,边义夫就觉得这趟北京真是没有白来,简直就是一次高等政治学校的难得进修。因着心情这边独好,汽车车窗外不断闪过的风物景致也一律的这边独好。北京的红墙绿瓦和路边的一草一木都透着婊子般的亲切与温馨,甚或连满街乱扔的腐烂西瓜皮都像一块块硕大的翡翠。

到得前门火车站,于对北京无限的好感和留恋中在月台上和徐次长握手道别时,没想到,陆军部的一部汽车发疯般地冲到了月台上,在他和徐次长面前戛然止住了。一个戴眼镜的文官从车里匆匆钻出来,急切地向徐次长禀报道,"报告次长,东江急电:东江省城发生意外兵变,督军麻侃凡下落不明,避住东江的前西江省大都督黄会仁伙同麻部旅长吴梦熊公然打起南方孙文的旗号,组建东江省护国军,黄自任总司令,吴任副总司令。二人拒不承认现内阁政府,恶言攻击段总理和冯总统,宣布东江省自即日起脱离中央而独立。另外,据海军部消息:海军总长兼总司令程璧光并第一舰队司令林葆怿今日晨通电全国,声称国会解散后之中央政府为非法政府,程逆现已率领舰队前往广东,投靠了孙文……"

徐次长似乎早就料到会有这些意外的变化,听罢,并没有多少惊讶,至少边义夫没看出徐次长脸上有啥惊讶。徐次长仍执着边义夫的手,不动声色地说,"老弟,你看看,我说事情没完吧?这不,南方又闹起来了。前几天一听说孙文从上海到了广州,我和段先生就知道南方又要乱一阵了,怎么办呢?没啥好办法嘛,无非是狠下心来打仗,再流点血吧!还是段先生英明啊,对南方诸翁非武力统一不可!"

边义夫不关心南方,只关心近在咫尺的东江,便问,"徐次长,东江怎么办?这些叛逆们打不打?"徐次长沉吟片刻,"东江事发突然,究竟是什么情况还不清楚,待我深入了解一下,和段先生商量以后再说吧,会有电令给你的!"

边义夫等不得电令了:如此大好的贸易机会就在眼前,岂容轻易错过?东江既已兵变,平叛势不可免。谁去平叛?只能是他和他这支离东江最近的四民主义队伍。于是道,"徐次长,您和中央不可犹豫!黄会仁这逆是孙文的党徒,现在又搞垮了麻侃凡,公开反对起中央,非狠下心来打一仗不可呀。打仗要流血,可兄弟和兄弟手下袍泽为国家不怕流血!您只要让段先生和中央承认兄弟另两个旅的建制即可!"两个旅的建制就是此番贸易的要价,徐次长是明白人,不会听不出。徐次长果然听出了,沉吟片刻说,"老弟,你先不要急着讲条件,东江打不打还是说不准的。那个姓吴的旅长我知道,一介武夫,既非孙文信徒,也非黄会仁党羽,此次兵变怕不是表面看上去的模样!再说,你要的条件也是过分,开口就是两个旅,段先生和中央岂会答应?"边义夫对中央的信仰立即发生了不可逆转的动摇:这段先生,自己可以瞒着总统和议会,私借五百万日元组建欧战参战军,他边督帅现成的两旅弟兄却没建制!却也不敢公然质疑,老段毕竟是坐在屎堆上的中央领导,他只是一坨屎,还得依仗着人家呢。徐次长最后又说,"边老弟,你不要多想了,先回去吧,中央真让你去打东江,自会助你,等着听信吧!"

就这样,边义夫带着天大的悬念,上了由北京开往西江的蓝钢快车。

火车沿京汉线一路南下时,边义夫眼前已幻化出一片纷飞的炮火了。事实证明,北京的事情还真没完。这两个月他和督军团督帅们在北京种下的种子,要在全国各地普遍地开花结果了,流血实已不可避免。起码东江和西江两省之间将要有一场真正的血战。边义夫认定,两江之战非打不可,徐次长的矜持怕还是中央和地方贸易上讨价还价的需要。也许这场真正的血战结束之后,东江全境也要姓边了,甚至想到东江姓边以后,东江的督军应该派谁去做?自己身兼两省督军是完全不可能的,段先生不是凡人,是中央集团老牌贸易商,深知贸易规则,岂能容他坐大?两个旅的建制都不愿给,还能让他占两个督军的位置么?必得向徐次长、段先生荐一个。荐谁呢?除了胡龙飞,手下几乎没啥可用之才。那就让胡龙飞好好打这一仗吧!其他弟兄也得好好去打。这些年说起来是打了不少仗,二次革命打新洪,去年打省城,可这哪叫打仗呀?简直是跑步前进,去集体升官,他和他这支四民主义队伍的运气好得实是让人难以置信了,要风有风,要雨得雨。王三顺这淫棍,和查子成这吃货,啥正经仗没打过一场,一个活人也没宰过,也他妈的成旅长了,真是笑话。所以,就算借这场两江战争来练练兵也是好的。

便把这战略思想说与土洋两个进士爷听。洋进士郑启人擅长民主政治,不懂军事战略,只热情表示了自己和省议会对督帅练兵成功与战争胜利的双重祝福。土进士秦时颂却一副不安好心的样子,笑笑地看着他问,"边先生啊,你既也知道自己手下的兵不行,咋还尽往好处想呢?就没想过两江之战打输了咋办?万一这四个旅让你三练两练都练没了,别说东江了,只怕西江也保不住呀!"

这话实是太可恨了!边义夫冲着秦时颂眼一瞪,"咋会打输?本帅根本就没去想打输的事!本帅和东江开战,就是向南方护国军开战,向孙文开战,就是段先生武力统一中国的具体实施!老子身后有段先生,有中央,怎么会输呢?一看老子要输了,段先生还不把欧战参战军派过来支援么?段先生能眼看着老子吃亏么?所以,我们从现在起就要有个完满可行的计划,要一边拥护段先生,拥护中央,一边抓住一切机会不断扩大地盘,把我们四民主义好主张和大狗牌系列烟土推广到东江去,推广到全国各地去。让四民主义风行天下,让咱家大狗在全国满地走!"左聋子听得兴奋至极,也跟着大叫大嚷,"对呀,对呀,边爷!大炮一响,黄金万两!不打仗,您老养这么多兵干啥?得打,仗打得越大越好!"

在边义夫和左聋子对战争的热情渴望与美丽叫嚣中,蓝钢快车车轮隆隆作响,也像战争的车轮一般,呼啸着,携一路雷电向两江战区滚动着。

2010-12-12 修订于南京碧树园